11

초판 1쇄 인쇄일 2019년 10월 7일 **|** **초판 1쇄 발행일** 2019년 10월 11일

지은이 조휘 **|** **펴낸이** 곽동현 **|** **담당편집 팀장** 이범수
편집부 정요한 홍현주

펴낸곳 (주)조은세상 **|** **출판등록** 제2002-23호
주소 경기도 연천군 미산면 청정로1355
TEL 02)587-2966 **|** FAX 02)587-2922
E-mail bukdu@comics21c.co.kr

조휘ⓒ2019
ISBN 979-11-6432-476-7 **|** ISBN 979-11-89785-63-5(set)
값 8,000원

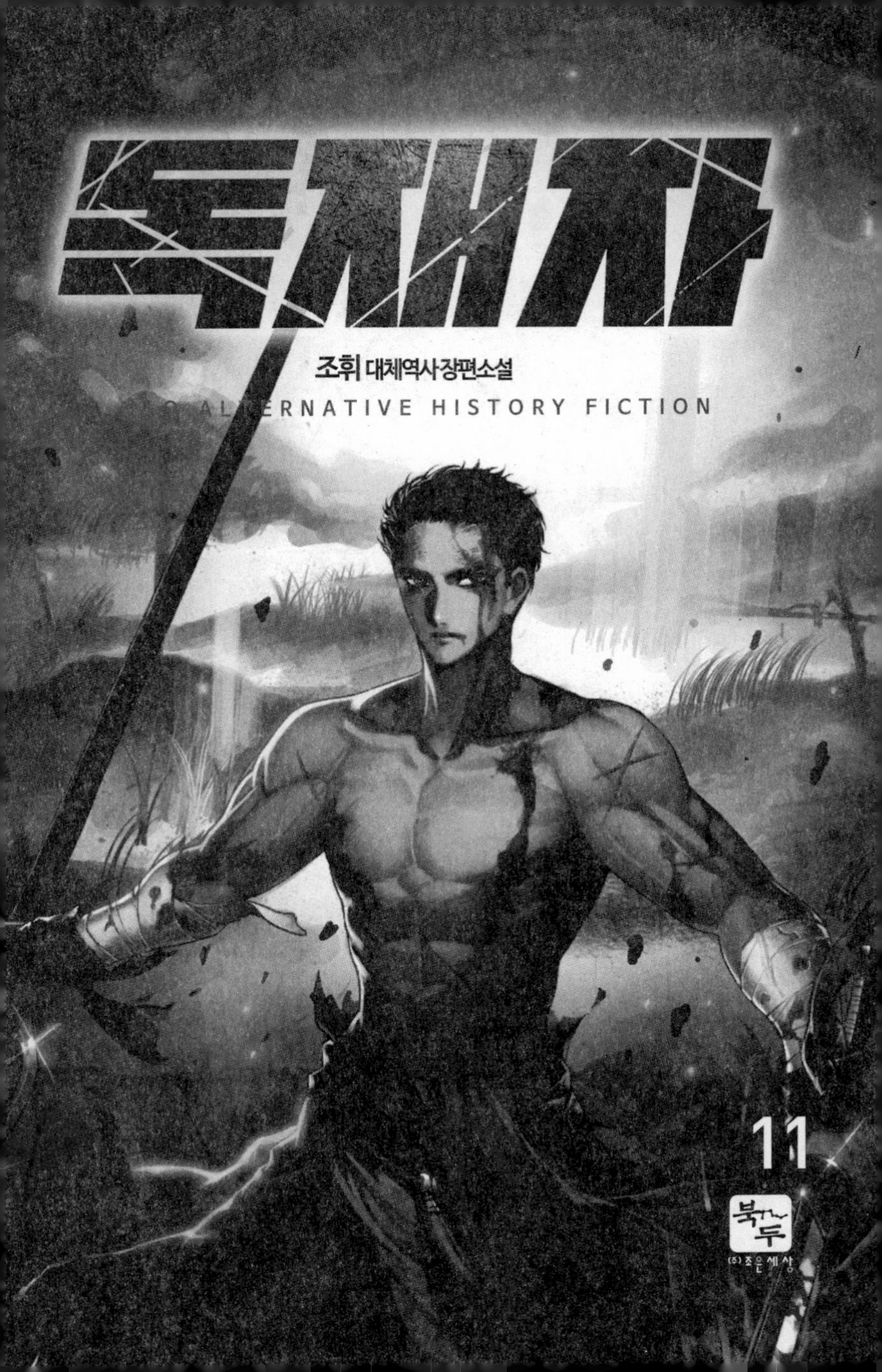
독재자
조휘 대체역사 장편소설
AL ERNATIVE HISTORY FICTION
11
북두
(주)좋은세상

조휘 대체 역사 장편소설

NEO ALTERNATIVE HISTORY FICTION

CONTENTS

독재자

1장. 협상과 유혹

이준성은 전투 중에 소모품을 아끼지 않는 편이었다. 그리고 장기전보다 단기전을, 국지전보다 전면전 쪽을 좋아했다.

이러한 성향 때문에 해병대는 소지한 은철뢰의 30퍼센트에 해당하는 100개를 동시에 터트리는 엄청난 짓을 벌였다.

한국식 크레모아인 은철뢰 100개가 고막을 찢는 굉음을 내며 연달아 폭발하는 순간, 그 안에 들어 있는 수십만 개의 작은 쇠구슬이 부채꼴 모양으로 퍼지며 앞으로 튀어 나갔다.

얼핏 보면 아까운 은철뢰를 낭비하는 행동처럼 보일 수 있지만, 실상은 그렇지 달랐다. 은철뢰가 쏟아 낸 쇠구슬이 서로 겹치며 좀 더 촘촘한 화망을 구성해 적을 쓸어버린 것이다.

그 결과, 지브롤터 북쪽 성벽에 달라붙어 공성 중이던 에스파냐군 수백 명이 즉사했다. 그리고 그 몇 배에 해당하는 숫자가 다쳐 전열에서 이탈했다. 말 그대로 해병대가 약간 밀리던 전황을 뒤집다 못해 아예 엎어 버리는 순간이었다.

이런 엄청난 성과를 낼 수 있던 가장 큰 이유는 지금이 21세기가 아니라 17세기이기 때문이었다. 21세기에는 군단 규모의 보병을 좁은 장소에 밀집시켜 적군을 공격하지 않았다. 아니, 집결하는 상황 자체를 피하는 경우가 더 많았다.

적이 어딘가에 집결했던 정보를 알아낸 상대가 포병과 공군 등을 동원해 폭탄이나 미사일로 대규모 공격을 퍼부으면 군단 규모의 보병이 순식간에 사라지는 건 일도 아니었다.

또, 전선에 대규모 병력이 집결해 일제히 돌격하는 것은 상대가 보유한 중화기, 즉 기관총의 먹잇감으로 전락할 뿐이었다.

그런 이유로 인해 철조망과 기관총이 등장한 1차 세계대전 이후엔 집결해 일제히 돌격하는 전술이 점차 모습을 감췄다.

그러나 미사일은커녕 내부에 신관이 든 유탄형 포탄조차 없는 17세기 초에는 여전히 밀집 대형이 최고의 전술이었다.

병력이 밀집해 이동하면 적에게 파고들 여지를 주지 않았다. 심지어 병력이 밀집한 상태에서 장창처럼 사거리가 긴 무기로 공격하면 상대가 가까이 다가오는 일조차 버거워했다.

밀집한 장창병, 즉 에스파냐 테르시오의 주력 부대인 피케로나 코셀레테와 같은 적을 상대하기 위해서는 상대 역시 똑같이 밀집 대형을 이룬 장창병을 배치하는 수밖에 없는 것이다.

전근대 역시 마찬가지였다. 여전히 보병을 밀집시켜 사거리가 긴 무기로 공격하는 전술을 사용했다. 다만, 그땐 장창이 아니라 머스킷이란 소총을 사용했단 점이 다를 뿐이었다.

이준성은 한국군을 상대로 밀집 대형을 구성해 돌진하는 구식 전술이 얼마나 위험한가를 에스파냐군에 똑똑히 보여 주었다.

에스파냐군 수뇌부는 전력이 눈 깜짝할 사이에 반토막 나는 모습을 보며 기겁했다. 이교도를 자신들의 땅에서 몰아내는 일이 중요하긴 하지만, 그렇다고 이번 전투 한 번에 에스파냐군 주력을 전부 갈아 넣을 순 없는 노릇이었다. 여기서 주력 부대를 전부 잃으면 에스파냐는 힘 빠진 종이호랑이 신세를 면치 못해 주류에서 밀려날 확률이 아주 높았다.

에스파냐군 수뇌부는 결국 휘하 부대에 전선에 남은 병력을 뒤로 후퇴시키란 명령을 내렸다. 그러나 워낙 큰 손해를 입어 후퇴에 나선 병력은 고작 1만에 불과했다. 처음 동원한 병력이 3만이란 점을 생각하면 궤멸에 가까운 타격이었다.

물론 이준성은 상대가 이대로 퇴각하게 놔둘 생각이 전혀 없었다. 에스파냐군을 이대로 돌려보내면 그들은 지브롤터를 탈환하기 위해 또 다른 부대를 보낼 게 분명했다. 역시 이번 기회에 상대의 주력 부대를 전멸시키는 게 가장 좋았다.

망원경으로 지켜보던 정충신이 서늘한 목소리로 명령을 내렸다.

"즉시 2여단에 퇴각하는 적을 주살하란 명령을 내려라!"

잠시 후, 해병 2여단장 강홍립을 필두로 한 해병 2여단 병사들이 일제히 성벽을 뛰어넘어 도망치는 에스파냐군을 추격했다. 거리가 떨어져 있는 적은 뇌격으로, 거리가 가까운 적은 뇌격의 총검이나 연뢰 등으로 공격해 주살했다.

그 시각, 이준성은 망루 쪽으로 서둘러 걸어가며 명령을 내렸다.

"이운룡 분함대에 시작하란 신호를 보내라."

"알겠사옵니다."

대답한 은계란은 즉시 옆에 서 있는 비서관 랭커스터를 바위를 쌓아 만든 2층 건물 쪽으로 파견했다. 잠시 후, 2층 건물 정문에 도착한 랭커스터가 방탄 헬멧 정중앙에 은으로 만든 소령 계급장을 부착한 장교를 찾아가 명령을 전달했다.

"주상전하께서 시작하라십니다!"

장교는 얼굴에 주근깨가 가득 난 낯선 백인이 유창한 우리말로 외치는 소리에 잠시 움찔했지만 바로 정신을 차리곤 안으로 부리나케 뛰어 들어갔다. 얼마 후, 건물 지붕에 있는 평평한 옥상에서 새빨간 불기둥이 굉음을 내며 치솟았다.

치솟은 불기둥은 곧 형형색색 화려한 빛깔을 내며 폭발했다. 바로 폭죽이었다. 이준성이 암모니아 제조 기계를 개발해 인공적으로 질산을 만들어 내기 시작한 후, 한국의 화약 제조 기술은 발전을 거듭해 지금은 거의 20세기 초반 수준에 이르러 있었다. 화약 제조 기술이 발전함에 따라 자연히 불꽃놀이에 사용하는 폭죽 역시 같이 발전해 지금은 갖가지 모양을 구현할 수 있었다. 물론 이번에 발사한 폭죽은 특별한 모양을 구현하는 용도라기보다는 신호용에 더 가까웠다.

불꽃놀이는 이번 한 번으로 그치지 않았다. 준비해 둔 폭죽을 계속 발사해 지브롤터 반경 30킬로미터 안에 있는 모든 사람이 폭죽이 만들어 낸 화려한 불꽃놀이를 볼 수 있게 하였다.

이준성이 지브롤터 안에서 솟구친 폭죽이 노을 진 하늘 위에서 화려하게 폭발하는 모습을 지켜보는 동안, 지브롤터에서 북동쪽으로 10여 킬로미터 떨어진 곳에 있는 함대의 승조원들 역시 불꽃이 허공에 명멸하는 모습을 보는 중이었다.

이운룡 분함대의 제독 이운룡은 바로 명령을 내렸다.

"지금 즉시 해병대원을 태운 상륙정을 해안으로 출발시켜라!"

"예!"

대답한 통신 장교 몇 명이 함대가 보유한 통신 수단을 전부 동원해 그들이 있는 해역 전역에 이운룡의 명령을 전파했다.

곧 3여단 해병대원을 실은 상륙정 수백 척이 물살을 가르며 이베리아반도 남동해안으로 질주했다. 잠시 후, 상륙을 마친 상륙정 안에서 완전 무장한 3여단 해병대원 1,000여 명이 뛰쳐나와 지브롤터와 이베리아반도 내륙을 연결하는 주요 길목에 철조망을 친 다음, 부비트랩을 세밀하게 깔았다.

해병대가 미리 상륙해 매복해 있었다면 일이 훨씬 편했을 테지만, 지브롤터의 면적이 좁아 병력을 숨길 데가 많지 않았다.

물론 억지로 매복하면 숨을 수는 있었다. 그러나 에스파냐군이 정찰 도중 후방에 숨은 해병대를 발견하면 병력을 후퇴시킬 확률이 높았다. 지브롤터처럼 협소한 지역에서는 적에게 앞뒤로 포위당하는 상황만큼 위험한 상황이 없었기 때문이다.

상대가 후퇴하는 것은 이참에 에스파냐군 주력 부대를 일망타진하길 원하는 이준성으로선 그리 달갑지 않은 일이었다.

그 바람에 해병대는 이준성이 지브롤터에서 보낸 신호를 발견한 후에야 에스파냐군 후방을 차단하는 작전을 실행했다.

한데 이번 작전에는 반드시 주의해야 할 사항이 하나 있었다. 만약 에스파냐군이 기병 부대를 먼저 퇴각시키면, 도보로 움직이는 해병대로선 곤란한 처지에 빠질 수밖에 없었다.

오히려 상륙을 시도하던 해병대가 먼저 에스파냐군 기병 부대에 들켜 각개 격파당할 가능성마저 존재했다. 한데 에스파냐군은 기병 부대를 먼저 퇴각시키지 않았다. 오히려 후방에 남겨 뒤에서 추격해 들어오는 한국군을 저지하게 하였다.

에스파냐군의 이러한 움직임은 이준성의 예측과 맞아떨어지는 면이 있었다. 이준성은 에스파냐군이 두 가지 이유에서 기병 부대를 후방에 남길 것으로 예측했다. 첫 번째는 에스파냐 기병 부대가 피해를 전혀 입지 않아 쌩쌩하다는 점이었다. 지브롤터는 앞서 말한 대로 좁아터진 지역이기 때문에 기병 부대가 활약할 수 있는 공간 자체가 나오지 않았다.

그 바람에 에스파냐군 수뇌부가 손해를 보지 않은 기병 부대를 후방에 남겨 쫓아오는 한국군을 막을 것이라 예상했다.

두 번째 이유는 기병 부대가 돈을 써서 고용한 용병 부대란 점이었다. 자국민으로 이루어진 보병 부대보단 용병으로 이루어진 기병 부대를 위험한 곳으로 보내는 게 일반적인 상식이었다. 비열하거나 냉정한 것이 아니라 당연한 일이었다.

어쨌든 그 덕분에 해병 3여단은 목진지를 틀어막아 도망치는 에스파냐군을 저지할 수 있었다. 퇴로가 막혔단 사실에 소스라치게 놀란 에스파냐군은 그 즉시 지브롤터 성채를 공격할 때보다 더 강한 공격을 퍼부었다. 그러나 해병 3여단은 철조망과 부비트랩을 이용해 적의 공격을 막아 냈다.

이준성은 10미터 높이의 망루에 올라가 인드라망으로 해병 3여단과 에스파냐군의 전투를 지켜보았다. 에스파냐군은 마치 해안에 거친 파도가 몰아치듯 3여단을 향해 돌진한 다음, 이곳저곳을 막 찔러 보다가 다시 퇴각하길 반복했다.

"3여단이 생각보다 더 잘해 주는군."

고개를 끄덕인 이준성은 망루를 내려와 은게란이 준비해 놓은 거대한 검은색 군마 위에 올라탔다. 군마의 정체는 바로 얼마 전에 도착한 이준성의 군마, 마왕이었다. 아프리카까지는 기병 부대의 필요성을 느끼지 못했지만, 유럽은 달랐다. 유럽은 평탄한 지형이 많은 데다 유럽 대다수 국가가 기병을 운용하는 터라 이를 상대할 기병 부대가 필수였다.

이준성은 그런 이유에서 지금으로부터 1년 전쯤, 해양 원정을 총괄하는 진해 해군사령부에 질 좋은 군마를 추려 무장상선에 실어 보내란 명령을 내렸다. 무장상선에 실어야 하는 화물이 많은 탓에 충분한 군마를 확보하는 데 어려움을 겪긴했지만, 다행히 지금은 1,500마리가 넘는 질 좋은 군마를 확보해 작은 연대를 만들 수 있는 준비를 마친 상태였다.

물론 달랑 군마만 오지는 않았다. 그동안은 기병 부대가 필요할 때마다 해병대원 중에 기병 임무를 수행해 본 경험이 있는 병사를 따로 추려 기병 부대를 조직했다. 그러나 유럽까지 와서 그럴 순 없는 노릇이라, 군마를 실어 올 때 그 군마를 몰 기병까지 같이 보내게 했다. 덕분에 천마기동여단 정예 기병

1,200명이 같이 도착해 구색을 갖출 수 있었다.

마왕의 등자에 다리를 집어넣은 이준성은 방탄 헬멧의 턱 끈을 바짝 조였다. 그리곤 성문이 있는 방향으로 이동하며 주위를 둘러봤다. 이미 준비를 마친 천마기동여단 기병 1,000명이 완전 무장한 상태에서 출격을 기다리는 중이었다.

천마기동여단 기병 부대 제일 앞에는 여단장 김덕령이 있었다. 이준성을 발견한 김덕령이 긴장한 표정으로 허리를 똑바로 세우며 경례를 올렸다. 뒤에 늘어서 있던 기병들 역시 바로 경례를 올렸다. 다들 기합이 잔뜩 들어가 있는지 경례 소리가 만든 파동에 공기가 파르르 떨리는 것 같았다.

고개를 끄덕인 이준성은 천마기동여단 맨 앞으로 이동했다. 잠시 후, 은게란이 이끄는 비서실과 마사카츠가 이끄는 경호실 요원이 완전 무장한 모습으로 나타나 그 뒤에 늘어섰다. 이준성 바로 뒤엔 낭환과 랭커스터 두 명이 자리했다.

이준성은 고개를 끄덕였다. 그 순간, 성문을 담당하던 병사들이 성문에 걸려 있는 빗장을 푼 다음, 성문을 밖으로 밀었다.

이준성은 성문의 틈이 어느 정도 벌어졌을 때, 등자에 건 두 다리로 재빨리 마왕의 말 배를 걷어찼다. 허연 콧김을 뿜어낸 마왕이 화가 난 것처럼 투레질하다가 쏘아져 나갔다. 말 그대로 활시위를 떠난 화살을 연상케 하는 속도였다.

이준성이 타는 군마가 평범할 리 없었다. 마왕 역시 보급 부대가 직접 운영하는 국영 사육장에서 사육사의 눈에 들어 이곳까지 왔는데, 그곳에서 기르는 군마가 10만 마리란 점을 고려하면 10만 대 1이란 엄청난 경쟁을 뚫은 셈이었다.

쏜살같이 성문을 빠져나온 이준성이 말 배를 계속 걷어찰 때마다 마치 기어가 바뀌듯이 마왕의 속도가 점점 빨라졌다. 그러나 자동차처럼 마왕 역시 한계 속도는 있기 마련이었다. 일정 시간이 지난 후에는 달리는 속도가 더는 올라가지 않았다. 대신 최고 속도를 거의 1분 가까이 유지했다.

피를 연상케 하는 붉은 땀이 온몸에 흐르는 마왕이 마침내 입을 벌리며 힘겨워하는 기색을 드러내기 시작했을 때였다. 2여단에 쫓기는 중인 에스파냐군 후방이 시야에 들어왔다.

그러나 보병은 아니었다. 에스파냐군 후방을 담당한 부대 는 독일 용병으로 이루어진 에스파냐 기병 부대였다. 독일인 으로 이루어진 기병 부대답게 사람과 군마 모두 굵직굵직했 다.

그러나 이준성은 전혀 두려워하는 기색 없이 연뢰를 뽑아 사격했다. 연뢰가 총성을 토해 냄과 동시에 실린더가 한 칸 씩 회전했다. 마지막 소뇌전을 발사한 이준성은 두 번째 연 뢰로 앞을 막아서는 적 기병을 몇 명 더 해치운 다음, 탄띠에 착용한 기병용 칼을 뽑아 사방을 베어 갔다.

칼은 허공을 종횡무진으로 갈랐다. 그러나 불필요한 움직 임은 거의 없었다. 칼이 허공을 가르면 어김없이 피와 살이 뛰었다. 더욱이 마갑을 걸친 마왕이 궤도가 달린 중전차처럼 앞을 막아서는 모든 물체를 들이받아 날려 버린 덕분에 이준성은 순식간에 적 기병 부대 사이를 뚫고 들어갔다.

이준성이 앞에서 적의 시선을 끌어 주는 동안, 경호실과 비서실, 천마기동여단이 차례대로 도착해 적 기병을 공격했다.

쾅쾅쾅쾅쾅!

군마끼리 부딪치며 둔탁한 굉음이 연속해 울렸다. 체구는 한국군이 작을지 모르지만, 그들이 탄 군마는 그렇지 않았다. 국영 사육장에서 기르는 군마 중에 힘이 좋은 군마만 추려 데려온 덕에 군마끼리의 충돌에서 전혀 밀리지 않았다.

탕탕탕탕탕!

그다음에 들린 소리는 연뢰가 불을 뿜는 소리였다. 에스파냐 기병 부대는 기병용 칼이나 투척용 단창으로 한국군 기병을 죽이려 들었지만, 무기를 휘두르기 전에 연뢰로 발사한 소뇌전이 먼저 날아갔다. 탄환보다 빠른 칼은 없었다.

유럽 역시 기병을 위한 총이 한창 개발 중이었다. 처음에는 화승총을 아주 작게 줄인 권총을 사용했고 나중에는 일반 소총의 총신을 잘라 제작한 카빈을 주로 사용했다. 총의 종류 중 하나인 카빈은 원래 기병용 소총을 의미하는 단어였다. 기병이 전장에서 사라진 후에는 일반 소총보다 총신이 짧거나 가벼운 소총에 카빈이란 이름을 붙이기 시작했다.

그러나 17세기 기병이 사용하는 총과 천마기동여단 기병이 쓰는 연뢰는 이미 한 세대 넘게 차이가 나는 무기였다.

독일인으로 구성된 기병 부대는 결국 걷잡을 수 없이 무너져 내렸다. 더욱이 천마기동여단 대원들은 칼과 편곤 역시 능숙하게 다룰 줄 알기 때문에 냉병기를 쓰는 백병전조차 이기기 어려웠다.

가끔 전신을 가린 플레이트 갑옷을 착용한 상태에서 마상용 장창으로 공격해 오는 전형적인 유럽 기사 때문에 애를 먹긴 했지만, 곧바로 연뢰를 발사해 벌집으로 만들어 버렸다.

유럽에서 플레이트 갑옷이 사라진 이유는 총의 발달과 연관이 있었다. 20킬로그램이 훌쩍 넘는 풀 플레이트 갑옷은 도검류는 물론이거니와 도끼, 메이스와 같은 둔기 계열 무기까지 어느 정도 막아 내 줄 정도로 뛰어난 방호력을 자랑했다.

거기다 원거리 무기인 화살과 쇠뇌까지 막아 주었기 때문에 풀 플레이트 갑옷을 걸친 기사가 전장의 주역으로 부상했다.

물론 풀 플레이트 갑옷이 무적이라곤 할 수 없었다. 우선 풀 플레이트 갑옷을 입은 상태에서는 오래 싸우지 못했다. 체력보단 체온 문제가 더 컸다. 열이 빠져나가야 체온을 안정적으로 유지할 수 있는데, 풀 플레이트 갑옷에는 열기가 빠져나갈 데가 없기 때문이었다. 또, 플레이트 갑옷이 대세로 떠오른 후에는 이를 막는 전용 무기와 검술이 발전했다.

한데 화약을 이용해 탄환을 쏘는 총이 등장한 후부터는 이런 플레이트 갑옷이 더는 무적의 방호력을 자랑하지 못했다. 구경이 작은 권총 탄환까지는 막을 수 있지만, 구경이 큰 머스킷으로 발사하는 탄환에는 소용이 없기 때문이었다.

독일인 용병으로 이뤄진 에스파냐 기병 부대는 플레이트 갑옷을 걸친 기병을 내보내 권총을 주력 무기로 쓰는 천마기동여단을 막으려 들었다. 당연한 결정이었다. 구경이 작은 권총 탄환에는 플레이트 갑옷이 잘 뚫리지 않았기 때문이었다.

한데 천마기동여단이 주력으로 사용하는 권총인 연뢰는 조악한 유럽산 핸드고네 따위와는 차원이 다른 물건이었다.

연뢰의 총신에는 탄두의 궤도를 붙잡아 주는 정밀한 강선이 파여 있었다. 원래 총과 야포는 강선 유무에 따라 명중률 자체가 달라졌다. 강선이 있으면 총구를 떠난 탄두가 사선으로 회전하며 일정한 궤도를 그리기 때문에 사수가 원한 지점으로 탄두를 날릴 수 있었다. 특히, 가까운 거리에서 명사수가 쐈을 때는 빗나갈 확률이 더 낮았다. 코앞에서 쏴도 빗나갈 때가 가끔 있는 핸드고네와는 차원이 달랐다.

　무엇보다 연뢰와 핸드고네의 차이는 사용하는 탄환에서 발생했다. 유럽이 만든 핸드고네는 불이 붙은 심지 혹은 부싯돌이 만든 스파크로 흑색화약에 불을 붙인 다음, 거기서 나온 추진력을 이용해 납 탄환을 발사하는 방식이었다.

　그러나 연뢰는 소뇌전이란 이름이 붙은 일체형 탄피를 사용했다. 그리고 그 소뇌전에 주로 쓰이는 화약은 조잡한 흑색화약이 아니라 여러 번 개량을 거친 무연화약이었다. 또, 불이나 부싯돌로 만든 스파크가 아니라 뇌홍으로 만든 뇌관을 공이로 때려 탄피에 든 무연화약을 격발시켰다.

　끝으로 핸드고네는 흑색화약을 태워 만든 가스가 새어 나갈 곳이 많았다. 그러나 일체형 탄피인 소뇌전은 무연화약을 태워 만든 가스가 총 밖으로 새어 나갈 구멍이 거의 없었다. 즉, 무연화약을 태워 만든 가스가 만들어 낸 추진력 대부분을 끝에 자리한 탄두를 날리는 일에 쓸 수 있단 뜻이었다.

　이런 이유로 인해 아무리 두꺼운 풀 플레이트 갑옷으로 무장해도 연뢰로 쏜 소뇌전을 맞으면 쓰러질 수밖에 없었다.

　독일인으로 이뤄진 에스파냐 기병 부대가 무너지는 모습을 지켜보던 이준성은 해병 2여단을 앞세워 전방으로 달려갔다. 전방에는 해병 3여단에 막힌 에스파냐 보병 부대가 있었다.

　그때, 해병 2여단장 강홍립이 손을 번쩍 들어 올렸다.

"사격하라!"

강홍립의 명령이 떨어지는 순간, 돌격하던 2여단 해병대원 1,000여 명이 그 자리에 멈춰 서서 재빨리 사격 자세를 취했다.

뇌격은 탄 클립을 위쪽에서 꽂는 형태이기 때문에 2여단 해병대원은 각자 자신 있는 사격 자세를 취할 수 있었다.

어떤 대원은 서서, 또 어떤 대원은 앉아서 사격 자세를 취했다. 심지어 어떤 병사는 사격 자세를 취하기 위해 엎드렸다.

사격 자세를 취한 2여단 해병대원은 주저 없이 적을 조준해 방아쇠를 당겼다. 곧 탄환 수천 발이 빗발치듯 허공을 갈라 우왕좌왕하던 에스파냐군 병사들을 벌집으로 만들었다.

에스파냐군 주력 부대는 그전까진 해병 3여단이 만든 저지선을 돌파하는 데 전력을 다하는 중이었다. 그리고 그사이 후방은 독일인 용병으로 이루어진 기병 부대에 맡겨 두었었다.

한데 철석같이 믿었던 독일인 기병 부대마저 격파한 한국군이 그들의 후방을 공격하기 시작했다. 한국군에게 앞뒤로 포위당할 상황에 놓인 그들로서는 당황할 수밖에 없었다.

에스파냐가 유독 독일인 용병을 고집하는 데는 두 가지 이유가 있었다. 첫 번째는 개개인의 전투력이 유럽에서 거의 최강으로 꼽히기 때문이었다. 그리고 두 번째는 수세에 처하더라도 쉽게 물러서지 않는 용맹함을 갖추었기 때문이었다.

이는 독일 남쪽에 있는 스위스 역시 마찬가지다. 이 두 나라 용병이 얼마나 유명하냐면, 독일인 용병은 란츠크네히트, 스위스인 용병은 라이슬로이퍼란 명칭이 따로 있을 정도였다.

란츠크네히트와 라이슬로이퍼는 어떤 전쟁이든 최선을 다해 싸웠다. 심지어 그들을 용병으로 고용한 국가의 주력 부대가 도망칠 때도 그들은 끝까지 남아 맡은 임무를 수행했다.

란츠크네히트와 라이슬로이퍼가 그렇게까지 하는 이유는 그들이 졸전을 펼치거나 겁을 먹고 도망치면 다름부터는 그들을 용병으로 고용하려는 국가가 없을 것이기 때문이었다.

한데 그런 란츠크네히트 기병 부대마저 한국군 기병 부대의 상대가 아니었다. 란츠크네히트 기병 부대가 처참히 패하는 모습을 보는 순간, 살아서 이곳을 빠져나가긴 틀렸단 생각이 들었는지 에스파냐군 수뇌부가 결국 항복을 선택했다. 이준성 역시 더 싸울 의향이 없긴 마찬가지였다. 공격을 멈춘 다음, 휘하 부대에 적의 항복을 받아들이란 명령을 내렸다.

한국군이 이번 전투에서 잡은 포로는 에스파냐군 6,000명에 란츠크네히트 기병 부대 1,200명을 더해 총 7,200명이었다.

그러나 포로를 많이 잡는 게 꼭 좋은 것만은 아니었다.

이곳이 본토라면 포로가 몇 명이든 상관없었다. 그러나 이곳은 본토에서 수천 킬로미터 떨어진 해외였다. 포로 7,200명을 장기간 수용하기엔 한국군이 보유한 군량과 식수가 너무 적었다.

현재 한국군이 보유한 군량과 식수는 5개월 치였다. 그러나 포로 7,200명에게 그 군량과 식수를 일부 나누어 주기 시작하면 바로 3개월 치로 줄었다. 앞으로 어떤 일이 생길지 전혀 알 수 없는 상황에서 달랑 3개월 치 군량과 식수로 계획해 둔 작전을 실행하기에는 여러모로 불안한 것이 사실이었다.

그때, 비서실장 은계란이 아이디어를 하나 냈다.

"포로를 이용해 에스파냐 왕실과 거래를 하시옵소서."

옥좌에 앉아 고민하던 이준성은 그 말에 바로 관심을 보였다.

"어떤 것과 거래하란 건가?"

"포로를 지브롤터와 맞바꾸는 것이옵니다."

반대편에 서 있던 마사카츠가 고개를 갸웃하며 물었다.

"지브롤터를 포로와 바꾸는 건 우리가 너무 손해 보는 장사 아니오? 난 포로를 이용해 거래할 거라면 다른 물건과 바꾸는 게 낫단 주의요. 이를테면 금이나 땅 같은 거 말이오."

은계란은 전혀 당황하는 법 없이 침착하게 대꾸했다.

"에스파냐 왕실은 지브롤터를 쉽게 포기하지 못할 것입니다. 그만큼 지브롤터가 지정학적으로 중요한 곳이기 때문이지요. 그러나 저울 한쪽에 지브롤터를 올린 다음 그 반대편에 포로 7,200명을 올리면, 저들로선 응할 수밖에 없을 겁니다."

그때, 랭커스터가 갑자기 그들 대화에 끼어들었다.

"저들이 그 제안에 응할 거라 확신하시는 이유는 무엇입니까?"

은게란은 고개를 돌려 랭커스터를 바라보았다.

"조금 전에 경호실장님께서 나에게 이렇게 말했네. 우리가 이미 점령해 둔 지브롤터를 왜 포로와 바꿔야 하느냐고. 포로와 바꾸려면 차라리 금이나 땅 같은 것이 더 낫지 않느냐고."

"그랬지요."

"우리가 이런 생각을 하는데 에스파냐 왕실이 이런 생각을 못 하겠는가? 당연히 하겠지. 그들 또한 우리가 잡은 포로를 이용해 금이나 땅 같은 걸 더 원할 거라 확신할 것이네."

랭커스터는 이치에 맞는단 생각이 들었는지 고개를 끄덕였다.

"그럴 확률이 높겠지요."

은게란은 입가에 엷은 미소를 지었다.

"바로 상대의 그런 심리를 이용하자는 말이네. 우리가 포로를 돌려주는 대가로 금이나 땅 같은 것을 원할 거라 믿는 저들에게 그 대가로 지브롤터를 달라 제안하는 것이지. 그럼 저들은 우리가 제안한 거래가 그들에게 훨씬 이득이라 생각할 공산이 아주 높네. 생각해 보게. 이미 우리에게 빼앗겨 남의 땅이나 다름없는 지브롤터로 귀중한 포로를 전부 돌려받을 수 있다면 훨씬 남는 장사가 아닌가 말이야."

그때, 마사카츠가 다시 반론을 제기했다.

"그럼 대체 우리가 포로를 거래해 얻을 수 있는 이득이 무엇이오? 우리가 이미 점령한 지브롤터 외엔 없는 게 아니오?"

은게란은 차분한 음성으로 대꾸했다.

"크게 두 가지 이득이 있지요. 첫 번째는 저들이 겉으론 몰라도 속으론 지브롤터를 우리 땅으로 인정할 거란 점입니다. 그럼 앞으로는 지브롤터를 탈환하기 위해 군대를 파견하지 않을 것입니다. 그리고 두 번째는 포로 7,200명을 저들에게 넘겨 군량과 식수를 아낄 수 있다는 점이지요. 이 두 가지 이득을 볼 수 있다면 우리 역시 손해는 아닐 겁니다."

마사카츠가 은게란의 대답을 곱씹을 때, 랭커스터가 물었다.

"저들이 우리 제안을 받아들이지 않으면요?"

은게란은 절대 그럴 리 없단 표정으로 대답했다.

"저들은 우리의 제안을 받아들일 수밖에 없네. 현재 에스파냐는 네덜란드, 영국, 프랑스, 오스만 제국과 사이가 썩 좋지 않네. 심지어 포르투갈 쪽에서는 분리 독립하려는 움직임까지 있지. 그런 상황에서 주력 부대가 전멸했다면, 결과는 뻔한 것이 아니겠는가? 에스파냐가 약해졌단 사실을 눈치 챈 다른 열강이 승냥이처럼 달라붙어 이권을 빼앗으려 들 것이네. 이러한 이치를 모를 리 없는 에스파냐로서는 포로로 잡힌 주력 부대 7,200명이 아주 소중할 수밖에 없을 것이야."

새치가 듬성듬성 난 턱수염을 쓰다듬으며 생각에 잠겨 있던 이준성은 결정을 내렸는지 옆에 있는 팔걸이를 살짝 쳤다.

"난 비서실장의 계획이 마음에 드는군. 비서실장이 보기에는 우리가 언제쯤 에스파냐 왕실에 사신을 보내는 게 좋겠나?"

은게란은 고개를 저으며 자신의 견해를 피력했다.

"신의 예측이 맞는다면 그럴 필요가 없을 것이옵니다."

이준성은 상체를 앞으로 숙이며 물었다.

"그게 무슨 뜻인가?"

"우리가 사신을 보내기 전에 저쪽에서 먼저 사신을 보낼 것이기 때문이옵니다. 지금 급한 것은 에스파냐 왕실 쪽이니까요."

은게란의 말대로였다. 보름쯤 지났을 때, 에스파냐 왕의 사촌인 카를로스란 귀족이 사신단 10여 명을 이끌고 지브롤터를 찾았다.

이준성은 카를로스와 왕의 사신단을 그의 집무실이 있는 행궁으로 불렀다. 그러나 그는 사신단의 인사만 받은 상태에서 더는 나서지 않았다. 나머진 은계란에게 모두 맡겼다.

에스파냐 왕의 사촌인 카를로스는 협상 테이블에 앉기 무섭게 그 앞에 앉아 있는 은계란에게 수위 높은 비난을 퍼부었다. 동석한 에스파냐어 통역관이 쩔쩔매며 통역할 정도였다.

그러나 은계란은 시종일관 온화한 미소를 유지할 뿐이었다.

화를 주체하지 못한 카를로스가 탁자를 쾅쾅 치며 물었다.

"귀국은 어찌하여 우리 에스파냐 제국의 영토를 강탈한 것이오?"

통역을 들은 은계란은 미소를 지으며 차분히 대답했다.

"우리가 먼저 귀국을 공격한 게 아니오."

카를로스가 씩씩거리며 물었다.

"그럼 우리가 먼저 공격했다는 거요?"

은계란은 그 말이 나오길 기다렸다는 듯 바로 대답했다.

"그렇소. 필리핀 마닐라에 주둔한 에스파냐군이 먼저 대만 타이호 왕국의 타이중 항구에 있는 우리 한국의 해군 기지를 공격했기 때문에 그 반격 차원에서 이루어진 조치일 따름이오."

카를로스가 옆에 있는 학자풍 사내와 상의한 후에 대답했다.

"필리핀 마닐라에 거주 중인 에스파냐인은 우리 에스파냐 왕실과 전혀 관련이 없는 사람들이오. 그들이 독단적으로 벌인

일을 왜 우리 에스파냐 본국이 책임져야 한단 말이오?"

"그럴 줄 알고 미리 준비해 둔 증거가 있소. 그걸 보여 드리게나."

대담한 은게란이 고개를 끄덕였다. 그 즉시, 옆에 앉아 있던 랭커스터가 카를로스 앞에 두꺼운 종이를 몇 장 내밀었다.

카를로스는 유럽인이 분명한 랭커스터가 동양인 사이에 끼어 있는 게 이상한지 한참을 노려보다가 종이로 손을 뻗었다.

"이게 무엇이기에 그리 자신만만한 거요?"

"에스파냐 왕의 직인이 찍혀 있는 마닐라 총독 임명장이오. 직접 살펴보면 알겠지만, 무려 다섯 명의 총독에게 내린 임명장이오. 설마 왕의 직인이 떡하니 찍혀 있는 총독 임명장마저 있는 마당에 마닐라에 주둔한 에스파냐군이 에스파냐 왕실과 관련 없다는 주장을 되풀이할 셈이오?"

카를로스가 신경질을 내며 임명장을 은게란 앞으로 밀었다.

"이건 다 가짜요. 당신들이 조작한 게 틀림없소."

은게란은 어깨를 으쓱거렸다.

"으음, 그건 별로 좋은 태도는 아닌 것 같소만."

카를로스가 미간을 찌푸리며 물었다.

"그게 무슨 뜻이오?"

"당신은 지금 왕의 직인이 찍혀 있는 임명장을 가짜라며 인정하지 않았는데, 이러한 행동은 왕의 권위에 도전하는 행동처럼 비춰질 위험이 있소. 무엇보다 다른 사람들 눈에는 마치 에스파냐 제국의 체면을 떨어트리는 행동처럼 보일 것이오."

숨을 헉 들이마신 카를로스가 옆을 슬쩍 보았다. 은게란의 말대로였다. 같이 온 사신단의 표정이 썩 좋아 보이지 않았다.

카를로스는 다시 학자풍의 사내와 밀담을 나눈 후에 대답했다.

"좋소. 에스파냐 왕실과 마닐라 총독의 관계를 부정하지 않겠소. 하지만 당신들은 곧바로 마닐라를 공격해 총독을 죽이지 않았소? 그 정도면 이미 대가를 충분히 치른 셈 아니오?"

은게란은 다시 고개를 저었다.

"우리는 앙골라 루안다에서 포르투갈 함대의 공격을 받았소. 내가 착각한 게 아니라면 현재 에스파냐는 포르투갈을 병합한 상태일 거요. 그렇다면 포르투갈이 저지른 일 역시 에스파냐가 책임져야 맞지 않겠소? 이는 어떻게 생각하시오?"

카를로스가 다시 화를 냈다.

"부당하오! 포르투갈이 해외에서 벌인 짓까지 책임질 순 없소!"

"그 말은 포르투갈이 이미 에스파냐의 통제를 벗어났단 사실을 인정하는 것이오? 포르투갈 국민이 들으면 좋아하겠군."

현재 포르투갈에선 분리 독립하려는 움직임이 있었다. 한데 이런 소문이 포르투갈 국민 귀에 들어가면 분노해 독립을 앞당기려 할지 몰랐다. 카를로스의 얼굴이 다시 노래졌다.

그때, 은게란이 사람 좋아 보이는 미소를 지었다.

"당신들은 우릴 비난하기 위해 이곳까지 온 건 아닐 것이오."

"무슨 뜻이오?"

"당신이 이치에 맞는 제안을 한다면 들어 볼 의향이 있단 뜻이오."

얼굴이 붉으락푸르락하던 카를로스가 한참만에야 입을 뗐다.

"귀국이 붙잡은 포로를 돌려주시오."

그 말을 듣는 순간, 은게란의 입가에 걸린 미소가 더 짙어졌다.

◆　◆　◆

은게란은 미소를 유지하며 대꾸했다.

"우린 바보가 아니오."

카를로스가 초조한지 손깍지를 끼며 상체를 앞으로 당겼다.

"무슨 뜻으로 하는 말이오?"

"우리가 잡은 포로를 귀국에 돌려주는 일은 그다지 어렵지 않소. 그러나 풀려난 포로가 다시 병사로 변해 우리를 또 공격해 온다면, 우린 사람들의 비웃음을 살 수밖에 없을 것이오."

카를로스가 옆에 있는 학자풍 사내와 상의한 후에 대답했다.

"그런 일은 절대 없을 것이오. 펠리페 2세께서 나에게 내려주신 카를로스 데 아우스트리아란 이름을 걸고 맹세하겠소."

은계란은 짧은 한숨을 쉬었다.

"당신이 명예를 목숨보다 더 소중히 생각하는 사람이란 것은 잘 알겠소. 그러나 우린 그보다 좀 더 실용적인 것을 원하오. 이를테면 왕의 직인이 찍힌 공식 협정문 같은 것 말이오."

카를로스는 쓴웃음을 지으며 물었다.

"어떤 협정문을 말하는 거요?"

"두 가지 조건이 들어간 협정문이오."

"말해 보시오."

"첫 번째는 지브롤터 근방 30킬로미터를 한국에 영구 할양한단 조건이오. 그리고 두 번째는 에스파냐 제국이 지브롤터를 공격하지 않는단 조건이오. 이 두 가지 조건만 포함하면 한국은 귀국이 작성한 협정문에 서명할 용의가 있소."

카를로스는 학자풍 사내와 다시 상의했다. 한데 이번에는 상의 시간이 꽤 길었다. 아마 중요한 내용을 논의하는 듯했다.

카를로스가 10여 분이 지난 후에 고개를 돌려 은게란을 보았다.

"그럼 우리도 조건이 몇 가지 있소."

은게란은 여유가 넘치는 표정으로 고개를 끄덕였다.

"말해 보시오."

"우선 잡은 포로를 전부 돌려줘야 하오."

"문제없소."

"한국군은 앞으로 할양받은 곳 밖으로 나와선 안 될 것이오. 물론 유럽이 아니라 이베리아반도에만 해당하는 이야기요."

은게란은 시원하게 승낙했다.

"그 역시 문제없소."

그때, 카를로스가 뜸을 들이며 말했다.

"이제 마지막 조건 하나만 남았는데⋯⋯."

"경청 중이오."

카를로스는 뭔가 마음에 들지 않는 게 있는지 한참 동안 고개를 좌우로 젓다가 어쩔 수 없단 표정을 살짝 지어 보였다.

"우리가 지브롤터를 무상으로 한국에 넘기면 유럽 안에서 우리 에스파냐 제국의 체면이 땅에 떨어질 수밖에 없소. 그래서 하는 말인데, 지브롤터를 영구 할양받는 조건으로 차라리 우리 에스파냐 제국과 동맹을 맺는 것이 어떻겠소? 한국이 어떤 의도를 가지고 유럽까지 왔는지는 모르겠지만, 우리 에스파냐 제국과 동맹을 맺으면 활동하기가 훨씬 수월할 것이오."

그때, 내내 말이 없던 이준성이 처음으로 입을 열었다.

"어떤 동맹을 말하는 것인가?"

카를로스는 한국의 국왕이 갑자기 끼어드는 바람에 당황했는지 잠시 말을 잇지 못했다. 자신을 한국의 국왕이라 소개한 중년 사내는 온몸에 철갑 같은 근육을 두른 보기 드문 거구인 데다 눈빛이 칼날처럼 예리하기 짝이 없어, 그와 눈이 마주치면 마치 벌거벗은 상태로 앉아 있는 것 같았다.

만약 국왕이 직접 협상에 나섰으면 말조차 꺼내기 어려웠을 터인데, 그는 다행히 협상 내내 옥좌에 앉아 지켜보기만 하였다. 한데 그런 그가 동맹 얘길 꺼내기 무섭게 직접 나섰으니 불길한 예감이 들 수밖에 없었다.

카를로스는 침착함을 유지하기 위해 애쓰며 이준성의 질문에 대답했다.

"양 국가가 불가침 조약을 맺는 것입니다."

이준성은 바로 고개를 저었다.

"불가하네."

카를로스는 설득할 여지가 있는지 알아보기 위해 이준성의 안색을 슬쩍 살폈다. 그러나 표정 변화가 전혀 없는 탓에 이준성이 지금 무슨 생각을 하는지 알아낼 방법이 없었다.

카를로스가 한숨을 짧게 내쉬며 은게란 쪽으로 고개를 돌렸다.

"동맹이 어렵다면 다른 조건을 내세울 수밖에 없소."

이준성은 조금 전에 한 개입이 마지막 개입이었다는 것처럼 다시 팔짱을 끼며 은게란과 카를로스의 협상을 지켜보았다.

은게란이 눈을 빛내며 물었다.

"어떤 조건이오?"

"귀국이 지브롤터를 할양받는 대가를 금전으로 보상해 줘야겠소."

그 후, 은게란과 카를로스는 금전의 액수를 놓고 치열한 줄다리기를 펼쳤지만 결국 금괴 100킬로그램을 주기로 합의했다.

그로부터 한 달 후, 이준성은 에스파냐 제국 펠리페 4세의 총신이며 제국의 재상인 가스파르 데 구즈만 공작과 지브롤터 경계에서 만나 양국의 국왕이 서명한 협정문을 교환했다.

원래는 이준성과 펠리페 4세와 직접 만나 서명한 협정문을 교환할 예정이었다. 그러나 한국군을 믿지 못한 펠리페 4세가 지브롤터까지 오기를 거부한 탓에 재상인 가스파르 데 구즈만 공작이 펠리페 4세를 대행해 협정문을 교환했다.

이준성은 펠리페 4세가 공식 초청한다면 에스파냐 제국의 수도가 있는 마드리드를 찾을 의향이 있었다. 심지어 펠리페 4세가 초청한단 가정하에서 톨레도, 바야돌리드, 부르고스처럼 카스티야에 있는 큰 도시를 찾을 의향 또한 있었다.

이준성이 마드리드로 가려는 의도는 하나였다. 현재 에스파냐 제국은 유럽 최강국 중 하나이기 때문에 유럽의 문명이 현재 어떤 수준까지 와 있나 이참에 확인해 볼 심산이었다.

한데 펠리페 4세는 이준성을 수도나, 카스티야의 다른 도시로 초청하지 않았다. 이준성과 이준성이 이끄는 한국군이 이베리아반도 내륙으로 들어오는 것을 원치 않은 것이다.

펠리페 4세의 걱정은 어쩌면 당연한 걱정일 수 있었다. 유럽 최강이라 불리던 에스파냐 테르시오 3만 명이 고작 2~3,000명에 불과한 한국군에 대패한 상황에서 에스파냐 제국의 핵심 도시가 모두 모여 있는 카스티야 지역으로 한국군을 불러들이는 것은 바보 같은 짓이었다. 만약 한국군이 카스티야에 들어와 눌러앉으면, 다시 쫓아낼 방법이 마땅치 않았다.

에스파냐는 이번 패전 소식을 어떻게든 감추려 했지만, 에스파냐에 있는 타국 첩자와 상인에 의해 전 유럽에 퍼져 나갔다.

에스파냐의 패전 소식을 접한 유럽의 반응은 극명하게 갈렸다. 우선 영국, 정확히 말하면 잉글랜드-스코틀랜드 동군 연합은 유럽 내륙에 있는 병력과 자원을 재빨리 회수했다.

영국은 스페인 아르마다를 물리친 덕에 명성이 하늘을 찌를 듯하던 자국의 해군이 인도 캘커타에서 한국 해군에 패하는 수모를 겪었다. 그리고 인도 내륙인 인도르에선 무굴 제국을 지원하기 위해 나선 자국 육군이 비자야나가르 왕국의 우군인 한국 육군과 싸웠다가 대패해 체면을 왕창 구겼다.

유럽에서는 드물게도 한국 해군, 한국 육군 양쪽 모두와 전투를 치러 본 역사가 있는 영국은 한국군이 얼마나 강력한 군대인지 그 누구보다 잘 알았다. 한데 그런 한국군이 마침내 영국의 안마당이라 할 수 있는 유럽 대륙에까지 상륙했다는 소식은 그야말로 충격을 넘어 공포가 아닐 수 없었다.

영국은 한국이 인도에서의 일을 명분 삼아 침공해 올 가능성이 있단 우려에 급히 유럽에 있는 병력과 자원을 회수했다. 한국군이 영국을 대대적으로 침공해 올 것에 대비하는 목적이었다.

이는 포르투갈, 네덜란드 두 나라 역시 마찬가지였다. 그들 역시 동아시아에서 한국군과 교역권을 두고 다툼을 벌인 경험이 있던지라, 화들짝 놀라 전국에 비상 소집령을 내렸다.

반면, 신성 로마 제국, 프랑스 왕국, 폴란드-리투아니아 연방, 스웨덴 제국, 덴마크-노르웨이 왕국, 러시아의 루스 차르국, 이탈리아의 베네치아 공화국, 나폴리 왕국, 시칠리아 왕국 등은 한국군을 별로 신경 쓰지 않았다. 비록 영국, 네덜란드 쪽에서 한국과 관련한 정보가 생각보다 많이 흘러나오긴 했지만, 자신들이 신경 써야 할 상대라고는 생각지 않았다.

그들에게 한국군은 지중해에 나타난 겁 없는 해적단에 불과했다. 심지어 거리가 먼 동유럽에선 한국군을 북아프리카 탕헤르에서 넘어온 이교도로 착각하는 촌극까지 빚어졌다.

상황이 이런지라, 에스파냐 제국이 생전 처음 들어 본 나라의 군대에 형편없이 깨졌단 소문은 한동안 에스파냐의 군대를 비웃는 조롱거리 소재로 쓰이는 경우가 많았다.

한데 에스파냐가 형편없이 약해졌단 소문이 전 유럽에 퍼져 나간 데는 이준성의 지분 역시 상당했다. 지브롤터를 차지한 이준성이 그 후에 별다른 행동을 하지 않았기 때문이었다.

이준성은 심지어 탕헤르에 해병 1개 중대만 남겨 지키게 한 다음, 나머지 해병 1여단 병력은 지브롤터로 불러들였다.

그리고 장보고함대 역시 특별한 일이 아니면 지브롤터를 떠나지 못하게 하였다. 만약 이준성이 지브롤터, 탕헤르 사이를 장보고함대로 막은 다음, 지중해와 대서양을 오가는 교역선에 통행료를 매기면 막대한 이익을 거둘 수 있었다.

반발은 어느 정도 있을 테지만 유럽엔 장보고함대를 단독으로 상대할 수 있는 해군이 없었기에 신경 쓸 필요가 없었다.

그러나 이준성은 유럽 여러 나라와 교역하러 온 것이지,

해적처럼 지브롤터에 틀어박혀 통행료나 받자고 그 먼 데서 유럽까지 온 게 아니었다. 그 덕분에 유럽 각국의 교역선은 전처럼 아무런 방해 없이 대서양과 지중해 사이를 오갈 수 있었기 때문에 지브롤터에 있는 한국군을 신경 쓰지 않았다.

한편, 이준성은 그동안 지브롤터 반경 30킬로미터 안에 성채와 부두, 기지, 창고 등을 계속 건설했다. 지브롤터는 한국이 유럽에 얻은 첫 기반이기 때문에 각별할 수밖에 없었다.

저녁 식사를 마친 이준성은 따스한 느낌을 주는 지중해 특유의 풍경을 감상하며 행궁 근처를 산책하다가 땀에 젖은 몸을 씻기 위해 야외에 만들어 둔 노천 목욕탕을 찾았다. 지브롤터가 속한 지중해는 겨울에도 영하로 떨어지는 일이 드물만큼 따뜻한 데다, 여름에는 사막 기후와 비슷한 점이 많아 야외에 목욕탕을 만들어도 거의 사시사철 이용이 가능했다.

지금은 비록 가을이지만 덥고 건조하기는 매한가지였다. 폭포 옆에 만든 목욕탕을 찾은 이준성은 무심코 옷을 벗다가 깜짝 놀랐다. 돌로 만든 욕조에 선객이 있었기 때문이었다.

더욱이 그 선객이 막 꽃봉오리를 피우기 시작한 붉은 장미를 떠올리게 만드는 젊은 여인이어서 더 놀랄 수밖에 없었다.

그와 달리 여인은 별로 놀라지 않은 기색이었다. 실오라기 하나 걸치지 않은 나신으로 목 부근까지 욕조에 몸을 담그고 있던 여인은 자신의 몸매를 자랑하듯 천천히 일어났다.

날이 아직 완전히 저물지 않은 덕에 이준성은 여인의 아름다운 나신을 자세히 볼 수 있었다. 심지어 몸의 굴곡을 따라 흘러내리는 물방울의 모양까지 기억할 수 있을 정도였다.

이준성은 오랜만에 보는 여인의 나신에서 좀처럼 시선을 뗄 수 없었다. 갈색빛이 감도는 풍성한 머리카락, 탄력이 넘쳐 손을 대면 그대로 튀어 오를 것 같은 구릿빛 살결, 아담한 가슴, 잘록한 허리, 탄탄한 엉덩이의 곡선이 장미처럼 붉은 노을빛에 휩싸여 이준성을 미친 듯이 유혹하는 중이었다.

여인은 오늘 아주 작정한 모양이었다. 그의 시선을 피하기는커녕, 오히려 더 자세히 보라는 듯 헝클어진 머리카락을 정리해 뒤로 천천히 쓸어 넘겼다. 별것 아닌 동작이지만 지금은 엄청나게 유혹적이어서 더 참기가 힘들 지경이었다.

벗다 만 옷을 마저 벗은 이준성은 욕조 안으로 들어갔다. 여인은 기다렸다는 듯 그에게 다가와 그의 품에 안겼다. 젊은 여인의 싱그러운 체취와 몸이 살짝 닿을 때마다 느껴지는 부드러운 살결이 마지막 남은 이성의 끈을 놓게 했다.

이준성은 여인의 턱을 잡아 천천히 들어 올렸다. 여인은 잔뜩 기대하는 표정으로 그의 얼굴을 잠시 바라보다가 천천히 눈을 감았다. 여인의 긴 속눈썹이 천천히 떨리는 게 보였다. 그는 여인의 입에 강한 입맞춤을 하였다. 여인 역시 기다렸다는 듯이 그의 허리를 안으며 몸을 더 밀착시켜 왔다.

등을 훑던 이준성의 양손이 그녀의 엉덩이로 쪽으로 천천히 내려가는 순간, 여인은 참을 수 없다는 듯 나지막한 신음을 토했다. 더 참을 수 없기는 이준성 역시 마찬가지였다.

여인을 번쩍 들어 올린 이준성은 옷을 갈아입기 위해 만들어 둔 욕조 옆 탈의실 안으로 들어갔다. 그리고는 노을이 완전히 지고 달이 중천으로 향할 때쯤에야 밖으로 나와 욕조의 차가운 물에 몸을 담그며 아직 꺼지지 않은 열기를 식혔다.

이준성을 유혹한 여인은 바로 달리아였다. 달리아는 마다가스카르를 통일한 마리보 왕국 여왕 마리나의 외동딸이었다.

이준성이 마다가스카르에 머무를 때, 당시 마리보 부족의 족장이던 마리나가 이준성이 가진 부와 재물을 이용할 목적으로 자기 딸인 달리아에게 이준성을 유혹하라 시킨 적 있었다.

그러나 이준성은 당시 달리아의 나이가 어린 것을 보고 유혹에 응하지 않았다. 대신, 달리아를 장보고함에 태워 2년 가까이 우리말과 문화 등을 열심히 가르쳐 주었다. 심지어 무예와 무기를 다루는 법까지 가르쳐 주었다. 달리아는 아주 총명한 여인이었다. 흔한 말로 하나를 가르치면 열을 아는 여인이어서 그가 가르쳐 주는 지식을 스펀지처럼 흡수했다.

그러나 달리아를 어떻게 해 볼 생각으로 잘해 준 건 결단코 아니었다. 맹세할 수 있었다. 달리아는 어차피 마리나의 뒤를 이어 마리보 왕국의 여왕에 즉위할 귀중한 몸이었다. 마리보 왕국과의 교류가 늘면 늘수록 동아프리카 전역을 담당하는 중요한 거점인 마다가스카르의 마하장가 항구를 한국이 좀 더 확실하게 소유할 수 있었기에 잘해 준 것에 불과했다.

한데 달리아는 그를 선생으로 본 게 아니라 남자로 생각한 모양이었다. 해가 바뀔수록 그를 유혹하는 달리아의 행동이 점점 더 대담해지는 바람에 결국 곤란함을 느낀 이준성은 몇 달 전부터 달리아와 단둘이 있는 상황 자체를 피했다.

한데 오늘은 아예 끝장을 보려는 생각이었는지 아예 그만 쓰는 욕조에 옷을 벗은 상태로 들어가 그가 오길 기다렸다.

이준성은 그의 품에 안겨 행복해하는 달리아를 내려다보며 쓴웃음을 지었다. 바깥에 나와 있을 땐 외간 여자를 품지 않겠다는 신조가 몇십 년 만에 처음으로 깨져 버린 것이다.

그러나 어차피 벌어진 일이었다. 그녀가 마리보 왕국을 물려받기 전까지는 그녀를 부인 중 하나로 대할 수밖에 없었다.

달리아의 달콤한 숨결과 부드러운 살결을 느끼는 순간, 이준성은 한숨을 살짝 내쉬며 고개를 들어 중천에 뜬 달을 보았다. 달빛이 맑아 그런지 머릿속의 번민이 점차 사라져 갔다.

독재자

2장. 적의 적

달리아가 섬섬옥수란 말이 어울리는 긴 손가락으로 철갑처럼 단단한 그의 가슴팍에 알 수 없는 그림을 그리며 물었다.

"남녀가 사랑하면 매일 이런 거예요?"

이준성은 고개를 갸웃거리며 대답했다.

"다른 사람들은 어떻게 하는지 모르겠지만, 아마 그렇지 않을까?"

달리아가 놀란 토끼 눈을 하며 믿을 수 없다는 표정을 지었다.

"정말요? 그럼 다른 연인들도 매일 이렇게 오래……."

그제야 질문의 의도를 알아챈 이준성은 껄껄 웃었다.

"하하, 당연히 이렇게 오래는 못 하지."

"그럼 전하가 특이한 거예요?"

"아니, 나 역시 다르진 않아. 다만, 오늘은 특별한 날이니까."

"어떻게 특별한데요?"

이준성은 달리아의 이마에 입을 맞추며 대답했다.

"달리아가 너무 아름다워서 그랬던 거야."

"정말요?"

"그럼."

"기뻐요."

달리아가 그의 품에 안기며 미소 지었다. 다행히 지브롤터 개발이 얼추 끝난 상태라, 이준성은 달리아 한 명에게 오롯이 집중할 수 있었다. 마치 신혼 초로 돌아간 것 같은 기분을 느낀 그는 하루하루가 어떻게 지나가는지 모를 정도였다.

달리아 역시 상상 속에서나 꿈꾸던 일이 현실로 이루어져서인지, 그를 보며 행복한 표정을 자주 지어 보이고는 하였다.

그러나 그녀의 행복은 그리 오래가지 않았다. 마리보 왕국의 여왕 마리나가 중병에 걸리는 바람에 달리아는 어쩔 수 없이 왕국으로 돌아가야 했다. 부두에 배웅 나온 이준성의 품에 안겨 한참을 운 달리아는 결심했다는 듯 그대로 돌아서서 그녀를 태우고 가기 위해 기다리는 전함에 승선했다.

달리아를 태운 전함은 호위함 세 척의 호위를 받으며 지브롤터를 떠나 앙골라에 있는 루안다 항구로 향했다. 그리고 루안다에 도착해선 바로 남아프리카에 있는 케이프타운으로 이동한 다음, 거기서 마지막 목적지인 마하장가로 떠났다.

달리아가 갑자기 떠나는 바람에 옆구리가 약간 시리기는 했지만, 그 역시 얼마 지나지 않아 눈코 뜰 새 없이 바빠졌다.

지브롤터 행궁에 있는 집무실에서 이순신 장군과 차를 마시며 담소를 나누던 이준성은 예상치 못한 손님의 방문을 받았다.

이준성은 손님을 만나러 가기 전에 이순신 장군에게 청했다.

"피곤하지 않으면 손님을 같이 만나 보는 게 어떻겠소?"

이순신 장군은 정중히 사양했다.

"소장은 천성이 군인이라 그런 자리에는 어울리지 않사옵니다."

이순신 장군이 한번 뱉은 말을 끝까지 지키는 성격임을 아는 이준성은 노장의 심사를 어지럽히지 않기로 하였다.

"그렇다면 굳이 권하진 않으리다."

"예, 전하. 소장은 그동안 장보고함에 있을 터이오니 필요한 일이 있으시면 언제든 부르시옵소서. 바로 달려가겠나이다."

"너무 무리하진 마시오."

"그러는 중이옵니다."

옛날 군인답게 한쪽 무릎을 꿇으며 군례를 취한 이순신 장군이 천천히 뒷걸음질 쳐서 집무실을 나갔다. 이준성은 10여 년 전에 군의 제식과 왕실 예절 몇 가지를 간소화시켰다.

예전엔 군에서 하급자가 상급자를 찾았을 때 한쪽 무릎을 꿇은 후에 군례를 취했지만, 지금은 이를 간소한 경례로 대체한 상태였다. 또, 전엔 왕을 알현한 신하들이 돌아갈 때, 절대 왕에게 등을 보이지 않았다. 그러나 지금은 그렇지 않았다. 왕에게 등을 보이는 행동이 더는 불경이 아니었다.

그러나 이순신 장군처럼 나이가 많은 군인이나 신하들은 고지식한 탓에 조선 왕실에서 사용하던 법도와 예절을 계속 고수하는 중이었다. 이준성 역시 그들이 하루아침에 바뀌리란 기대를 별로 하지 않았기 때문에 이를 묵인하는 중이었다.

이준성은 이순신 장군의 굽은 등을 보며 한숨을 살짝 내쉬었다. 그가 지천명을 넘겼듯이 이순신 장군 역시 이제 여든을 바라볼 만큼 고령이라 그는 걱정이 이만저만이 아니었다.

그야 객지에서 죽더라도 상관없지만 이순신 장군은 아니었다. 민족의 영웅에게 쓸쓸한 최후를 맞게 할 생각이 없었던 이준성은 여러 차례에 걸쳐 귀국하는 게 좋겠단 말을 하였다.

그러나 이순신 장군은 무인에겐 나라를 위해 싸우다가 전장에서 전사하는 것이야말로 가장 큰 기쁨이라며 정중히 사양했다. 무인이 뜨뜻한 아랫목에 누워 임종을 맞는 것은 그가 생전에 나라를 위해 열심히 싸우지 않았다는 증거란 뜻이었다. 그야말로 고지식한 애국자만이 할 수 있는 말이었다.

이준성은 집무실 밖을 향해 소리쳤다.

"비서실장!"

비서실이 행궁 집무실 옆에 붙어 있어 은계란이 바로 들어왔다.

"영빈관으로 가시겠사옵니까?"

"영빈관으로 가기 전에 이완과 이회 두 사람을 만나 봐야겠다."

"바로 불러오겠사옵니다."

이준성은 나가려는 은계란을 급히 붙잡으며 명령을 추가했다.

"이순신 장군은 내가 두 사람을 불렀다는 사실을 몰라야 한다."

"염려 놓으시옵소서."

대답한 은계란은 비서관이나 행정관을 보내지 않고 자신이 직접 마차를 타고 해군 기지까지 가서 이완과 이회 두 사람을 은밀히 청했다. 다행히 이순신 장군은 장보고함 함교에서 부하 제독들의 보고를 받는 중이라, 이 사실을 몰랐다.

잠시 후, 얼굴이 약간 닮은 중년 사내 두 명이 은계란의 안내를 받아 집무실 안으로 들어왔다. 두 사람은 조금 긴장한 표정으로 인사를 올린 다음, 이준성이 권한 자리에 앉았다.

두 사람 중 무장처럼 사내다운 외모를 지닌 사내가 이완이었다. 그 옆에 청수한 유생처럼 보이는 사내는 이회였다.

이준성이 중요한 손님까지 와 있는 상황에서 굳이 두 사람을 집무실로 부른 이유는 두 사람이 바로 이순신 장군의 큰조카와 장남이기 때문이었다. 이완은 이순신 장군의 큰형인 이희신의 아들로, 군에서 20년 넘게 근무한 베테랑이었다. 현재는 구성을 마친 천궁포병여단의 여단장을 맡고 있었다.

그리고 이회는 이순신 장군의 개인 부관 자격으로 1년 전쯤 장보고함대가 앙골라 루안다 항구에 있을 때 합류해 지금까지 아버지인 이순신 장군의 옆에서 수발을 드는 중이었다.

이준성이 이순신 장군의 큰조카와 장남을 이 먼 유럽까지 부른 이유는 이순신 장군이 돌아가지 않으려 하기 때문이었다.

그렇다면 차라리 장군이 의지할 수 있는 아들과 큰조카를 부르는 게 더 낫겠다 싶어 두 사람을 불러들인 것이다.

이는 사실 이준성이 세운 인사 원칙을 깨는 인사 발령이었다. 그는 그동안 부자, 형제 등이 같은 부대나 지역에서 일하지 못하게 했다. 특히, 군에는 그 원칙을 더 철저히 적용했다.

이것은 고려와 조선 시대에 존재하던 상피 제도와는 조금 다른 인사 원칙이었다. 조선 시대에는 상피 제도라 하여 친인척끼리 같은 근무지에서 근무하지 못하도록 하는 제도가 있었다. 그들끼리 작당하여 비리를 저지를 수 있기 때문이었다.

그러나 이준성이 그런 원칙을 세운 이유는 부자나 형제가 같은 부대에서 근무하다가 전사하면 그 집안의 대가 끊길 위험이 있기 때문이었다. 그런 인사 원칙을 생각하면 이순신 장군과 큰조카, 장남이 한 부대에서 같이 근무하는 이런 상황은 원칙을 깨다 못해 아예 파괴한 수준이나 마찬가지였다.

그러나 그 대상이 이순신 장군이기 때문에 그가 세운 인사 원칙을 깬 것이다. 그리고 이런 조치에 대해 감히 불만을 제기하거나 자기는 왜 그렇게 안 해 주냐며 따지는 자는 없었다. 그만큼 이순신 장군이 특별한 존재이기 때문이었다.

이준성은 앞에 앉아 있는 이완, 이회 두 사람에게 물었다.

"장군은 요즘 좀 어떠신가?"

이회가 먼저 대답했다.

"기력이 약간 쇠하신 것 말고는 다 괜찮사옵니다."

이준성은 흡족한 표정으로 물었다.

"음식은 잘 드시던가?"

"예, 아주 잘 드시는 편이옵니다."

"다행이군."

고개를 끄덕인 이준성은 진지한 어조로 당부했다.

"두 사람이 어련히 알아서 잘하겠지만, 그래도 잘 챙겨 드리게."

"명심하겠사옵니다."

"두 사람도 이미 어느 정도 눈치 챘을 테지만, 이번 계획은 몇 년이 걸릴지 알 수 없다네. 아마 당분간 돌아가는 일은 없을 거야. 한데 장군은 고국으로 돌아가는 것을 계속 거부하는 중이지. 두 사람은 내 말이 무슨 뜻인지 알 것이네."

이완과 이회 두 사람이 서로를 한 차례 바라본 후에 대답했다.

"알고 있사옵니다."

"좋아. 그럼 그 문제는 그렇게 하기로 하고. 천궁포병여단의 훈련 상태는 좀 어떤가? 지금 당장 출전해도 문제가 없겠는가?"

이완이 자신 있는 목소리로 대답했다.

"문제없사옵니다."

"알았네. 빠르면 몇 달 안으로 천궁포병여단이 필요한 일이 생길지 모르네. 그전까지 준비를 완벽히 해 놓도록 하게나."

"그리하겠사옵니다."

이준성은 이완, 이회 두 사람을 격려한 후에 영빈관으로 향했다.

영빈관 안으로 들어간 이준성은 고개를 돌려 그를 찾아왔다는 손님을 보았다. 손님은 두 명이었는데, 한 명은 머리가 벗겨진 백인 노인이었다. 그리고 다른 한 명 역시 백인으로, 나이는 30대 후반으로 보였으며 체구가 아주 건장했다.

은게란에게 들은 사전 정보에 따르면, 이 두 사람은 네덜란드 공화국이 파견한 외교 사절이었다. 둘 중 노인은 네덜란드 외교 일을 전담하는 지위 높은 귀족이었고, 30대 후반으로 보이는 건장한 사내는 공화국 군대를 이끄는 고급 장교였다.

이준성은 영빈관 옥좌에 앉아 두 사람을 내려다보며 말했다.

"내가 한국의 국왕인 이준성이네."

통역관이 이준성의 말을 통역하는 순간, 살짝 긴장한 표정으로 서 있던 두 사람이 잠시 멈칫하다가 한숨 놓았다는 표정을 지었다.

두 사람은 오는 내내 언어가 통하지 않는 상황을 무척 걱정하였는데, 놀랍게도 한국 쪽에 네덜란드어를 유창하게 구사할 줄 아는 통역관이 있었다.

네덜란드 동인도 회사가 인도네시아 암본 섬을 상당 기간 지배했기 때문에 네덜란드어를 할 줄 아는 통역관을 찾는 일은 그리 어렵지 않았던 것이다.

그러나 얼마 지나지 않아서 이 사실이 뜻하는 진짜 의미를 깨달았는지 두 사람의 표정이 금세 어두워졌다. 한국군 안에 네덜란드어를 전문으로 통역하는 통역관이 있다는 말은 한국의 목표 중에 네덜란드가 있다는 뜻과 같기 때문이었다.

그러나 지금은 자신들이 맡은 임무를 수행하는 것이 먼저라 생각했는지 한 명씩 나와 예를 표하며 이준성에게 자신들을 소개했다.

먼저 귀족풍 노인이 나와 머리를 숙였다.

"저는 네덜란드 공화국의 외교를 맡은 니콜라스 판 레이덴입니다. 한국의 국왕 전하를 알현할 수 있어 무척 영광입니다."

이어 군인으로 보이는 사내가 나와 유럽식 경례를 하며 말했다.

"저는 네덜란드 공화국의 해군 지휘관인 휴고 드 위트입니다."

이준성은 한쪽 다리를 꼰 후에 고개를 천천히 끄덕였다.

"네덜란드는 우리와 아주 인연이 깊은 나라지."

경험이 많은 레이덴은 이준성이 무슨 말을 하려는 건지 아는 사람처럼 얼굴에 쓴웃음을 지었다. 그러나 위트는 군인이라서 그런지 이준성이 뿌려 놓은 미끼를 단숨에 물어 버렸다.

위트가 반색하며 물었다.

"그렇습니까?"

"그렇고말고. 우리 속담 중에 싸우면서 정든다는 말이

있는데, 그런 점에서 보면 우리 한국과 귀국은 이미 정이들 대로 든 사이일 것이네. 동아시아에서 한 번, 앙골라 루안다 근처에서 한 번 해서 벌써 두 번이나 싸웠으니까 말이야."

그제야 이준성의 뿌린 미끼에 걸려들었다는 사실을 깨달은 위트는 헛기침을 하며 레이덴을 보았다. 자기보다는 이런 쪽에 경험이 훨씬 많은 레이덴이 낫겠다 싶었던 것이다.

노련한 레이덴은 즉시 위기에 처한 동료를 구해 주었다.

"과거에 있었던 불행한 일은 네덜란드 공화국과 귀국이 서로를 제대로 이해하지 못해 벌어진 불운한 일이라 생각합니다."

이준성은 피식 웃었다. 레이덴의 대답은 두루뭉술했지만 지금 상황에 딱 적절한 대답이었기 때문이었다. 상대를 대놓고 비난하지도, 그렇다고 굴욕적으로 사과하는 것도 아닌 절묘한 대답이어서 양 국가의 체면을 모두 살릴 수 있었다.

이준성은 고개를 끄덕이며 물었다.

"달랑 작은 전함 한 척만 이끌고 이곳 지브롤터까지 온 데에는 필시 그럴 만한 사정이 있을 터인데, 그 사정이 무엇인가?"

레이덴은 숨을 고른 후에 차분한 목소리로 대꾸했다.

"적의 적은 아군이란 말이 있습니다. 귀국과 에스파냐의 사이가 좋지 않듯 우리 네덜란드 공화국 역시 에스파냐와 사이가 그다지 좋지 않습니다. 그렇다면 양국이 힘을 합쳐 에스파냐에 대항하는 게 어떻겠습니까? 그럼 귀국은 이베리아반도 내에서 영향력을 강화할 수 있을 테고, 본국은 에스파냐가 아직 점령 중인 저지대 남부를 탈환할 수 있을 겁니다."

네덜란드 공화국은 몇 년 전에 에스파냐 제국과 체결했던 12년간의 휴전이 끝나 다시 전쟁에 돌입한 상태였다. 물론 네덜란드 공화국의 공화국은 공식 명칭만 공화였다. 실제로는 네덜란드의 국부로 추앙받는 빌럼 1세의 오라녜 공작 가문이 공화국의 원수 자리를 세습하는 중이었다. 실제로 빌럼 1세가 가톨릭교도에게 저격당해 사망한 후에는 그의 아들 마우리츠 판 나사우가 그의 원수 지위를 상속받았다.

더구나 다른 주를 통치하는 가문 또한 그 지위를 세습 중이기 때문에 사실상 왕국이라 봐야 했다. 명색만 공화국이었다.

레이덴이 말한 저지대 남부는 지금의 벨기에와 룩셈부르크를 이르는 말로, 그곳은 여전히 에스파냐의 지배를 받고 있었다.

이준성은 잠시 생각해 본 후에 대답했다.

"우린 에스파냐와의 사이가 그다지 나쁘지 않네. 지브롤터 역시 적법한 절차를 밟아 양도받았기 때문에 다툼이 생길 여지가 전혀 없지. 귀국의 제안을 받아들일 수 없다는 뜻이네."

레이덴은 이미 생각해 둔 복안이 있는지 거침없이 대답했다.

"제 예측이 맞는다면, 귀국은 아마 유럽 중부에 기반을 잡길 원할 것입니다. 본국은 항구 중 하나를 한국에 영구 할양할 의향이 있습니다. 이 제안에 대해 어떻게 생각하십니까?"

"내가 원하는 게 암스테르담이라도 주겠단 건가?"

그 말에 위트는 물론이거니와 침착하던 레이덴까지도 놀랐다.

"수, 수도를 달란 말씀입니까?"

◆ ◆ ◆

레이덴은 아마 전 세계에서 한국이 아시아를 벗어나 유럽으로 향한 이유를 아는 몇 안 되는 사람 중 한 명일 것이다.

그 소수의 사람들이 알아낸 한국이 유럽을 찾아온 이유.

한국은 칭기즈칸의 몽골 제국처럼 유럽을 정벌하기 위해 온 게 아니었다. 한국은 유럽, 아니 전 세계와 교역하기 위해 유럽을 찾았다. 한국이 항구로 쓰기에 적합한 지역만 현지 주민의 허락을 받아 할양 또는 조차한 것이 그 증거였다.

인도네시아 동인도 회사를 운영했던 네덜란드는 다른 어떤 나라보다 한국과 관련한 정보를 많이 수집한 덕에 누구보다 빨리 한국이 유럽에 진출하려는 이유를 유추해 낼 수 있었다.

상대의 의도를 알아냈다고 생각한 레이덴은 한국을 자국의 독립 전쟁에 끌어들이는 대가로 저지대 항구 중 하나를 할양한다는 이번 계획이 틀림없이 성공할 것이라 확신했다.

그러나 한국, 아니 한국의 국왕은 생각보다 만만치 않은 자였다. 네덜란드의 의도를 바로 파악한 한국의 국왕은 그들의 수도이며 홀란트에서 가장 상업이 발달한 암스테르담을 달라고 요구하였다. 초반부터 상대에게 한 방 얻어맞은 셈이었다.

레이덴은 바로 난색을 드러냈다.

"암스테르담은 공화국의 수도입니다. 다른 나라에 할양할 수 없는 곳이지요. 다른 항구를 고르시는 게 어떻겠습니까?"

이준성은 암스테르담 외에는 관심이 없다는 듯 고개를 저었다.

"우리 병사들이 다른 나라를 위해 피를 흘려야 한다면, 그에 걸맞은 보상이 있어야 맞는 게 아니겠는가? 더욱이 우리가 귀국을 위해 참전하면 그간 공들여 구축해 온 에스파냐와의 친교가 깨질 수밖에 없는 상황이네. 그리고 이는 에스파냐가 우리와 맺은 협정을 파기한 후에 우리가 그들로부터 조차한 이 지브롤터를 또다시 공격해 올 수 있단 뜻을 의미하네. 그런고로 귀국은 우리가 앞으로 볼 손해를 만회할 만한 보상을 약속해야지만 우리의 마음을 돌릴 수 있을 것이야."

레이덴은 곤란하다는 표정을 살짝 지어 보인 후에 대답했다.

"선택에서 암스테르담만 제외해 주신다면 우린 항구 하나와 그 항구에 붙어 있는 내륙의 땅까지 내어 드릴 용의가 있습니다."

"흐음."

그때, 미간을 찌푸린 이준성이 은계란을 자기 쪽으로 불렀다. 얼른 옥좌가 놓인 계단 위로 올라간 은계란은 이준성이 앉아 있는 방향으로 상체를 숙이며 경청할 준비를 마쳤다.

이준성은 은계란의 귀에 속삭였다.

"네덜란드인들이 우릴 주시하는 중인가?"

은계란은 곁눈질로 옥좌 아래를 훑은 후에 대답했다.

"그렇사옵니다."

고개를 살짝 저은 이준성은 행동과 맞지 않는 말을 하였다.

"좋아."

"무엇이 좋은 것이옵니까?"

이준성은 한껏 진지한 표정으로 대답했다.

"우리가 한참 동안 이러고 있으면 저들 눈에는 우리가 중요한 얘길 나누는 모습처럼 보일 것이 아닌가? 그거면 충분해."

은계란은 그제야 알겠다는 듯 눈을 빛내며 물었다.

"그런 것이었사옵니까?"

"그래, 그런 거지."

고개를 다시 저은 이준성이 지시했다.

"지금부터 자넨 뭔가를 간절히 설득하는 표정을 짓도록 하게."

당황한 은게란이 말을 더듬거리며 대답했다.

"신은 연기를 잘 못하옵니다."

"어렵지 않아. 그냥 평소처럼 하면 되네."

잠시 곤란한 표정을 짓던 은게란은 어쩔 수 없다는 듯 이준성을 열심히 설득하는 척했다. 이준성은 은게란이 말을 할 때마다 심각한 표정을 짓거나, 아니면 고개를 가로저었다.

지금 상황은 누가 봐도 은게란이 이준성을 끈질기게 설득하는 모양새였다. 그리고 이준성은 은게란의 그런 태도를 마뜩잖아 하는 모습이었다. 그로부터 한참이 지난 후에야 이준성은 한숨을 내쉬며 고개를 끄덕였다. 이는 마치 은게란의 끈질긴 설득에 이준성이 마지못해 넘어간 모습처럼 보였기 때문에 레이덴과 위트는 기쁜 표정을 감추지 못했다.

은게란이 계단을 내려간 후에 이준성이 레이덴에게 말했다.

"두 사람은 내 부하에게 고마워하는 게 좋을 것이야. 부하가 설득하지 않았으면 귀국의 제안을 받아들이지 않았을 테니까."

그 말에 레이덴과 위트가 즉시 은게란에게 고맙단 뜻을 전달했다. 은게란은 속으로 쓴웃음을 지으며 정중히 답례했다.

그때, 이준성이 유럽 중서부 지도를 펼쳐 몇 군데를 가리켰다.

"암스테르담 대신 로테르담을 갖겠네. 그리고 로테르담을 중심으로 덴하그, 주테르메이르, 하우다, 도르드레흐트, 브레다, 로센탈 이 여섯 도시를 주게. 그럼 네덜란드 공화국이 에스파냐 제국으로부터 저지대 남부를 탈환할 수 있게 돕겠네."

이준성이 꺼낸 유럽 중서부 지도에 놀라던 레이덴은 로테르담과 그 주변 여섯 도시를 달라는 이준성의 말에 또 한 번 놀랐다. 그러나 놀란 이유가 같진 않았다. 지도를 보고 놀란 이유는 지도가 엄청나게 자세했기 때문이었다. 심지어 간척 계획이 잡혀만 있을 뿐, 정확히 언제 간척할지 아직 알 수 있는 지역까지 육지로 나와 있어 그를 놀라게 하였다.

그리고 두 번째로 놀란 이유는 이준성이 요구한 영토가 예상보다 작기 때문이었다. 그들은 이준성이 사우스 홀란트 전체를 원할지 모른단 예상을 했었다. 그리고 만약 이준성이 실제로 사우스 홀란트 전부를 원하면, 그것들을 줄 용의가 있었다.

그러나 이준성은 사우스 홀란트의 해안 쪽만을 원했다. 로테르담을 중심으로 반경 10여 킬로미터의 지역만 원한 것이다.

레이덴은 위트와 상의한 후에 고개를 끄덕였다.

"그렇게 하겠습니다."

레이덴은 네덜란드 공화국의 실질적인 통치자인 마우리츠 판 나사우 공작에게 상당한 범위에 해당하는 재량권을 받았기 때문에 이 정도는 그 선에서 처리할 수 있는 문제였다. 오히려 내어 준 대가가 적어 이득을 봤단 생각마저 들었다.

물론 이준성 역시 속으로 이번 협상 결과에 크게 만족해하는 중이었다. 그는 처음부터 암스테르담을 원하지 않았다.

암스테르담은 위치만 보면 세상에서 지리적 조건이 가장 완벽한 항구 중 하나였다. 말 그대로 유럽의 해상 교통로 중추에 해당해 이곳을 기반 삼아 교역하면 전 유럽과 교역할 수 있었다. 그러나 그는 암스테르담이 마음에 들지 않았다.

암스테르담은 수심이 깊지 않아 배수량이 큰 전함이 정박하기에 그다지 좋은 환경이 아니었다. 그러나 로테르담은 달랐다. 로테르담은 내륙 깊숙한 곳에 있기는 하지만 수심이 깊어 배수량이 큰 전함이나 무장상선 등이 정박하기에 용이했다.

실제로 로테르담은 중국이 20세기 말에 개방 정책을 펼치기 전까지 세계 10대 교역항에 반드시 들어갈 정도로 좋은 항구였다. 그리고 그 덕분에 유럽의 관문이란 별칭까지 얻었다.

레이덴은 그길로 네덜란드로 다시 돌아갔다. 그러나 위트는 같이 돌아가지 않았다. 위트는 처음 계획대로 지브롤터에 계속 남아 한국과 네덜란드 공화국 사이의 연락을 맡았다.

한 달 후, 다시 돌아온 레이덴은 마우리츠 판 나사우가 서명한 공식 초청장을 이준성에게 바쳤다. 이준성은 보름쯤 준비한 후에 장보고함대 전함 30척에 홍염해병군단 1, 3여단을 태워 네덜란드 공화국 수도인 암스테르담으로 출발했다.

이준성이 떠나 있는 동안, 지브롤터는 권준의 분함대 전함 10척과 강홍립이 지휘하는 해병 2여단이 지킬 예정이었다.

이준성과 장보고함대 앞을 감히 막아서는 적은 없었기 때문에 함대는 별다른 사고 없이 순항해 암스테르담에 도착했다.

암스테르담 항구 부두에는 오라녜 공작인 마우리츠 판 나사우가 공작가 근위 부대와 함께 이준성을 마중 나와 있었다.

마우리츠 판 나사우는 그렇게 썩 좋은 지도자는 아니었다. 종교적인 문제에서 자신과 이견을 보이던 정적인 올덴 바르덴벨트의 머리를 자른 다음에 무소불위의 권력을 휘둘렀기 때문이다.

반면 군사적인 측면에선 아주 훌륭한 지휘관이었다. 그는 장창병의 비율이 높은 스페인의 테르시오를 상대하기 위해 총병 비율을 높인 선형진을 개발해 실전에 사용했다. 그리고 마우리츠의 선형진은 이후 발전을 거듭해 유럽 대부분의 나라가 주력 전술로 채택하기에 이르렀다.

이준성은 장보고함에서 해병대원이 쓰는 상륙정으로 갈아탄 후에야 암스테르담 부두에 상륙할 수 있었다. 마우리츠는 이준성을 에스파냐의 압제에서 자신들을 구해 줄 구원자로 여기는지 악사 수십 명에게 이준성의 상륙을 환영하는 팡파르를 연주하게 하였다. 또, 부두에 올라선 후에는 화려한 갑옷을 입은 근위 부대 기병이 절도 있는 경례까지 취했다.

"분에 넘치는 환영 행사로군."

이준성은 쓴웃음을 지으며 고급 양탄자가 깔린 긴 통로를 천천히 걸어가 50대 초반으로 보이는 마우리츠와 대면했다.

마우리츠가 억지로 쥐어짠 듯한 미소를 지으며 먼저 말했다.

"갑작스러운 초대에 응해 주셔서 정말 고맙습니다."

"나야말로 초대해 줘서 고맙단 말을 전하고 싶었소."

이준성 역시 의례적인 인사를 건넨 다음, 마우리츠의 안내를 받아 준마가 끄는 화려한 마차에 탑승했다. 이준성을 보필하던 은게란, 마사카츠, 랭커스터 등은 말을 타고 마차를 따랐다. 이준성은 마우리츠가 그를 죽이려 들 확률이 아주 낮다고 보았지만, 열 길 물속은 알아도 한 길 사람 속은 모른단 말이 있어 100명에 달하는 경호원과 비서관을 대동했다.

이준성은 통역관 한 명을 낀 상태에서 반대편 좌석에 앉은 마우리츠와 얘기를 나눴지만 민감한 얘기는 꺼내지 않았다.

이는 마우리츠 역시 마찬가지였다. 그는 네덜란드 공화국에 엄청난 재정적 손실을 안긴 동인도 회사 얘기를 일절 입 밖으로 내지 않았다. 그저 항해는 순조로웠는지, 주위 풍경이 마음에 드는지, 한국은 정확히 어디쯤 있는지 등을 물었다.

그들을 태운 마차는 근위 부대의 물 샐 틈 없는 호위를 받으며 한참을 달린 후에야 암스테르담에 있는 오라녜 공작 저택 정문에 도착했다. 그러나 바로 내리진 않았다. 정문과 저택의 거리가 상당했기 때문에 아직 한참을 더 들어가야 했다.

정문과 저택 현관을 잇는 도로 양편에는 공작가에서 일하는 시종과 집사 수십 명이 늘어서 있다가 마차가 지나가면 공손히 머리를 숙였다. 먼지를 일으키며 다시 한참을 더 달려간 마차는 마침내 전형적인 유럽풍 저택 앞에 멈추었다.

저택은 2층이라 그다지 높진 않았다. 그러나 건물이 옆으로 넓게 뻗어 있었기 때문에 그 규모를 정확히 파악하기 힘들었다. 아마 한글 자모 미음 형태의 저택인 듯했다. 또, 저택 앞에는 공들여 만든 잔디 마당과 정원, 분수대 등이 있었다.

저택 현관 앞에는 남녀노소 20여 명이 모여 있었는데, 젊은 여자가 10여 명으로 가장 많았다. 그리고 생긴 게 다 비슷비슷한 것으로 보아 거의 다 빌럼 1세의 후손인 것 같았다.

이준성은 그 모습을 보며 쓴웃음을 지었다. 마우리츠가 무슨 속셈으로 가문의 젊은 여자들을 죄다 모아 놓았는지 눈치챘기 때문이었다. 마우리츠는 이준성에게 가문의 여식

중 하나를 시집보내 이준성을 공작가의 사위로 만들려 하는 것이다.

가문을 부흥시키기 위해서라면 이준성이 기혼자란 사실과 50대란 사실, 그리고 동양인이란 사실이 별로 중요하지 않은 듯했다. 하긴 이 시기의 유럽은 그야말로 적자생존이어서 강한 국가를 후견인으로 둘수록 생존할 확률이 높아졌다. 그리고 후견인으로 삼는 가장 빠른 방법은 정략결혼이었다.

네덜란드 공화국 역시 마찬가지여서 에스파냐의 군세가 강해 공화국의 운명이 풍전등화에 놓여 있을 때는 영국의 엘리자베스 1세에게 나라를 들어 통째로 바치려고까지 하였다.

그러나 엘리자베스 1세가 이를 거부하는 바람에 실패로 돌아갔는데, 일설에는 여왕이 네덜란드 저지대 7개 주의 총독이란 명칭이 마음에 들지 않았기 때문이란 말이 있었다.

마차가 멈추는 순간, 바로 집사로 보이는 사내들이 다가와 문을 공손히 열었다. 마차에서 내린 이준성은 마우리츠의 소개를 받아 공작가 후손들과 만났다. 그중에는 마우리츠의 뒤를 이어 네덜란드를 통치하는 프레데릭 헨리도 있었다.

프레데릭 헨리는 마우리츠의 이복동생이었다. 마우리츠는 사생아를 여럿 두었지만, 공식적으론 결혼하지 않아 이복동생인 프레데릭 헨리가 마우리츠의 뒤를 이었다. 프레데릭 헨리 역시 형처럼 자유분방한 생활을 즐겼는지 결혼하지 않으려 들었지만 마땅한 후계자가 없던 마우리츠가 강권하는 바람에 어쩔 수 없이 마흔 살이 넘은 나이에 결혼했다.

프레데릭이 결혼해 아이를 낳아야지만 빌럼 1세의 직계 후손에게 네덜란드 공화국 원수 자릴 물려줄 수 있기 때문이었다.

이준성은 마우리츠의 의도대로 공작가의 젊은 여인들에게 시선을 주었지만, 그의 시선을 끌 만한 외모의 소유자는 없었다. 마우리츠 역시 눈치 챘는지 실망한 표정을 드러냈다.

오라녜 공작가 저택 영빈관에서 그날 밤을 보낸 이준성은 다음 날 오전에 마우리츠를 만나 신하들이 미리 작성해 놓은 협정문에 서명한 다음, 서로 나눠 갖는 협정식을 개최했다.

그리고 그날 저녁에는 공작가가 주최한 공식 만찬 행사에 참석했다. 17세기 유럽 문화를 엿볼 수 있는 귀중한 행사였기 때문에 사람들이 많은 것을 싫어하는 이준성도 참석했다.

네덜란드 공화국에서 내로라하는 귀족과 귀족의 부인 수십 명이 만찬 행사에 참석했는데, 그들은 생전 처음 보는 동양인 무리를 동물원의 동물 보듯 신기한 눈으로 쳐다보았다.

이준성 일행 중에 가장 인기가 많은 사람은 역시 백인인 랭커스터였다. 그는 네덜란드어를 약간 할 줄 아는 영국인이기 때문에 귀족과 귀족의 부인 수십 명에게 둘러싸여 질문 세례를 받았다. 대부분은 영국인인 그가 어떻게 해서 이 낯선 동양인들과 같이 행동할 수 있었는지에 관한 질문이었다.

랭커스터는 쓴웃음을 지으며 이준성을 만난 사정을 대충 설명했다. 그 말을 들은 귀족들은 상석에 앉아 마우리츠, 프레데릭 등과 술잔을 나누는 이준성을 다시 보기 시작했다.

동생인 프레데릭은 점잖은 편이지만 마우리츠는 주사가 심한지 같은 말을 반복해 이준성을 지루하게 하는 재주가 있었다.

그때, 악사들이 악기를 연주하며 무도회의 시작을 알렸다. 음악 소리 때문에 술이 깬 마우리츠는 가문의 젊은 여인들에게 눈짓을 주었다. 잠시 후, 마우리츠의 눈짓을 받은 젊은 여인들이 한 명씩 차례로 걸어 나와 이준성에게 춤을 청했다.

그러나 이준성은 그녀들에게 관심이 없었기 때문에 적당한 말로 둘러대며 거절했다. 하지만 그에게 춤을 신청한 여자에게 관심이 없는 거지, 모든 여자에게 관심이 없진 않았다.

이준성은 프랑스 남부에서 들여온 와인을 마시며 무도회장으로 변한 홀을 천천히 둘러보았다. 그때, 홀 구석에 홀로 앉아 있는 젊은 여인이 눈에 띄었다. 옅은 금발에 옥색 눈동자를 지닌 신비한 여인이었는데, 눈이 번쩍 뜨일 만한 미모를 자랑했다. 그러나 거의 10분이 지나도록 그녀에게 춤을 신청하는 남자는 단 한 명도 없었다. 심지어 남자들뿐만 아니라 여자들도 그녀에게 가까이 다가가길 꺼리는 것 같았다.

아마 특별한 사정이 있는 여인 같았는데, 이준성은 왠지 모르게 그녀가 끌렸다.

◆ ◈ ◆

무심코 고개를 돌렸던 여인은 그녀를 쳐다보는 중인 이준성과 시선이 정면으로 마주쳤다. 여인은 살짝 당황한 듯했다.

그럴 수밖에 없었다. 험상궂게 생긴 동양인 아저씨가 자기 얼굴을 뚫어지라 쳐다보는데 당황하지 않는 게 더 이상했다.

그녀는 이준성이 마우리츠의 중요한 손님이란 사실을 아는지 불쾌한 기색을 드러내지 않았다. 그저 엷은 미소를 지어 보인 후에 곧바로 고개를 돌려 그의 뜨거운 시선을 피했다.

그때, 이준성에게 와인을 권하려던 프레데릭이 그가 무도회장 한곳을 뚫어지라 쳐다보는 모습을 발견했다. 프레데릭은 고개를 돌려 이준성의 시선이 향하는 곳을 보았다. 곧 이준성의 시선을 한 몸에 받는 금발 여인을 찾을 수 있었다.

프레데릭은 흥미롭단 표정으로 이준성에게 물었다.

"저 아가씨가 마음에 드십니까?"

상석 뒤에 앉아 있던 통역관이 얼른 프레데릭의 말을 통역했다.

이준성은 긍정도, 부정도 않으며 물었다.

"사람들이 저 아가씨를 일부러 피하는 것처럼 보이는데, 뭔가 사정이 있는 거요? 외부인이 알면 안 되는 그런 사정 말이오."

프레데릭은 잠시 고민한 후에 대답했다.

"어차피 세상 사람들이 다 아는 비밀이라 말씀드려도 상관없을 겁니다. 저 아가씨는 돌아가신 큰형님의 사생아입니다."

프레데릭의 설명에 따르면 침묵공이라 불리던 빌럼 1세에게는 총 네 명의 아들이 있었다. 그중 한 명은 어렸을 때 사망해 실제론 세 명이 있는 셈이었는데, 가장 큰형이 필립 빌럼, 둘째가 마우리츠 판 나사우, 셋째가 프레데릭 헨리였다. 그리고 세 아들 다 어머니가 각기 다른 이복형제였다.

한데 당시 에스파냐 제국의 신임을 받는 네덜란드 총독이던 빌럼 1세가 에스파냐 제국 황제인 펠리페 2세의 신교 탄압 정책에 강하게 반발해 네덜란드 독립 전쟁을 일으키면서 부자 사이에 갈등이 생길 조짐이 보였다. 에스파냐 제국이 반란군을 지휘하는 빌럼 1세를 위협할 목적으로 큰아들인 필립 빌럼을 납치한 것이다. 한데 빌럼 1세는 협박에 굴하지 않았다. 그는 네덜란드 독립 전쟁을 계속해서 지휘했다.

반면, 어렸을 때 납치당하는 바람에 구교를 대표하는 세력이던 에스파냐 제국에서 어린 시절 대부분을 보낸 필립 빌럼은 주위의 영향 때문인지 독실한 가톨릭 신자로 성장했다.

그리고 네덜란드 독립 전쟁을 지휘하던 아버지 빌럼 1세가 중간에 당시 가장 과격한 신교 세력이던 칼뱅파로 개종하는 바람에 아버지와 아들 사이가 완전히 틀어지며 필립 빌럼은 결국 아버지의 외면을 받으며 성장할 수밖에 없었다.

문제는 빌럼 1세가 가톨릭교도에게 암살당한 후에 벌어졌다. 빌럼 1세의 큰아들인 필립 빌럼은 오라녜 가문 첫 영지인 브레다의 소유권이 장남인 자신에게 있음을 계속 주장했다.

그러나 필립 빌럼의 이러한 주장은 빌럼 1세의 실질적인 상속자라 할 수 있는 이복동생 마우리츠의 반발로 받아들여지지 않다가 빌럼 1세가 암살당한 지 20년이 지난 후에야 받아들여져 마침내 브레다에 입성할 수 있었다.

오라녜 공작 가문의 첫 영지인 브레다에 입성한 필립 빌럼은 가문 전체가 칼뱅파로 개종한 것과 달리 여전히 가톨릭을 신봉했다. 그러나 자기가 믿는 가톨릭을 신교도가 대부분인 영지 주민에게 강요하진 않았다. 덕분에 필립 빌럼은 브레다에서 평화로운 날들을 보내다가 의료 사고로 사망했다.

프레데릭의 설명이 담담히 이어졌다.

"큰형님은 몇 년 전에 브레다에서 돌아가셨는데, 생전에 결혼하긴 했지만 아이는 없었습니다. 아이가 없단 말은 큰형님의 영지를 물려받을 정식 상속자가 없단 뜻이므로 가장 가까운 형제인 둘째 형님이 자연스럽게 브레다 영지와 큰형님이 선친께 물려받은 오라녜 왕자 작위를 물려받았습니다."

이준성은 고개를 끄덕였다.

"한데 갑자기 돌아가신 큰형님의 사생아가 나타났단 말이
군."

프레데릭은 씁쓸한 표정을 지으며 고개를 끄덕였다.

"그렇습니다. 전하께서 좀 전까지 관심을 보이던 케이틀
린이 바로 큰형님의 사생아지요. 케이틀린은 큰형님이 외간
여자와 사통해 낳은 딸입니다. 물론 케이틀린에게 큰형님의
사생아란 사실을 증명할 증거가 없다면 이렇게 골치 아픈 일
은 일어나지 않았을 것입니다. 한데 케이틀린에게는 큰형님
이 직접 작성한 유언장과 오라녜 왕자를 의미하는 증표가 있
었습니다. 심지어 그 유언장에는 자기 영지인 브레다를 케이
틀린에게 물려주겠다는 유언마저 적혀 있었습니다."

이준성은 미간을 찌푸리며 물었다.

"유언장이 진짜인지 확인해 보았소?"

"당연히 해 보았지요. 큰형님이 유언장을 직접 작성한 것
이 맞는지 필적 조회를 해 보았는데, 전문가의 말에 따르면
확실하답니다. 그리고 위조한 흔적 역시 전혀 찾을 수 없었
습니다."

프레데릭의 설명에 따르면 공작 가문 내부에서는 지금 케
이틀린을 필립 빌럼의 상속자로 인정해야 하는지를 놓고 치
열한 논쟁이 벌어지는 중이었다. 한데 발언권이 가장 큰 마
우리츠가 격렬히 반대한 탓에 지금은 인정하지 않는 쪽에 가

까웠다. 그리고 이것이 이번 만찬에 초대받은 귀족들이 남녀 불문하고 케이틀린을 마치 소 닭 보듯 쳐다보는 이유였다.

프레데릭은 가문에서 곧 쫓겨날 가능성이 큰 케이틀린에게 앞으론 관심을 가지지 않는 게 좋을 거란 뉘앙스를 풍기며 설명을 마쳤다. 한데 이준성은 오히려 케이틀린의 딱한 사정을 알고 난 후 그녀에게 더 끌렸다. 동정은 아니었다.

그리고 그녀의 아름다운 외모 때문만도 아니었다. 물론 그녀가 아름답지 않았으면 애초에 관심을 두지 않았을 테지만, 어쨌든 그녀에게 관심이 생긴 진짜 이유는 그녀가 필립 빌럼의 정식 유언장을 가진 유일한 상속녀이기 때문이었다.

필립 빌럼의 상속자란 뜻은 그녀에게 필립 빌럼이 생전에 소유한 브레다란 영지를 물려받을 자격이 있단 뜻이었다. 한데 공교롭게도 그 브레다란 영지는 이준성이 마우리츠와 교환한 공식 협정문에 들어가 있는 영토의 절반에 해당했다. 즉, 한국이 이번에 할양받기로 한 영토의 절반이 원래는 케이틀린이란 여자에게 상속이 이뤄졌어야 하는 땅이었다.

이준성은 네덜란드의 독립을 돕는 대가로 로테르담과 로테르담 주위에 있는 여섯 개 도시, 즉 덴하그와 주테르메이르, 하우다, 도르드레흐트, 브레다, 로센탈을 할양해 달라 요청했다. 그리고 마음이 급한 마우리츠 판 나사우는 그의 요청을 받아들였기 때문에 현재 브레다는 그의 영토인 셈이었다.

한데 문제는 마우리츠 판 나사우가 로테르담과 그 주변 위성 도시 여섯 개를 한국에 넘길 때, 조건을 하나 걸었단 점이었다. 바로 로테르담과 그 주변 위성 도시에 사는 네덜란드인 10만 명을 쫓아내지 않는다는 조건이었다. 마우리츠 판 나사우가 그 문제에 관해선 생각보다 강경하게 나왔기 때문에 이준성 역시 그가 내민 조건을 승낙할 수밖에 없었다.

아마 마우리츠 판 나사우는 한국군이 로테르담과 그 주변 위성 도시 여섯 개에 사는 주민을 전부 쫓아내 버리면, 그 지역 전체가 협정문에 나와 있는 대로 영원히 한국 소유로 남을지 모른다고 걱정한 것 같았다. 그는 겉으론 네덜란드 독립을 위해서라면 간이고 쓸개고 다 빼 줄 것처럼 행동했지만, 속으론 로테르담과 그 여섯 도시를 줄 생각이 없었다.

로테르담과 위성 도시 여섯 개에 네덜란드인 10만 명이 거주하면, 한국은 그 지역을 마음대로 통치하기가 힘들었다. 만약 그곳에 사는 네덜란드인이 한국에 반감을 품어 반란을 일으키는 날에는 골치가 여간 아파지는 게 아니기 때문이었다.

마우리츠는 이러한 약점을 잘 활용하면 자신이 한국군을 통제할 수 있을 거라 믿는 듯했다. 그는 한국군이 명령을 잘 듣지 않으면 그곳에 거주하는 네덜란드인을 부추겨 반란을 일으키게 만들 수 있었다. 만약 한국군이 영지 밖에 나와 있을 때 네덜란드 공화국의 지원을 받은 네덜란드인이 영지 안에서 반란을 일으키면, 한국은 사실상 이를 저지할 방법이 없었다. 그들이 폭도이긴 하지만 정규군인 한국군이 민간인을 상대로 학살을 저지르는 날엔 여론이 등을 돌릴 게 분명했기 때문이다. 마우리츠로선 잔머리를 제법 굴린 셈이었다.

그렇다면 이준성이 가장 먼저 해결해야 할 일은 로테르담과 그 위성 도시에 거주하는 네덜란드인이 네덜란드 공화국이 아니라 이준성 본인에게 충성할 수 있게 만들어야 했다.

그리고 그렇게 하려면 정통성을 확보하는 게 가장 중요했다. 이 당시 유럽은 민족주의가 뿌리내리기 전이었기 때문에, 어떤 민족이냐가 중요한 게 아니라 적법한 정통성을 지녔냐가 중요했다. 즉, 정통성을 확보한 다음에 좋은 정치를 펼치면 영주가 프랑스인이든 영국인이든, 바이킹이든 상관없는 것이다.

실제로 오스트리아 합스부르크 가문은 이러한 점을 이용해 유럽을 거의 지배하다시피 하였다. 합스부르크 가문은 정략결혼을 남발해 유럽 곳곳에 씨를 뿌려 놓은 다음, 후계가 끊긴 영지를 물려받는 방식으로 영지를 점점 늘려 갔다.

때마침 에스파냐 왕국, 헝가리 왕국, 보헤미아 왕국, 크로아티아 왕국 등에서 거의 동시에 후계가 끊긴 탓에 합스부르크 가문은 전쟁이 아닌 혼인으로 유럽의 근 절반에 달하는 영토를 차지했다. 여기에 합스부르크 가문이 운 좋게 차지한 신성 로마 제국까지 합치면 유럽의 절반이란 말이 결코 과장이 아니었다.

거기다가 저지대를 다스리던 강력한 공국인 부르고뉴 공국까지 차지한 합스부르크 가문은 재정에서도 큰 이득을 보았다. 저지대는 이때에도 이미 부유한 도시로 명성이 자자했다.

이러한 구도를 완성한 사람이 바로 신성 로마 제국의 유명한 황제인 카를 5세였다. 한데 카를 5세는 죽기 전에 동생 페르디난트 1세에게 신성 로마 제국의 제위를 포함한 중부 유럽의 영지를, 아들인 펠리페 2세에게는 에스파냐 제국과 저지대, 즉 지금의 네덜란드, 벨기에, 룩셈부르크를 주었다. 영지를 두 개로 쪼개 동생과 아들에게 나누어 준 것이다.

이로 인해 합스부르크 가문은 오스트리아 합스부르크계와 에스파냐 합스부르크계로 나누어지는데, 바로 이 일 때문에 네덜란드를 포함한 저지대 지역 전체가 수십 년 동안 에스파냐 제국 황제가 부여한 가혹한 세금에 괴로움을 겪은 것이다.

합스부르크 가문의 예에서 알 수 있듯 지금의 유럽은 상속권이 중요했다. 상속권이 적법하다면 독일인 피를 물려받은 사람이 에스파냐 왕으로 즉위해도 국민이 반발하지 않았다.

이처럼 주민의 반발을 최소화할 수 있는 가장 좋은 방법은 정통성 확보, 즉 적법한 상속권을 얻어 내는 것이다. 물론 외국인인 그가 적법한 상속권을 얻어 내기 위해선 상속권을 가진 네덜란드 여인과 혼인하는 방법밖에 없는데, 그런 그의 앞에 브레다 상속권을 지닌 케이틀린이 나타난 것이다.

결정을 내린 이준성은 자리에서 일어나 케이틀린 쪽으로 걸어갔다. 상석에 앉아 포도주나 마시던 이준성이 갑자기 일어나 무도회장으로 걸어가는 바람에 모든 사람의 시선이 그에게 쏠렸다. 그러나 사람들의 시선을 신경 쓰지 않은 그는 곧장 케이틀린 쪽으로 걸어가 그녀에게 손을 내밀었다.

"나와 춤을 추겠소?"

이준성은 유진이 알려 준 네덜란드어로 그녀에게 춤을 청했다.

케이틀린은 약간 당황한 표정으로 주변을 둘러본 후에 물었다.

"저, 저하고요?"

"그렇소, 케이틀린."

예상치 못한 상황에 크게 당황한 케이틀린은 주위를 둘러보다가 자신을 잡아먹을 듯이 노려보는 마우리츠와 시선이 마주쳤다. 당황한 표정은 곧 겁을 집어먹은 표정으로 바뀌었다.

그 점을 눈치 챈 이준성은 옆으로 살짝 걸어가서 케이틀린이 마우리츠를 보지 못하게 한 뒤 다시금 그녀에게 손을 내밀었다. 얼떨결에 자리에서 일어난 케이틀린은 잠시 고민하다가 작은 목소리로 말했다.

"전 오라녜 공작 가문에서 천덕꾸러기나 다름없는 신세예요. 한데 전하께서 그런 저하고 춤을 추시면 오라녜 공작의 심기를 건드려 한국과 네덜란드 공화국의 화의가 상할 수 있어요."

케이틀린의 대답이 길었기 때문에 그곳까지 따라온 통역관이 열심히 통역했다. 그러나 이런 일에 통역관은 필요 없었다.

이준성은 통역관에게 자리로 돌아가 있으라 말한 다음, 유진의 도움을 받아 케이틀린과 네덜란드어로 대화를 이어 나갔다.

물론 통역관처럼 정확하진 않았지만 유진이 불러 주는 대로만 말하면 대화하는 데는 문제없었다. 또, 그녀의 대답은 유진이 실시간으로 번역해 그의 인드라망에 출력해 주었다.

이준성은 미소를 지으며 고개를 저었다.

"상관없소. 오라녜 공작은 내가 여기서 무슨 짓을 벌이더라도 우리와 맺은 협정을 절대 깨지 못하니까. 팔이 아파서 그러는데, 그만 거절하고 이제 내 손을 잡아 주는 게 어떻겠소?"

말을 마친 이준성은 한쪽 눈을 장난스럽게 찡긋했다. 그 모습에 긴장이 풀렸는지 그녀의 얼굴이 전보다 훨씬 편해졌다.

분홍빛이 도는 유혹적인 입술을 깨물며 잠시 고민하던 그녀는 마침내 결심이 섰는지 그가 내민 손을 조심스레 잡았다.

이준성은 케이틀린의 허리를 잡아 대담하게 끌어안으며 물었다.

"내가 당신을 케이트라 불러도 괜찮겠소?"

얼굴이 약간 붉어진 케이틀린이 고개를 살짝 끄덕였다.

이준성은 악사의 연주에 맞춰 케이틀린과 춤을 추기 시작했다. 사교춤을 춰 본 적은 없지만, 그처럼 운동 신경이 뛰어난 무인에겐 그리 어려운 동작이 아니었다. 금세 전문가처럼 그녀를 이끌며 무도회에서 가장 눈에 띄는 커플로 자리했다.

이준성은 춤을 추며 그녀에게 단도직입적으로 물었다.

"난 나이가 아주 많소. 아마 당신 나이의 두 배쯤 먹었을 거요. 그리고 본국에 거느린 부인만 해도 세 명, 아니 네 명쯤 있소. 심지어 아주 낯선 땅에서 온 외국인이기까지 하오. 하지만 나와 결혼하면 여생을 편히 보낼 수 있을 뿐만 아니라 선친의 유산인 브레다를 상속받을 수 있을 것이오."

케이트가 고개를 들어 그를 바라보았다.

"저와의 정략결혼으로 로테르담과 그 주변 도시를 저의 부군 자격으로 직접 상속받으려 한다는 말이군요. 제 말이 맞나요?"

이준성은 솔직하게 대답했다.

"하하, 맞소. 당신 말대로 브레다 상속 자격이 있는 당신과 정략결혼을 해 로테르담 주변 지역을 내 땅으로 만들려는 것이오. 조차나 할양보단 정식으로 상속받는 게 더 유리하니까."

케이트가 고개를 저었다.

"오라네 공작이 허락하지 않을 거예요."

"상관없소. 아까도 말했지만, 그는 우리 도움을 거절할 수 없소. 그는 아마 내가 해 달라는 대로 해 줄 수밖에 없을 것이오."

케이트는 잠시 고민한 후에 고개를 끄덕였다.

"좋아요. 전하의 제안을 받아들일게요."

"잘 생각했소. 이거는 제안을 받아들여 준 것에 대한 답례요."

이준성은 그녀의 허리를 활처럼 뒤로 꺾은 다음, 그녀의 유혹적인 분홍빛 입술에 자기 입술을 포갰다. 갑작스러운 키스 공세에 당황한 케이트는 처음엔 어쩔 줄 몰라 하다가 서서히 몸에 힘을 풀며 굳게 다물어져 있던 입술을 살짝 벌렸다.

뜨거운 입맞춤이 끝난 후에 이준성은 바로 마우리츠 쪽으로 돌아가 케이틀린 나사우와 결혼하겠다는 의사를 내비쳤다.

마우리츠는 화가 난 건지, 아니면 괴로워하는 건지 모를 묘한 표정으로 그를 한참 노려보다가 한숨을 내쉬며 허락하였다.

다음 날 오전, 이준성은 짐을 챙긴 케이트를 마차에 태워 암스테르담에서 얼마 떨어지지 않은 로테르담으로 이동했다.

　암스테르담 항구에 잠시 정박해 이준성 일행을 육지에 내려 준 다음 그날 바로 로테르담으로 떠난 장보고함대는 몇 시간 먼저 항구에 도착해 이준성 일행을 기다리는 중이었다.

　로테르담에 도착한 이준성은 해병 1, 3여단을 상륙시켜 로테르담과 그 주변 위성 도시 여섯 개를 그의 통제하에 두었다.

독재자

3장. 로테르담 백작

몇몇 성에서 저항이 있긴 했지만 마우리츠 판 나사우가 직접 서명한 공식 문서가 있었기 때문에 바로 항복을 받아 냈다.

며칠 만에 로테르담과 그 주변 지역의 성과 영지를 접수하는 데 성공한 이준성은 주민의 반발을 줄일 목적으로 영지 안의 유력 인사 수백 명을 로테르담 광장으로 불러 모았다.

"난 당신들에게 세 가지를 약속할 것이오. 첫 번째는 종교의 자유요. 신교를 믿든, 구교를 믿든, 이슬람교를 믿든 상관없소. 종교를 이용해 세상을 어지럽히고 다른 주민을 등쳐 먹는 짓만 하지 않으면 나는 모든 종교를 인정할 생각이오."

그 말에 주민 다수가 안심했다. 그들의 가장 큰 관심사는 종교였다. 만약 이준성이 신교를 탄압한다면, 바로 반란을 일으킬 준비마저 해 둔 상태였다. 한데 이준성은 신교뿐만 아니라 구교까지 인정하겠단 약속을 하였다. 심지어는 기독교의 숙적이라 할 수 있는 이슬람교까지 인정했다. 이는 이준성이 완벽한 종교의 자유를 보장하겠다는 의미와 같았다.

유럽의 몇몇 자유 도시에서 신교와 구교가 공존하긴 하지만 이는 기독교에만 해당할 따름이었다. 기독교가 아닌 타종교까지 인정하는 완벽한 종교의 자유는 아니었다. 한데 이준성은 이슬람교까지 인정하는 완벽한 자유를 약속한 것이다.

이준성은 주민의 반응을 확인하며 설명을 이어 갔다.

"두 번째는 공정한 경쟁, 세 번째는 합리적인 세금이오."

주민들은 어떻게 공정한 경쟁을 유도할 것인지, 그리고 세금은 어떻게 징수할 것인지 물었다. 그러나 이준성은 시간이 지나면 자연히 알 수 있을 거란 말을 남기며 집회를 마쳤다.

로테르담 행궁으로 돌아온 이준성은 은호원 유럽지부장으로 부임한 최명길을 불러들였다. 어려서부터 각종 시험에서 수석을 독차지한 덕에 몇 손가락 안에 꼽히는 인재이던 최명길은 만주로 건너가 그곳에서 자신의 실력을 갈고닦았다.

당시 이준성이 만주에 설치한 분원엔 신흠, 김육, 조익처럼 역사에 길이 남을 만한 명신들이 부임해 만주란 엄청나게 광활한 땅을 개발하는 중이었기 때문에 최명길 역시 명신 밑에서 보고 배우며 엄청나게 다양한 경험을 쌓을 수 있었다.

만주 분원이 있는 심양성에서 핵심 요직을 맡아 10여 년간 근무하며 북청, 북원, 남시베리아의 아자크 왕국 등과 거래해 온 그는 그 경험을 살려 은호원 부원장으로 자리를 옮겼다.

당시 은호원장 강태봉이 중병에 걸려 시름시름 앓았기 때문에 강태봉을 옆에서 돕는 한편, 강태봉이 사망했을 때 그 뒤를 잇기 위한 목적이었다. 은호원 업무를 전혀 모르는 외부인이 원장으로 취임하는 것보단 그래도 은호원에서 몇 년 근무하며 업무를 파악한 쪽이 적응이 쉬울 수밖에 없었다.

최명길이 부원장에 취임했을 당시에 은호원은 세 번째 변신을 꾀하는 중이었다. 은호원의 첫 번째 변신은 이준성이 일본, 중국, 시베리아 쪽으로 영향력을 확장할 때 일어났다. 일본과 중국, 시베리아에서 활동하려면 그쪽의 언어와 풍습, 지리 등을 잘 아는 요원이 대거 필요한 탓에 은호원 요원은 반드시 두 가지 이상의 언어를 구사할 줄 알아야 했다.

그리고 두 번째 변신은 이준성이 타이중, 마닐라, 다낭, 마카오, 싱가포르, 암본 등으로 영향력을 확대해 나갈 때 일어났다.

이젠 동북아시아를 넘어 동남아시아까지 커버해야 했기 때문에 새로운 전략이 필요했다. 바로 현지 주민을 포섭하여 세뇌와 훈련을 같이 시킨 다음, 현장에 투입하는 전략이었다.

곧 은호원 해외 지사가 우후죽순처럼 생겨나기 시작했다. 물론 해외 지사 대부분은 한국이 점유한 항구에 만들어졌는데, 지사장을 포함한 간부 대부분과 감독관 몇 명만 한국인일 뿐 현장 요원 대부분이 현지 주민으로 이루어져 있었다.

지금은 세 번째 변신을 꾀하는 중으로 이준성이 남아시아, 중동, 아프리카에 이어 유럽에까지 손을 뻗쳤기 때문에 은호원 역시 규모를 몇 배로 확충할 수밖에 없었다. 현재는 한국에서 가장 큰 규모를 가진 특수 기관으로 자리매김했다.

최명길은 은호원 부원장으로 6, 7년 동안 근무하며 은호원이 하는 여러 업무에 익숙해졌다. 그리고 이젠 이준성이 가장 신경 쓰는 지역인 유럽에 은호원 지부를 설립하기 위해 100여 명이 넘는 은호원 요원과 함께 보름 전에 도착했다.

최명길은 이준성의 부름에 응할 때 젊은 요원 두 명을 대동했는데, 한 명은 이경석, 다른 한 명은 김홍욱이었다. 이경석은 20대 중반, 김홍욱은 20대 초반으로 둘 다 은호원이 첫 직장이었다. 이준성은 전국에 설립한 20여 개의 국립대학교 졸업생 중에서 공무원시험을 좋은 성적으로 통과한 수험생에겐 특별히 원하는 부서를 선택할 수 있게 해 줬다. 한데 수

험생이 선호하는 첫 직장 중 하나가 은호원이었다.

은호원이 인기가 좋은 이유는 크게 세 가지를 들 수 있었다. 하나는 대우가 아주 좋단 점이었다. 대부분이 그런 건 아니지만 현장 요원으로 근무하면 각종 수당이 따로 붙어 같은 9급이라 할지라도 월급이 거의 두 배 가까이 차이 났다.

두 번째는 넓은 세상을 빨리 경험할 수 있단 점이었다. 은호원 요원은 반드시 해외 지사 근무를 몇 년 해야 하므로 우물 안 개구리 신세를 벗어나는 가장 빠른 방법으로 꼽혔다.

세 번째는 승진이 비교적 빠르다는 점이었다. 은호원은 공을 세울 기회가 타 관청보다 훨씬 많아 승진이 빠른 편이었다. 또, 이직 역시 수월해 일정 기간을 근무하면 타 부서로 전출 혹은 스카우트되어 떠나는 경우가 심심찮게 있었다. 은호원 출신이면 인재일 가능성이 아주 크기 때문이었다.

이경석은 국립 서울대학교 인문대학 수석 졸업생이었고 김홍욱은 국립 경상대학교 인문대학 수석 졸업생으로 공무원시험을 10등 안의 성적으로 합격한 다음, 은호원에 입사했다.

최명길이 이경석과 김홍욱을 이준성에게 소개했다.

"여기 이경석은 영어, 프랑스, 라틴어 등에 아주 능통하옵니다. 그리고 그 옆에 있는 김홍욱은 독일어, 네덜란드어를 현지인처럼 구사하는 실력을 지녔사옵니다. 앞으로 이 두 명이 소관을 도와 은호원 유럽지부를 이끌어 갈 것이옵니다."

이준성은 이경석과 김홍욱을 칭찬한 다음, 최명길을 한쪽으로 불러 은호원 유럽지부가 해야 하는 업무를 알려 주었다.

"은호원 유럽지부는 지금부터 케이틀린 나사우와 관련한 소문을 로테르담과 그 주변 위성도시 여섯 곳에 퍼트려야 하네."

"어떤 소문을 퍼트려야 하옵니까?"

"케이틀린 나사우가 빌럼 1세의 큰아들인 필립 빌럼의 공식 상속녀이므로 마우리츠 판 나사우는 브레다, 로테르담 등을 한국에 할양할 게 아니라 케이틀린이 상속받을 수 있게 도와야 한단 소문일세. 그리고 소문을 낼 때 우리 요원이 직접 나서기보단 현지 주민을 포섭해 진행하도록 하게."

"알겠사옵니다."

고개를 끄덕인 최명길은 이경석, 김홍욱 등을 지휘해 로테르담과 그 주변 위성도시 여섯 곳에 케이틀린에 관한 소문을 퍼트렸다. 소문은 곧 사나운 불길처럼 삽시간에 퍼져 갔다.

한데 이는 한국이 로테르담과 그 주변 지역을 할양받는 일에 불만을 품은 현지 세력이 수면 위로 드러나게 만드는 기폭제 역할을 하였다. 그들은 교회에 삼삼오오 모여 그들의 고향과 삶의 터전에서 한국인을 쫓아낼 방법을 모색하였다.

명분은 확실했다. 케이틀린 나사우가 필립 빌럼의 공식 상속녀란 소문이 사실이라면, 로테르담과 브레다 등을 한국에 할양할 게 아니라 케이틀린 나사우에게 상속하는 것이 옳기 때문이었다. 그들은 로테르담, 브레다 등을 케이틀린 나사우에게 상속한 다음, 네덜란드 공화국이 로테르담, 브레다 등이 아닌 다른 지역을 한국에 할양해야 한단 주장을 펼쳤다.

분노한 주민 수천 명이 브레다에 집결해 본격적으로 반한 시위를 벌이려 할 때였다. 갑자기 이준성과 케이틀린 나사우가 결혼한다는 소문이 쫙 퍼져 나갔다. 처음에는 한국이 퍼트린 괴소문인 줄 알았지만, 네덜란드 공화국 쪽에서 이미 두 사람의 결합을 인정했단 소식이 뒤따라 나오는 바람에 그들은 닭 쫓던 개가 지붕 쳐다보는 신세를 면치 못했다.

그들이 반한 시위를 하며 내세운 명분은 적법한 상속녀인 케이틀린 나사우가 로테르담, 브레다 등을 상속받아야 한단 것이었다. 한데 이준성이 케이틀린 나사우와 결혼하면 그들이 내세운 명분 자체가 사라지는 상황이나 마찬가지였다.

그리고 그로부터 며칠 후, 이준성은 브레다에 있는 유일한 성당에서 케이틀린 나사우와 정식으로 결혼식을 올렸다. 그 성당은 브레다에 입성한 그녀의 아버지 필립 빌럼이 죽기 전까지 다닌 성당이어서 그녀에겐 큰 의미가 있었다.

이는 내세웠던 명분이 사라짐과 동시에 구심점을 잃은 반한 세력이 뿔뿔이 흩어지는 결과를 낳았고, 그 덕분에 로테르담과 브레다에서 한국의 기반이 전보다 훨씬 공고해지는 결과로 이어졌다.

이준성은 그 틈에 여러 개혁 조치를 단행했다. 우선 주민 등록제를 시행해 그의 영지 안에 몇 명이 거주하는지, 그리고 어디에 사는지를 확인했다. 이러한 조치는 중앙기관의 권력을 강하게 해 주어 반란이나 폭동이 일어나는 것을 사전에 차단할 수 있을 뿐만 아니라 치안 역시 개선할 수 있었다.

또, 세금 제도에는 소득이 높을수록 많은 세금을 내는 누진세를 도입해 서민과 빈민의 부담을 줄였다. 마지막으로 행정, 사법 체계를 손보았다. 규모가 큰 도시에는 시청을, 그 외의 지역에는 군청을 두었으며 로테르담 안에는 할양받은 영지 전체를 다스리는 로테르담 특별자치도청을 세웠다.

또한 경찰서와 소방서, 세무서, 법원, 은행, 학교와 같은 편의시설을 만들어 주민의 편의를 꾀했으며 행정 지구, 상업 지구, 주거 지구를 분리해 현대적인 형태의 도시로 탈바꿈시켰다.

갑작스러운 변화에 당황해 반발하는 주민이 꽤 있었지만, 그보단 환영하는 주민의 비율이 더 높았다. 재개발은 일사천리로 이루어져 2년쯤 지났을 때는 공사가 거의 끝나 있었다.

이준성은 공사가 끝난 로테르담과 그 주변 도시를 묶어 로테르담 특별자치도란 이름을 가진 특수 행정 구역으로 만들었다.

이준성은 준공식이 막 끝난 3층 높이의 특별자치도청을 관계자들과 둘러보며 의견을 나누었다. 관계자 중 빨간 머리에

94 독재자 11

배가 툭 나온 40대 중년 사내는 얀센이란 사내였는데, 한국이 세운 어학당에서 한국어를 배워 지금은 도지사로 있었다.

그리고 얀센 옆에 서 있는 30대 후반 사내는 프랑크란 이름을 썼는데, 샛노란 금발에 키가 190센티미터에 가까운 거구여서 금방 눈에 띄었다. 프랑크 역시 한국어학당에서 한국어를 수학해 지금은 로테르담시장으로 근무하는 중이었다.

로테르담 특별자치도에서 공무원, 법관, 경찰관으로 일하려면 우선 한국말을 일상생활에서 대화가 가능한 수준으로 익혀야 했다. 언어가 통해야 상부와 소통할 수 있기 때문이었다.

이준성은 도청 3층을 둘러보며 얀센에게 물었다.

"경찰서와 소방서는 공사가 언제쯤 끝날 것 같은가?"

얀센이 약간 서툰 한국말로 대답했다.

"경찰서는 올해 여름에, 소방서는 가을에 끝날 것 같사옵니다."

"경찰관과 소방관 모집은 어떻게 하는 중인가?"

"어학당을 졸업한 사람들 위주로 모집 중이옵니다."

고개를 끄덕인 이준성은 도청 3층 안쪽에 있는 도지사 집무실 안에 들어가 내부 전경을 둘러보며 프랑크에게 물었다.

"로테르담시 재개발은 얼마나 마쳤는가?"

프랑크가 커다란 상체를 숙이며 대답했다.

"행정 지구와 상업 지구의 공사는 거의 끝난 상태이옵니다. 그리고 지금은 시 외곽에 주거 지구를 건설하는 중이옵니다."

고개를 끄덕인 이준성은 마호가니로 제작한 도지사용 의자에 잠시 앉아 역시 마호가니로 제작한 탁자를 손으로 훑었다.

"흐음, 도지사가 나보다 더 좋은 집기를 쓰는군."

얀센이 이마에 맺힌 땀을 손수건으로 급히 닦으며 대답했다.

"상점에서 원목을 파는 것을 보고, 제가 사비로 사들여 제작한 것이옵니다. 마음에 들지 않으시면 바로 바꾸겠사옵니다."

벌떡 일어난 이준성은 껄껄 웃으며 얀센의 어깨를 두드렸다.

"사비로 사서 만든 것을 내가 어떻게 뭐라 할 수 있겠소? 난 부패한 공무원을 싫어하는 거지, 정당한 소비 활동을 하는 공무원을 싫어하는 게 아니오. 오히려 소비는 좋은 거요. 돈이 있는 사람이 돈을 써야 경제가 돌아가기 때문이지."

이준성은 그 말을 하며 네덜란드인 고위 공무원들을 쓱 둘러보았다. 그들은 전부 한국말을 할 줄 알기 때문에 바로 두려운 표정으로 고개를 숙이며 그렇게 하겠단 대답을 하였다.

로테르담 특별자치도를 건설하는 동안, 이준성은 한국 정부가 지급한 공사 대금과 건설에 참여한 현지 인부에게 주기로 한 일당을 중간에서 착복한 네덜란드인 공무원 열일곱 명을 로테르담 광장에서 총살했다. 그리고 마흔 명가량은 감옥에 가둔 다음, 평생 노역을 하며 일생을 마치도록 만들었다.

그 모습을 본 네덜란드인 공무원들은 이준성이 어떤 사람인지 깨달은 듯 더는 부패를 저지르지 못했다. 이준성은 은호원, 세무서를 이용해 전방위적으로 부패를 단속했기 때문에 부패를 한 번 저지르면 법망을 빠져나가기 쉽지 않았다.

도청 공사에 참여한 네덜란드인 공무원들을 칭찬한 이준성은 항구 근처에 있는 행궁으로 돌아갔다. 행궁은 2층 규모로 앞에는 정원이, 뒤에는 승마할 수 있는 트랙이 있었다.

이준성이 먼지가 잔뜩 묻은 마차에서 막 내렸을 때, 기다리고 있던 케이틀린이 얼른 다가와 물을 적신 수건을 내밀었다.

이준성은 수건으로 얼굴과 손을 닦으며 물었다.

"오늘은 뭘 하면서 지냈소?"

케이틀린은 유창한 우리말로 대답했다.

"오늘은 대령숙수 김 씨에게 한식 만드는 법을 배웠어요. 오늘 저녁에는 제가 직접 만들어 드릴 테니까 우리 같이 먹어요."

"잘했구려. 하지만 굳이 한식을 먹을 필욘 없소. 부인은 오랫동안 양식을 먹은 사람인데 굳이 식성까지 바꿀 필요가 있겠소?"

케이트는 미소를 지으며 이준성이 건넨 수건을 받았다.

"신경 쓰지 마세요. 제가 하고 싶어서 하는 일인걸요."

"그렇다면 어쩔 수 없지."

이준성은 케이트와 함께 행궁 안으로 들어가 나란히 식탁에 앉은 다음, 저녁으로 케이트가 만들었다는 한식을 먹었다.

"꽤 맛있군."

"정말인가요?"

"그렇소. 이러다간 대령숙수가 할 일이 없어지겠어."

"농담인 건 알지만 그래도 기분은 좋네요."

저녁 식사를 마친 후에는 행궁 뒤뜰에 있는 승마 트랙을 달리며 몸을 단련했다. 이제는 나이가 적지 않아 운동을 빼먹은 다음 날 아침에는 몸이 무거워진 것을 바로 실감했다.

운동을 마친 후에 샤워한 상태에서 새 옷으로 갈아입은 이준성은 침실 문을 열었다. 한데 케이트가 침대 위에 가슴과 허벅지가 훤히 드러나는 유혹적인 잠옷을 입고 누워 있었다.

케이트가 교태가 물씬 풍기는 표정을 지으며 물었다.

"설마 몸을 단련하는 데 힘을 다 쓴 건 아니겠죠?"

"물론이지."

후끈 달아오른 이준성은 곧장 케이트를 덮쳐 갔다.

다음 날, 이준성은 행궁 집무실에서 일상적인 업무를 처리했다.

업무는 주로 두 가지로 나눌 수 있었다. 하나는 국무총리 이원익이 작성한 보고서를 읽는 것이었다. 그리고 다른 하나는 관리 임명장에 직인을 찍는 일이었다. 이원익에 따르면, 남태평양 함대는 현재 파푸아뉴기니나 오스트렐리아, 뉴질랜드처럼 남태평양에 있는 여러 지역을 탐험한 다음, 현지 주민의 협조를 받아 상관, 기지, 대사관 등을 짓는 중이었다.

또, 알류샨 열도를 이용해 아메리카 대륙으로 건너간 북태평양 함대는 알래스카, 북아메리카, 중앙아메리카, 남아메리카 서해안을 탐험하며 상관과 해군 기지 등을 건설하는 중이었다.

말 그대로 아메리카 대륙 동해안 몇 곳을 제외한 전 세계 거의 모든 지역에 한국 상관을 설치하는 데 성공한 셈이었다.

이준성은 흡족한 표정을 지으며 보고서를 다음 장으로 넘겼다. 다음 장에는 경제에 관련한 보고가 자세히 적혀 있었다.

현재 한국 무역공사는 수백 척에 달하는 무장상선을 이용해 전 세계 곳곳에서 수십 개의 국가와 교역을 시도하는 중이었다. 몇 년 전까지는 수익이 지출을 넘지 못해 엄청난 적자가 발생했다. 그러나 흑자로 전환한 4년 전부터는 본국에서 감당이 힘들 정도의 부가 쏟아져 들어오는 중이었다.

수익은 주로 중개 무역에서 발생했다. 일본과 중국, 중국과 중동, 인도와 중동, 동남아시아와 중동을 이어 주는 중개 무역에서 주로 수익이 발생했는데, 만약 그러한 중개 무역에 유럽까지 포함한다면 그 수익은 가히 상상외일 것이 분명했다.

이원익은 이준성의 지시대로 수익 일부를 금으로 바꾼 다음, 국내에 있는 금고 여러 군데에 나눠 보관 중이었다. 그동안의 인류 역사를 생각했을 때 통화는 부침이 있었지만, 금만은 계속 우상향을 그리며 성장해 왔다. 역사가 그가 아는 역사와 180도 다른 방향으로 흘러가지 않는단 가정하에서 금 투자야말로 실패할 확률이 가장 낮은 투자인 셈이었다.

경제 부분을 독파한 이준성은 보고서를 다음 장으로 넘겼다. 다음 장에는 농업부가 작성한 보고서가 있었다. 현재 농업 기술 연구소는 30동이 넘는 유리 온실을 이용해 해외에서 들여온 품종과 새로 개발한 품종을 시험 재배 중이었는데, 몇 년 전에는 마침내 풍해와 냉해, 수해에 강한 새로운 벼 품종을 개발해 일반 농가에 보급하는 데 성공을 거두었다. 그 덕분인지 쌀 생산량이 무려 2배 가까이 증가해 국내에서 소비한 후에도 쌀이 남아 해외에 수출까지 하는 중이었다.

현재는 아메리카 대륙이 원산지인 구황 작물, 즉 감자와 고구마, 옥수수 등을 한국 기후에 맞게 변형시킨 새 작물을 농가에 보급 중이었다. 이준성은 구황 작물에 신경을 많이 썼다.

새로운 벼 품종이 풍해와 냉해에 강하다고는 하지만 몇십 년 후에 찾아올 전 지구적인 재앙인 소빙하기를 큰 피해 없이 넘기기 위해서는 반드시 구황 작물을 준비해 둬야 했다. 또, 만주의 드넓은 곡창 지대에선 본격적으로 밀 농사를 짓기 시작해 쌀과 보리에 치우친 곡물 생산에 변화를 주었다.

보고서 말미엔 의료 기술과 과학 기술과 관련한 내용이 적혀 있었다. 보고서에 따르면 의료 쪽에선 항생제가, 과학 기술 쪽에서는 증기 기관, 내연 기관, 전기, 고무 등을 개발하는 연구의 진척이 빨라 드디어 구체적인 성과를 내기 시작했다.

이준성은 보고서 아랫부분에 앞으로 좀 더 힘써야 할 부분과 반드시 고쳐야 할 부분을 주석으로 달아 뒀다. 그렇게 하면 담당 공무원이 목표를 좀 더 세밀하게 설정할 수 있었다.

보고서를 다 읽은 후엔 고위 공직자를 임명하는 임명장의 내용을 검토했다. 3급 이상의 고위 공직자를 임명하는 권한은 국왕인 이준성에게만 있었기 때문에 반드시 그의 재가가 필요했다. 이준성은 세자가 이원익, 이항복, 이덕형 등의 의견을 종합해 천거한 공직자의 프로필을 살펴본 다음, 직인을 찍어 임명하거나 반려하는 식으로 인사권을 행사했다.

이준성은 살펴본 보고서와 임명장 등을 비서실장 은게란에게 주었다. 그러면 은게란은 이를 가장 빠른 배편에 실어 본국으로 보냈다. 중간에 특별한 상황이 생기지 않는다는 가정하에서 로테르담을 떠난 무장상선이 본국에 있는 제주나 부산항에 입항하는 데까지는 8개월에서 10개월 정도가 걸렸다.

그야말로 엄청나게 빠른 속도였는데, 이는 한국 무장상선의 속도가 다른 범선보다 빠를 뿐만 아니라 각지에 한국이 건설한 항구가 있어 보급을 쉽게 받을 수 있기 때문이었다.

일상 업무를 처리한 이준성은 로테르담 항구를 찾았다. 항구 1번 부두엔 사람의 시선을 끄는 전함 한 척이 정박해 있었다.

바로 증기 기관으로 움직이는 철갑선이었다. 물론 완벽한 철갑선은 아니었다. 목재로 만든 골조에 강철을 덧댄 형태였으며 주력 무장 역시 좌우 양 현에 탑재한 함포였다. 즉, 전근대 범선과 근현대 전함의 중간에 해당하는 형태였다.

철갑선의 이름은 나대용함이었다. 나대용은 한국 조선사에서 가장 중요한 인물 중 하나였는데, 이번 철갑선을 건조하던 도중 지병이 도져 순직했다. 이준성은 그의 공로를 기리기 위해 한국이 처음 건조한 철갑선에 그의 이름을 붙였다.

이번 철갑선 개발을 주도한 방사청 조선개발과에 따르면 100퍼센트 강철을 사용해 건조한 진짜 철갑선은 2년을 더 기다려야 볼 수 있었다. 그리고 진짜 철갑선에는 홍뢰 대신에 360도 선회가 가능한 회전 포탑을 탑재할 예정이었다.

현재 방사청 조선개발과는 조선소 다섯 곳에 나대용급 철갑선을 30척가량 주문해 둔 상태였다. 그리고 그중 일부는 이미 건조와 진수, 시험 항해를 마쳐 유럽으로 오는 중이었다.

나대용함에 탑승한 이준성은 가장 먼저 전함의 동력원인 증기 기관부터 점검했다. 말 그대로 증기, 즉 뜨거운 공기를 이용해 동력을 만들어 내는 증기 기관은 산업 혁명의 도화선과 같은 역할을 하였다. 20년 전부터 증기 기관을 연구한 한국은 소형, 중형, 대형으로 점차 규모를 키워 나가 지금은 대형 전함의 동력원으로 쓸 수 있는 증기 기관까지 생산했다.

그 밖에 기차와 방직기 등에 들어가는 증기 기관 역시 이미 개발과 시험 운용을 마쳐 한국 사회 전반에서 쓰이는 중이었다. 증기 기관의 원료는 주로 석탄이었는데, 천연자원이 빈약한 한국에서 석회석 등과 함께 그나마 풍부한 자원 중 하나이기 때문에 원료를 수급하는 데는 전혀 문제가 없었다.

이준성은 내연 기관이 증기 기관을 대체할 것에 대비해 한국이 보유한 유전에서 석유를 채굴할 준비를 하는 중이었다.

심지어 한국석유공사는 만주에 있는 유전 두 곳에서 이미 석유를 채굴 중이었다. 그리고 해외에선 중동, 아시아, 아프리카에 있는 대형 유전의 채굴권을 사들이는 중이었다.

속여서 한 계약은 아니었다. 한국석유공사 직원들은 유전을 소유한 왕국이나 부족을 찾아가 땅속에 묻혀 있는 석유에 관해 설명한 다음, 금이나 다른 현물로 채굴권을 사들였다.

그 결과, 육지에 존재하는 대형 유전의 10퍼센트를 차지할 수 있었다. 이준성은 이 비율을 꾸준히 높여 갈 생각이었다. 석유와 금만 충분하다면 그가 죽은 후에도 한국이 갑자기 몰락해 다른 나라의 먹잇감으로 전락하진 않을 것이다.

이준성은 철갑선을 실전에 투입하기 전에 성능을 직접 확인해 볼 요량으로 나대용함에 탑승해 대서양으로 나갔다. 나대용함은 출발과 동시에 선수 돛대와 선미 돛대에 달아 둔 대형 돛을 활짝 펼쳤다. 그리곤 두 돛대 사이에 솟아 있는 대형 굴뚝으로 시커먼 연기를 뿜어내며 천천히 속도를 높였다.

큰바다로 나온 나대용함은 최고 속도 25노트, 평균 속도 20노트를 유지하며 대서양의 거친 물살을 여유 있게 헤쳐 나갔다.

25노트는 시속 46킬로미터, 20노트는 시속 37킬로미터였다. 즉, 최고 속도로 항해하면 1시간에 46킬로미터를, 평균 속도로 항해하면 1시간에 37킬로미터를 갈 수 있단 뜻이었다.

한국 해군이 기존에 사용하던 해성급 전함의 평균 속도가 15노트, 즉 시속 28킬로미터인 점을 고려하면 엄청난 속도였다. 더욱이 해성급 전함의 평균 속도인 15노트는 순풍이 불었을 때의 속도였다. 역풍 또는 바람이 불지 않는 무풍일 땐 전함의 속도가 당연히 현저하게 떨어질 수밖에 없었다.

다시 말해 나대용함과 장보고함의 평균 속도는 5노트밖에 차이나지 않지만, 실제로 갈 수 있는 거리는 그 몇 배에 달했다. 장보고함은 순풍이 아닐 땐 속도가 현저히 떨어지지만, 증기 기관을 사용하는 나대용함은 바람의 영향을 받지 않기 때문이었다. 만약 나대용급이 해성급 전함을 완벽히 대체하기 시작하면, 기존엔 유럽에서 한국까지 가는 시간이 10개월이었던 것이 3분의 2 혹은 절반 이하로 줄어들 수 있었다.

나대용함의 두 번째 특징은 목조 골재에 강철로 만든 두꺼운 강판을 덧댔단 점이었다. 물론 전함의 속도를 생각하면 강철보단 무게가 적게 나가는 목재가 더 좋은 선택이었다.

그러나 전함의 주목적을 생각하면 강철 쪽이 훨씬 좋은 선택이었다. 전함은 적 전함과의 전투에서 이기는 게 주목적이기 때문에 포탄에 구멍이 뚫리는 목재보단 강철 쪽이 나았다.

유럽 해군이 사용하는 주력 함포의 포탄이 여전히 철환, 즉 쇳덩어리란 점을 생각하면 나대용함은 불침 전함과 같았다.

로테르담 항구를 출발한 나대용함은 영국의 해안 요충지 중 하나인 입스위치 앞까지 항해한 후에 선수를 돌려 로테르담으로 돌아갔다. 입스위치 항구에 있던 영국 전함 몇 척이 깜짝 놀라 대응을 위해 바다로 달려 나왔지만, 그들이 도착했을 땐 이미 나대용함이 손톱보다 작은 점으로 변해 있었다.

로테르담 앞바다에서 준비해 둔 목선 세 척을 상대로 함포 시험까지 마친 이준성은 시험 결과에 크게 만족했다. 나대용함은 좌현과 우현에 각각 홍뢰 20문을 탑재했다. 그리고 선수와 선미에 청뢰 5문을 탑재한 전형적인 전열함이었다.

목선 세 척은 홍뢰로 발사한 화룡탄 수십 발을 뒤집어쓰기 무섭게 수천 조각으로 찢겨 날아갔다. 또, 밸러스트 탱크를 이용한 복원력 역시 완벽해 홍뢰 20문을 발사한 후에 뒤로 넘어갈 것처럼 기우뚱거리던 선체가 균형을 회복했다.

이준성은 곧바로 마지막 시험에 돌입했다. 마지막 시험은 목선 여러 척을 나대용함 선체에 충돌시켜 방호력이 어느 정도인지 알아보는 시험이었다. 목선으로 좌현과 우현, 선미, 선수 등을 잇달아 들이받아 보았지만, 다행히 선체에 덧대 놓은 두꺼운 강철 장갑판이 약간 찌그러지는 선에서 그쳤다.

만족한 이준성은 함께 시험을 지켜본 이순신 장군에게 물었다.

"내 눈에는 괜찮아 보이는데, 제독이 보기에는 어떻소?"

아들 이회의 부축을 받으며 서 있던 이순신 장군이 대답했다.

"아주 훌륭하옵니다."

"제독의 마음에 든다니 다행이구려."

이준성은 대서양 함대 사령관으로 결정 난 이억기에게 물었다.

"나대용급 2차분은 언제 당도할 예정인가?"

이억기가 앞으로 나와 공손히 대답했다.

"한 달 후에 세 척이 더 오는 것으로 아옵니다."

"그럼 3차 인도분은?"

"현재 3차 인도분 다섯 척은 건조를 마친 상태에서 시험 운항 중인 것으로 아옵니다. 만약 시험 운항에서 별다른 문제를 찾지 못하면, 늦어도 7, 8개월 안에는 당도할 것이옵니다."

"2, 3차분이 도착하는 즉시 나대용급으로 이루어진 철갑 기동함대를 새로 신설하여 앞으로 있을 해전에 대비토록 하게."

"알겠사옵니다."

고생한 나대용함 승조원에게 두둑한 금일봉을 하사한 이준성은 케이트와 점심을 같이 먹을 생각으로 행궁을 찾았다.

현재 한국은 보유한 함대를 다섯 개로 나눈 상태였다. 첫 번째는 본국을 지키는 본국함대였다. 그리고 나머지 네 개는 차례대로 남태평양 함대, 북태평양 함대, 인도양 함대, 대서양 함대였다. 물론 전함의 수를 충분히 확보한 후에는 인도양 함대는 동인도양 함대와 서인도양 함대로, 대서양 함대는 북

대서양 함대와 남대서양 함대로 각각 분리할 예정이었다. 대
서양과 인도양은 말 그대로 대양이어서 함대 하나로 제해권
을 지키기엔 무리였다. 함대가 최소 두 개씩은 필요했다.

나대용함의 성능을 확인한 이준성은 흡족한 표정으로 행
궁에 도착해 점심을 먹었다. 네덜란드인 궁녀들이 가져온 국
과 찌개 등을 직접 차리던 케이트가 미소를 지으며 물었다.

"항구에 가셨던 일이 잘 끝났나 봐요?"

"어떻게 알았소?"

"아침에 항구에 볼일이 있다며 나가실 땐 약간 긴장하신
표정이었는데, 돌아오셨을 때는 어린아이처럼 웃고 계시니
까요."

"하하, 맞소. 항구에 갔던 일이 생각보다 잘 끝났소."

"다행이에요."

이준성은 케이트와 함께 점심을 먹은 다음, 에티오피아에
서 수입한 커피를 마셨다. 물론 에티오피아에서 수입한 것은
커피 원액이 아니라 커피나무에서 자란 커피콩이었다. 이준
성이 커피를 상당히 좋아했기 때문에 행궁에 따로 커피와 차
종류만 관리하는 네덜란드인 궁인이 있을 정도였다.

커피를 담당하는 궁인은 잘 말린 커피콩을 볶은 다음, 볶
은 커피콩을 맷돌로 갈아 가루로 만들었다. 그리고 그 가루
를 이준성이 직접 만든 이탈리아식 모카 포트에 물과 함께
담아 끓인 다음, 거기서 나온 커피를 에스프레소로 마시거나

뜨거운 물을 섞어 아메리카노 형태로 마셨다.

케이트는 커피 특유의 쓴맛과 쌉싸래한 맛에 적응이 쉽지 않은지 설탕이나 크림처럼 달콤한 감미료를 함께 넣어 마셨다.

커피는 에티오피아 고원 지대가 원산지였는데 에티오피아와 가까운 소코트라 섬에 한국 무역공사가 있어 수급이 쉬웠다.

한국 무역공사 소코트라지부에서 근무하는 직원들은 직접 에티오피아 고원 지대를 찾았다. 그리고는 그곳에 사는 현지 주민과 커피나무 재배 계약을 맺었다. 얼마 전까진 자연에서 자란 커피나무에서 채집한 커피콩으로 커피를 만들었지만, 한국이 커피 사업에 진출한 후에는 농장 형태로 바뀌었다.

중동과 유럽의 부유층은 이미 커피를 상당히 즐기던 터라, 한국이 나무상자에 담아 판매하는 커피 가루는 불티나게 팔렸다.

이준성은 커피 외에도 유럽에서 인기가 좋은 향신료, 생사, 비단, 도자기, 차, 설탕 등을 로테르담으로 가져와 판매했다. 판매를 시작한 지 불과 반년밖에 지나지 않았지만, 로테르담의 명성이 전 유럽에 퍼져 나가 하루에도 수백 명이 넘는 상인이 찾아와 한국이 파는 물건을 사기 위해 경쟁했다.

그 덕에 이준성은 그가 로테르담 특별자치도를 개발하기 위해 들인 막대한 액수의 원금을 금방 회수했을 뿐만 아니라,

지금은 회수 수준을 넘어 엄청난 흑자를 기록하는 중이었다.

이준성이 꿈꾸던 세계 무역이 마침내 첫발을 내디딘 셈이었다.

아침 일찍부터 정신없이 움직인 이준성은 오랜만에 케이트와 함께 느긋한 오후를 보낼 생각으로 저장고에 있는 보르도 와인과 치즈를 꺼내 왔다. 그리고는 케이트를 침실로 불러 와인을 적당히 나누어 마셨다. 케이트의 얼굴이 술기운에 약간 붉어졌을 때, 그녀를 침대 쪽으로 슬쩍 이끌었다.

그러나 부부의 은밀한 밀회는 성공적으로 이루어지지 못했다. 부부의 밀회를 방해하는 훼방꾼이 나타났기 때문이었다.

◆　◆　◆

"전하, 상선이옵니다."

이준성은 밖에서 들려온 상선의 목소리에 쓴웃음을 지으며 케이트 쪽으로 고개를 돌렸다. 가슴 위에 놓여 있는 이준성의 손을 치운 케이트가 이불을 당겨 얼른 나신을 가렸다.

이대로 끝내기가 못내 아쉬웠던 이준성은 이불 속으로 손을 슬쩍 다시 집어넣어 봤지만, 케이트가 손등을 살짝 치는 바람에 어쩔 수 없이 그만두었다. 케이트가 이불 속에서 이준성이 벗긴 옷을 다시 걸치며 눈짓으로 문을 가리켰다.

한숨을 내쉬며 의자 위에 걸쳐 둔 가운을 대충 걸친 이준성은 침실 문을 벌컥 열었다. 문 바로 앞에 40대 중반으로 보이는 네덜란드인 사내 하나가 난감한 표정으로 서 있었다.

크리스티안이란 이름의 중년 사내는 로테르담에 설치한 한국어학당 1기 졸업생이었다. 졸업한 후엔 한국말을 유창하게 구사할 줄 안단 점 덕분에 로테르담 행궁 상선에 취임했다.

이준성은 짜증이 살짝 묻어나는 목소리로 물었다.

"방해하지 말라 했는데 방해한 것을 보면 급한 일인 모양이지?"

크리스티안은 난감한 표정으로 바로 머리를 조아렸다.

"송구할 따름이옵니다."

이준성은 피식 웃었다. 모래색에 가까운 금발과 파란색 눈동자를 지닌 건장한 서양인이 한국인 중에서도 먹물 좀 먹어본 사람이나 쓸 법한 말을 구사하는 게 신기했기 때문이었다.

이준성은 미소를 거두며 물었다.

"그래, 무슨 일인가?"

"네덜란드 공화국에서 사신을 보냈사옵니다."

이준성은 미간을 살짝 찌푸리며 물었다.

"오라녜 공작이 직접 보낸 건가?"

"그렇사옵니다."

"흐음, 그렇다면 한번 만나 봐야겠군."

고개를 끄덕인 이준성은 고개를 돌려 침대 쪽을 보았다. 케이트가 그새 옷을 다 입었는지 침대 밑으로 내려오는 중이었다.

이준성은 다급한 표정으로 소리쳤다.

"침대에 누워 계시오! 내 빨리 처리하고 돌아올 테니까!"

옷매무새를 점검하던 케이트가 못 말리겠다는 표정을 지었다.

"급한 일인 모양인데 어서 가 보기나 하세요."

질척거리던 이준성은 결국 케이트에게 한 소리를 들은 후에야 크리스티안의 뒤를 따라 행궁에 설치한 영빈관을 찾았다.

영빈관에는 은계란, 랭커스터 등이 먼저 와서 그가 도착하길 기다리는 중이었다. 이준성은 은계란에게 간단한 보고를 받은 후에 안으로 들어가 그를 찾아왔다는 사신을 만났다.

사신은 바로 네덜란드 공화국의 외교를 전담하는 레이덴이었다. 정확히 말하면 니콜라스 판 레이덴 백작이었다. 그는 이준성의 영지인 덴하그 옆에 있는 레이덴이란 지역을 소유한 명망 있는 가문의 귀족이었다. 지역 이름이 레이덴이란 점에서 알 수 있듯 레이덴은 그의 가문이 개척한 땅이었다.

레이덴 옆에는 네덜란드 공화국이 파견한 연락관인 휴고 드 위트가 같이 있었다. 네덜란드 해군 장교인 휴고 드 위트는 한국군이 지브롤터 기지에 주둔해 있을 때부터 네덜란드 공화국과 한국군을 연결하는 연락관의 임무를 수행 중이었다.

레이텐에게 의자를 권한 이준성은 상석으로 걸어가며 물었다.

"무슨 일인가?"

"우선 축하한단 말씀부터 드리는 게 맞을 것 같습니다."

이준성은 피식 웃으며 물었다.

"무슨 축하 말인가?"

"오라녜 공작께서 공작가의 후손과 결혼한 전하께 가문 관례에 따라 백작의 작위를 내리기로 마음먹으셨기 때문입니다."

"백작?"

레이텐은 고개를 끄덕이며 대답했다.

"그렇습니다. 전하께선 앞으로 유럽에서 활동하실 때만큼은 로테르담 백작으로 불리실 것입니다. 그리고 네덜란드가 한국에 할양한 지역 또한 앞으론 할양이 아니라 로테르담 백작이 정식으로 승계받은 백작 영지로 인정받을 것입니다."

"내가 로테르담 백작 작위를 받아들이면, 내 아내인 케이틀린은 앞으로 로테르담 백작부인이란 칭호로 불리는 것인가?"

"그렇습니다."

이준성은 레이텐을 슬쩍 떠보았다.

"오라녜 공작이 이번에 아주 제대로 작정한 모양이군."

그러나 노회한 레이덴은 이준성이 내민 미끼를 물지 않았다.

"무슨 뜻으로 하시는 말씀인지 잘 모르겠습니다."

"하하, 역시 노련하군. 하지만 할양받아 통치하는 것과 백작의 작위를 가진 상태에서 영지를 물려받는 덴 큰 차이가 있다는 사실을 나도 알고 자네도 알지 않나? 그렇지 않은가?"

레이덴 역시 더는 어쩔 수 없다는 표정으로 고개를 끄덕였다.

"그럴 가능성이 크겠지요."

이준성의 말처럼 할양받아 통치하는 것과 백작의 작위를 가진 상태에서 영지를 정식으로 물려받는 덴 큰 차이가 있었다.

한국이 로테르담과 그 주변 위성도시를 할양해 다스릴 때는 네덜란드 공화국이 여러 가지 이유를 들어 협정을 파기할 수 있었다. 한국이 영지 주민에게 폭정을 펼친다거나, 아니면 한국이 네덜란드 공화국에 약속한 지원을 거절했다는 이유 등을 내세우면 협정을 파기하는 게 그리 어렵지 않았다.

그러나 이준성이 백작의 작위를 가진 상태에서 영지를 정식으로 상속받았을 땐 쫓아내기가 쉽지 않았다. 한국이 네덜란드 공화국과 협정을 맺어 할양받은 게 아니라 이준성이 상속녀인 케이트와 결혼하는 적법한 방법으로 상속받았기 때문이었다. 상속받은 영지를 강제로 회수하는 것은 천여 년 동안 이어진 유럽의 질서를 어지럽히는 행동과 같았다.

현 유럽에서 다른 영주가 소유한 영지를 빼앗으려면 전쟁을 일으키거나, 아니면 혼인을 통해 상속받는 수밖에 없었다.

이준성은 느긋한 표정으로 물었다.

"백작 작위를 받는 데는 당연히 조건이 있을 테지?"

레이덴은 그 말을 기다렸다는 듯 바로 대답했다.

"역시 영명하십니다."

"조건을 말해 보게."

"오라녜 공작께선 현재 군대를 동원하여 30년 전에 빼앗긴 플란데런, 안트베르펜, 브라반트 세 주를 되찾아올 계획을 세워 두신 상태입니다. 만약 한국이 이 세 주를 되찾아 오는 데 도움을 준다면 공작께서 바로 작위를 내려 주실 것입니다."

유럽인들이 저지대라 부르는 유럽 서부 해안가 지대는 지금 남북으로 쪼개져 있는 상태였다. 우선 북부에 있는 7개 주가 독립해 네덜란드 공화국을 건국하였다. 그리고 남부에 있는 10개 주는 여전히 에스파냐 제국의 통치를 받고 있었다.

이 남부 10개 주가 나중에 벨기에와 룩셈부르크로 각각 독립하게 되는데, 언제부터인지 이 두 나라와 일찌감치 독립한 네덜란드를 합쳐 베네룩스라는 이름으로 부르기 시작했다.

한데 에스파냐 제국의 지배를 받는 남부 10개 주 중 네덜란드 공화국과 국경을 마주한 세 주가 플란데런, 안트베르펜, 브라반트였다. 원래 이 세 주에는 신교도가 많이 거주해 전쟁 초기엔 북부 7개 주와 행동을 같이했다. 즉, 처음엔 에스파냐 제국에 대항하는 주가 7개가 아니라 10개였다.

그러나 16세기 말에 에스파냐의 대대적인 침공을 받아 플란데런, 안트베르펜, 브라반트가 다시 제국의 손에 떨어졌다.

마우리츠 판 나사우는 이때 빼앗긴 플란데런, 안트베르펜, 브라반트를 다시 찾아오기 위해 군대를 꾸리는 중이었는데, 2년 만에 만족할 정도의 군대가 만들어졌는지 이준성에게 로테르담 백작 작위를 대가로 도와 달라 부탁하는 중이었다.

이준성은 팔짱을 끼며 불만을 드러냈다.

"난 약속을 지키는 사람이네. 그러나 다른 나라의 군대와 같이 싸우기는 싫네. 나라마다 무기, 편제, 전술 등이 다른 탓에 같이 묶여 있으면 제대로 싸우기가 힘들기 때문이지."

레이덴은 조금 언짢은 표정으로 물었다.

"같이 싸우지 않는다면 어떻게 약속을 지키신단 말씀입니까?"

이준성은 이미 생각해 둔 복안이 있는지 거침없이 대답했다.

"방금 오라녜 공작이 플란데런, 안트베르펜, 브라반트 세 주를 되찾기 위해 군을 일으켰다고 했는데, 우리가 네덜란드 공화국을 위해 해안과 가까운 플란데런을 되찾아 주는 방법은 어떤가? 그렇게 하면 공작이 이끄는 네덜란드 공화국 군대는 안트베르펜, 브라반트에 전력을 집중할 수 있을 것인데."

신중한 레이텐은 미간을 살짝 찌푸리며 물었다.

"만약 플란데런 탈환에 실패할 때에는 어떻게 하시겠습니까?"

이준성은 피식 웃으며 대답했다.

"그럼 할양받은 영토 전체를 조건 없이 반납하지."

"한국이 로테르담과 브레다, 덴하그 등에 엄청난 돈을 투자했단 말을 들었는데 국왕 전하의 배포가 상당히 크시군요."

이준성은 껄껄 웃으며 고개를 저었다.

"하하, 난 배포가 큰 게 아니네."

"그럼 어째서 그런 무모한 약속을 하시는 겁니까?"

"자신감이 넘치기 때문이지."

레이텐은 순간 할 말이 떠오르지 않는지 잠시 멈칫했다.

그때, 이준성이 눈을 가늘게 뜨며 물었다.

"내 제안을 받아들일 건지, 아니면 말 건지 생각을 해 보았나?"

레이텐은 잠시 고민해 본 후에 대답했다.

"공작 저하와 상의해 본 후에 말씀드리는 게 좋을 것 같습니다."

이준성은 흔쾌히 승낙했다.

"그렇게 하게."

그로부터 며칠 후, 한국과 네덜란드 공화국은 두 번째 협정문을 작성해 나누어 가졌다. 협정문의 내용은 간단했다. 한국은 플란데런을, 네덜란드 공화국은 안트베르펜과 브라반트를 각각 공격하여 탈환한다는 내용이었다. 그리고 한국이 플란데런 탈환에 실패하면 로테르담과 그 주변에 있는 위성도시 여섯 개를 네덜란드 공화국에 양도한다는 내용이었다.

또, 한국이 약속한 대로 플란데런 탈환에 성공할 경우, 네덜란드 공화국은 그 즉시 이준성을 로테르담 백작으로, 케이틀린 나사우을 로테르담 백작부인으로 인정한다는 내용이었다.

양국이 두 번째 협정문을 작성해 나눠 가진 후에 마우리츠 판 나사우가 이끄는 네덜란드 공화국군 1만여 명이 안트베르펜으로 쳐들어갔다. 그러나 상대가 예측 못 한 기습은 아니었다.

에스파냐 제국 역시 첩자들을 통해 네덜란드 공화국이 양국의 국경 지대에 병력을 집결시키는 중이란 정보를 구한 상태였기 때문에 바로 병력 2만여 명을 동원해 상대를 저지했다.

이 시기의 유럽은 한 번에 승부를 내는 경우가 많았다.

네덜란드 공화국군과 에스파냐 제국군 역시 마찬가지였다. 양측 군대는 안트베르펜의 메르크셈에서 대치하며 상대가 먼저 공격하길 기다렸다. 고지를 차지한 상태에서 고지를 빼앗기 위해 진격해 오는 적을 상대하는 게 훨씬 쉽기 때문이었다.

그러나 현대전 교리를 사용하는 한국군은 전투 방식이 아예 달랐다. 이준성은 가장 먼저 한명련이 지휘하는 맹호특수전여단 대원 300여 명을 플란데런 국경 곳곳에 투입했다.

맹호특수전여단 대원들은 플란데런 국경에 있는 적의 성채와 요새, 후방 보급 기지 등을 급습해 상당한 타격을 입혔다.

지금 역시 마찬가지여서 카프리케에 있는 에스파냐 제국군 후방 보급 기지에 남이흥이 지휘하는 1, 2, 3중대가 잠입해 야간 작전을 시행하는 중이었다. 몇 년 전에 부여단장으로 진급한 남이흥은 고지에 올라가 카프리케 기지를 관찰했다.

잠시 후, 카프리케 보급 기지 안에서 폭음과 함께 시뻘건 불길이 화산이 폭발하듯 치솟았다. 대원이 설치한 천왕뢰와 다이너마이트가 폭발한 것이다. 기지를 수비하던 병사 100여 명 중에 폭발에 휘말려 들어가지 않은 병사는 20여 명에 불과했다.

그러나 그 20여 명 역시 퇴로에 매복해 있던 특수전여단 대원의 일제 사격을 받아 한두 명만 간신히 살아서 도망쳤다.

물론 그 한두 명 역시 없애려 했다면 없앨 수 있었다. 그러나 남이홍은 추가 사격을 제지해 그들을 보내 주었다.

남이홍은 바로 1, 2, 3중대 중대장을 모아 다음 명령을 내렸다.

"길목에 매복해 2차 타격을 가한 후에 3지점으로 이동한다."

"예."

대담한 중대장 세 명은 부하들과 함께 길목으로 이동했다. 그로부터 2시간쯤 지났을 때였다. 중천에 있던 그믐달이 반쯤 기울었을 무렵, 에스파냐 제국군 기병 100기와 보병 300명이 카프리케 기지 방향으로 이동하는 모습을 포착했다.

그때, 길목에 매복해 있던 맹호특수전여단 대원들이 일제 사격을 가해 에스파냐 제국군을 급습했다. 길목 양편에서 날아드는 탄환과 천뢰 5호에 수십여 명이 순식간에 죽어 나갔다.

그러나 에스파냐 제국군은 퇴각하지 않았다. 그들은 고지를 차지한 맹호특수전여단 대원을 제거하면 승산이 있단 생각을 했는지 방향을 틀어 고지를 공격했다. 그러나 맹호특수전여단 대원이 고지에 설치해 둔 은철뢰 10여 개를 터트리는 순간, 또다시 수십 명이 죽어 나갔다. 그제야 사태가 생각보다 훨씬 심각하다는 사실을 깨달은 에스파냐 제국군은 기수를 돌려 부대 주둔지가 있는 쪽으로 도망치기 시작했다.

그러나 퇴각 역시 쉽지 않긴 마찬가지였다. 맹호특수전여단 대원들은 도망치는 상대를 추격해 적을 거의 궤멸시켰다.

남이홍은 차가운 목소리로 명령했다.

"포로는 필요 없다!"

게릴라전을 수행하는 특수 부대는 포로를 데리고 다니기가 어려웠으므로 부상자를 남겨 두지 않았다. 확인 사살을 마친 맹호특수전여단 대원들은 바로 3지점으로 이동했다. 그리고는 그곳에 있는 작은 요새를 공격해 적을 혼란에 빠트렸다.

플란데런을 수비하는 에스파냐 제국군 수뇌부는 한국군 특수 부대 수백 명이 국경에 출몰 중이란 보고를 받기 무섭게 후방에 있는 병력 7,000여 명을 국경 방향으로 이동시켰다. 7,000명은 플란데런을 지키는 병력의 90퍼센트에 해당했다.

한편, 은호원과 군 정보 부대를 통해 플란데런을 수비하는 적 병력 7,000명이 국경으로 이동했단 보고를 받은 이준성은 바로 이운룡 제독에게 상륙 작전을 개시하란 명령을 내렸다.

명령을 받은 이운룡 제독은 곧장 30척으로 이루어진 상륙 함대를 오스텐트란 이름을 가진 작은 항구로 진격시켰다. 오스텐트는 국경에서 15킬로미터 이상 떨어진 작은 항구였기 때문에 전함은커녕 부두를 지키는 병력조차 그리 많지 않았다.

항구를 접수한 한국군은 해병 1여단 대원 2,000명을 상륙시켜 동쪽으로 진군했다. 그들의 첫 번째 목표는 플란데런의 수도인 브뤼허였다. 처음부터 적의 심장부를 찌른 셈이었다.

국경에 집결해 있던 에스파냐군 수비 부대는 한국군이 후방에 상륙해 브뤼허로 진격 중이란 소식을 접하기 무섭게 바로 병력을 빼 브뤼허로 돌아갔다. 그러나 해병 1여단이 훨씬 빨라 그들이 도착했을 땐 이미 브뤼허가 넘어간 상태였다.

독재자

4장. 추가 조건

　이준성이 계획한 양동 작전이 완벽하게 통한 셈이었다.

　이준성은 플란데런을 수비하는 에스파냐 제국 수비 부대를 국경 방향으로 유인할 생각으로 한명련이 지휘하는 맹호특수전여단 대원들을 국경에 투입하여 파괴 공작을 시행했다.

　유럽 역시 적 후방에 침투해 상대를 교란하는 전술을 전혀 사용하지 않은 것은 아니지만 맹호특수전여단처럼 전문적으로 그런 임무를 수행하는 전문 부대를 육성하지는 못했다.

　에스파냐 제국 수뇌부는 맹호특수전여단의 파괴 공작이 극심한 것을 보곤 한국군이 국경 방향으로 쳐들어올 것이라 확신했다. 한국군이 국경으로 쳐들어오지 않을 거라면 굳이 맹호특수전여단을 보내 파괴 공작을 시행할 이유가 없었다.

에스파냐 제국 수뇌부는 그러한 판단하에서 플란데런을 지키는 수비 병력 8,000명 중 7,000명을 국경으로 이동시켰다.

이준성은 그 틈에 육지가 아닌 해상을 이용해서 적 후방 쪽에 상륙한 다음, 해병 1여단을 내보내 플란데런의 주도이며 에스파냐 제국 플란데런 수비 부대의 본부가 위치한 브뤼허를 불과 세 시간 만에 완전히 장악하는 수완을 보여 주었다.

이제 플란데런 전쟁의 양상은 주도 브뤼허를 점령한 한국군과 이를 탈환하려는 에스파냐 제국군 사이의 전투로 바뀌었다.

에스파냐 제국군이 브뤼허를 되찾을 방법은 사실 하나밖에 없었다. 바로 시가지로 들어와 시가전을 전개하는 것이었다.

해병 1여단과 함께 브뤼허에 입성한 이준성은 브뤼허 시내 중심가에 있는 어느 귀족의 저택 메인 홀에서 홍염해병군단장 정충신과 해병 1여단장 정봉수, 맹호특수전여단장 한명련 세 명이 작전을 상의하는 모습을 지켜보았다.

세 명은 브뤼허를 표시한 대형 지도 위에서 병력 배치를 상의하는 중이었는데, 정봉수가 의견을 내면 정충신과 한명련이 그 의견에 추가할 것은 추가하고 빼야 할 것은 뺐다.

이준성은 사령부로 쓰이는 메인 홀 상석에 앉아 세 사람이 의견을 나누는 모습을 지켜만 볼 뿐 직접 개입하진 않았다.

정봉수는 해병대에 부임한 지 이제 2, 3년에 불과해 이준성이 어떤 전략과 전술을 좋아하는지 차츰 배워 가는 단계였다.

그러나 정충신과 한명련은 달랐다. 그 두 사람은 이준성을 따른 지 벌써 20년이 훌쩍 넘어 그를 누구보다 잘 알았다.

이준성 역시 정충신과 한명련을 수제자처럼 생각했기 때문에 그가 아는 모든 전략과 전술을 가르쳤다. 덕분에 굳이 그가 개입하지 않아도 작은 규모의 전투는 알아서 수행할 수 있었다.

작전 수립을 마쳤는지 정봉수가 가장 먼저 1여단 대원들을 배치하기 위해 사령부를 떠났다. 이번 전투는 해병 1여단이 중심이었기 때문에 정봉수가 가장 바쁠 수밖에 없었다.

옥좌에 앉아 그 모습을 지켜보던 이준성은 특수 작전을 수행하기 위해 나가려는 한명련을 그가 있는 쪽으로 불러 물었다.

"맹호특수전여단은 어떻게 하기로 했나?"

한명련은 공경이 담긴 어조로 대답했다.

"전투가 벌어지면 적 후방을 교란하기로 하였사옵니다."

"별문제는 없겠군."

한명련 역시 미소를 지으며 대꾸했다.

"그럴 것이옵니다."

"그보다 맹호특수전여단을 맹호특수전군단으로 상향시키는 작업은 진척이 좀 있는가? 내가 듣기론 본토에서 5년 가까이 훈련한 요원 1,000명이 몇 달 전에 도착한 것으로 아는데."

한명련은 마음에 들지 않는 게 있는지 미간을 살짝 찌푸렸다.

"숫자는 충분하옵니다만, 실전 경험이 거의 없는 탓에 경험 많은 부사관이 훈련 교관을 자청해 새로 가르치는 중이옵니다."

이준성은 그제야 알겠다는 듯 고개를 끄덕였다.

"그야 그럴 테지."

이준성은 해양 원정을 떠나기 전에 국무총리 이원익과 국방부장관 권응수 등을 불러 자기가 없는 동안에는 지금 확보한 영토를 최대한 지키는 선에서 군을 운용하란 엄명을 내렸다.

이원익, 권응수 등은 명을 충실히 이행해 산해관 근처에서 북청군과 벌인 국지전 몇 차례 외엔 전투가 벌어지지 않아 실전 경험을 쌓을 장소가 마땅치 않았다. 그나마 이준성이 직접 이끄는 해양 원정군은 10년간 전투를 꾸준히 치러 적지 않은 경험을 쌓을 수 있었다. 그러나 워낙 경쟁이 치열한 탓에 원정군에 참여할 수 있는 장병은 소수에 불과했다.

이는 특수전훈련단이 배출한 신예 요원들 역시 마찬가지였다. 그동안 엄청난 자금을 투입해 2,000명이 넘는 신진 요원을 양성했지만, 실전 경험이 떨어진단 크나큰 약점이 있었다.

이준성은 1년 전에 맹호특수전여단을 군단급 규모로 키울 생각에 본토에서 훈련 중인 요원 1,000명을 이곳으로 불렀다. 기존에 있던 베테랑 요원 300명에 이번에 도착한 요원 1,000명을 더하면 군단급 특수전 부대를 운영할 수 있었다.

그러나 기존에 있던 베테랑 요원들이 새로 온 요원들과 실전을 치르길 거부하는 바람에 계획을 중단할 수밖에 없었다.

베테랑 요원들은 실전 경험이 전혀 없는 요원들과 실전을 치르면 자기들까지 피해를 볼 수 있다는 주장을 펼쳤다. 또, 작전 효율 역시 떨어질 거란 그럴듯한 이유까지 추가했다.

베테랑 요원들과 10년 넘게 동고동락하며 사선을 여러 차례 넘나든 한명련 역시 그들의 심정을 십분 이해했기 때문에 베테랑 요원들을 존중하는 차원에서 신예 요원들을 실전에 투입하지 않기로 했다. 그 대신, 베테랑 요원 중에 교관 자질이 있는 이들을 선발해 신예 요원을 새로 훈련시키도록 하였다. 어차피 기본 커리큘럼은 같은 상태에서 실전 경험만 떨어지는 것이기 때문에 훈련이 오래 걸리지는 않을 터였다.

한명련은 자신감 넘치는 목소리로 대답했다.

"소장의 생각으론 올해 겨울이 지나기 전에 신예 요원들의 훈련을 마쳐 여단을 군단 규모로 확장할 수 있을 것이옵니다."

"그렇다면 다행이군."

고개를 끄덕인 이준성은 화제를 돌렸다.

"그건 그렇고 얼마 전에 내려갔던 전출 명령을 또 거부했다던데, 본국으로 돌아갈 의향이 정말 없는 것인가? 자네 정도의 실력과 경력이면 이제 참모총장을 맡아도 괜찮을 것인데."

한명련은 바로 머리를 조아렸다.

"송구하옵니다. 소장은 참모총장보다 전하의 곁에 있는 것이 더 좋사옵니다. 동고동락한 대원들과도 정이 많이 들었고요."

"자네 뜻이 정 그러하다면 당분간은 전출 명령이 떨어지지 않게 해 주겠네. 아마 4, 5년 안에는 돌아갈 수 있을 것이야."

"황공하옵니다."

머리를 조아려 감사를 표한 한명련은 부하들을 지휘하기 위해 사령부를 떠났다. 옥좌에 앉아 잠시 생각하던 이준성은 멀리서 들려온 뇌격의 총성을 듣고 교회로 이동했다.

브뤼허에서 가장 높은 건물이 교회인 데다 교회 지붕에 종을 매달아 둔 높은 첨탑까지 있어 전황을 살피기에 아주 좋았다.

이준성은 인드라망으로 전선을 살폈다. 에스파냐 제국군은 1,000기가 넘는 기병 부대를 브뤼허 안으로 먼저 밀어 넣었다.

기동력이 뛰어난 기병 부대를 이용해 한국군의 방어선을 단숨에 돌파하겠단 심산이었다. 그러나 해병 1여단은 길과 골목 사이에 철조망 등을 이용해 바리케이드를 쳐 둔 상태였다.

바리케이드 앞까지 진격했던 에스파냐 제국군 기병 부대는 사방에서 날아드는 뇌격 탄환에 벌집 신세를 면치 못했다.

그때, 에스파냐 제국군의 정예 기병 수백 명이 뇌격 탄환을 맞아 가며 바리케이드를 거의 돌파하는 데 성공했다. 그러나 바리케이드를 지나 도시 안으로 진입하려는 순간, 해병 1여단 병사들이 지면에 묻어 둔 지뢰 5호가 폭발하기 시작했다. 지뢰 5호가 폭음을 내며 폭발할 때마다 흙과 먼지, 그리고 지뢰 안에 든 작은 쇠 구슬이 사방으로 튀어 올랐다.

에스파냐 제국군 기병 부대를 이끌던 장교가 깜짝 놀라 뒤를 돌아보는 순간, 기병과 군마가 비명을 지르며 나자빠졌다.

그리고 장교 역시 발밑에서 터진 지뢰 5호 폭발에 휩쓸려 군마와 같이 나동그라졌다가 얼굴에 피를 흘리며 일어섰다.

그러나 비틀거리던 장교가 두 발로 땅을 딛는 순간, 가까운 지붕 위에서 날아든 탄환을 얼굴에 맞고 그대로 즉사했다.

에스파냐 제국군 기병 부대는 정예 기병이 브뤼허 안으로 기세 좋게 진입했다가 지뢰 5호에 당해 전멸함에 따라 동력을 상실했다. 그런 그들에게 남은 것은 이제 퇴각밖에 없었다.

에스파냐 제국군은 기병 부대가 패퇴하는 순간, 바로 보병 부대를 내보냈다. 야전이었다면 보병과 기병이 동시에 공격하는 제병 합동 전술을 썼을 테지만 도시에선 그럴 수 없었다.

해병 1여단은 시가전을 펼치는 에스파냐 제국군 보병 부대를 상대로 각종 화기를 총동원해 공격했다. 건물 곳곳에 숨은 해병대원들이 뇌격과 천뢰 5호로 적을 공격하는 동안, 지붕에 숨어 있던 저격중대 병사들이 장교를 골라 저격했다.

또, 박격포중대 포병들은 개량한 백뢰와 백뢰탄으로 에스파냐 제국군 보병 부대 머리 위에 끊임없이 화력을 퍼부었다.

전투는 하루 더 이어졌지만 사실상 승부는 첫날에 갈린 셈이나 마찬가지였다. 결국 에스파냐 제국군 수뇌부는 브뤼허를 포기한 상태에서 우측으로 크게 우회해 안트베르펜과 브라반트에 있는 다른 에스파냐 제국군과 합류하기 위해 움직였다.

그러나 이준성은 안트베르펜으로 도망치는 에스파냐 제국군 잔당을 추격하지 않았다. 브뤼허에 머물며 플란데런 지역에 남아 있는 소규모 적을 소탕하는 쪽에 전력을 집중했다.

브뤼허 전투에서 주력 부대가 패하는 순간 플란데런에 남아 있던 적 대부분이 도망쳤기 때문에 소탕은 열흘 만에 끝났다.

이준성은 브뤼허 사령부에 남아 최명길의 보고를 받았다. 최명길은 수단이 좋은지 불과 몇 달 만에 만족할 만한 수준의 정보 조직을 만들어 본격적으로 유럽지부를 가동하였다.

현재 최명길이 이끄는 은호원 유럽지부는 저지대 지역은 물론이거니와 저지대 지역과 국경을 맞댄 신성 로마 제국, 프랑스, 에스파냐 제국 등의 국경 지대 안에 요원을 파견해 둔 상태였다.

최명길은 먼저 안트베르펜 전장에서 온 소식부터 보고했다.

"현재 네덜란드 공화국군 13,000명과 에스파냐 제국군 28,000명이 안트베르펜 메르크셈이란 지역에서 세 차례에 걸쳐 대규모 전투를 치렀사옵니다. 병력 숫자는 에스파냐 제국군이 네덜란드 공화국군에 비해 훨씬 많지만 네덜란드 공화국군이 사용하는 총병 전술이 에스파냐 제국군의 테르시오를 압도해 전황이 한쪽으로 기울어지지 않는 상태이옵니다."

"지금은 전황이 어떤가?"

"지금은 소강상태이온데 다음번 전투에서 결착을 내려는지 양군이 모두 본국에 지원을 요청해 두었단 말을 들었사옵니다."

이준성은 피식 웃었다.

"곧 꽁지에 불이 붙은 누군가가 이쪽으로 달려오겠군."

최명길 역시 안다는 듯 엷은 미소를 지었다.

"그럴 것이옵니다."

"다른 나라의 동향은 어떤가?"

"신성 로마 제국은 에스파냐 제국군이 이길 거라 보는 듯
하옵니다. 그리고 프랑스는 에스파냐가 유럽 중부에서 나가
주길 원하기 때문에 물밑에서 네덜란드 공화국을 돕는 중이
옵니다. 또, 영국은 이번 전투에 한국군이 개입했단 첩보를
접한 후에 어찌할지를 놓고 치열한 논쟁을 오가고 있는 중이
옵니다."

이준성은 말없이 고개를 끄덕였다.

신성 로마 제국, 에스파냐 제국, 프랑스는 유럽의 대표적
인 구교 국가였다. 그중 구교를 대표하는 가장 큰 세력인 합
스부르크 가문의 후손이 제위를 차지한 신성 로마 제국과 에
스파냐 제국은 강경한 구교 국가여서 신교를 몰아내는 일에
앞장섰다.

한데 신성 로마 제국은 완전한 제국이라기보단 수백 개의
작은 국가가 모여 만든 연방 국가 형태인 데다, 국가마다 미
는 종교가 달라 이합집산과 내전이 끊임없이 일어나는 중이
었다. 즉, 구교를 대표하는 세력이라 하기엔 허점이 많았다.

그러나 에스파냐 제국은 중앙집권화가 이루어진 진짜 제

국이었기 때문에 유럽에서 구교를 대표하는 세력으로 자리 잡았다.

네덜란드 독립 전쟁 역시 큰 줄기에서 보면 구교를 대표하는 에스파냐 제국이 저지대 북부에 많이 거주하는 신교도, 특히 강경한 칼뱅파를 박해해 일어난 종교 전쟁에 더 가까웠다.

반면, 구교 국가인 프랑스는 사정이 약간 달랐다. 프랑스는 30년 전쟁 전에 가장 큰 종교 전쟁이라 할 수 있는 위그노 전쟁을 치르는 동안, 앙리 4세가 발표한 낭트칙령 등을 이용해 구교와 신교가 공존하는 방법을 찾아내는 데 성공했다.

구교 국가인 프랑스는 당연히 에스파냐 제국을 지원해야 옳았다. 그러나 프랑스는 앞서 말한 이유 등으로 인해 에스파냐 제국처럼 강경한 구교 국가가 아니었기 때문에 오히려 그들이 있는 유럽 중부에서 에스파냐 제국을 완전히 쫓아낼 작정으로 네덜란드 공화국군을 은밀히 지원하는 중이었다.

한편, 신교를 대표하는 국가이며 그동안 대륙에 있는 신교 국가를 지원하는 데 주저하지 않던 영국은 현재 네덜란드 공화국을 지원해야 한다는 쪽과 지원하지 말아야 한다는 쪽이 치열한 논쟁을 펼치며 싸우는 중이었다. 지원해야 한다는 쪽은 에스파냐 제국이 저지대를 다시 손에 넣으면 에스파냐 제국이 영국 코앞까지 진출할 수 있단 이유를 내세웠다.

그리고 유럽에서 규모가 큰 신교 국가 중 하나인 네덜란드 공화국이 망하면 신교의 세가 꺾일 수 있단 이유를 내세웠다.

반면, 지원하지 말아야 한다는 쪽은 주장의 근거로 한국군이 네덜란드 공화국을 지원하는 중임을 들었다. 이번 전쟁에서 네덜란드 공화국이 승리해 한국군의 유럽 내 입지가 단단해지면 가장 손해를 많이 볼 가능성이 큰 국가가 영국이었다.

영국은 이미 한국군에게 패해 아메리카를 제외한 거의 모든 무역로를 상실했다. 그런 상황에서 한국군의 입지가 더 단단해지면 아메리카마저 빼앗길 수 있단 위기감이 팽배했다.

이준성이 유럽 각국의 동향을 파악하는 중일 때였다.

은게란이 들어와 안트베르펜에서 사신이 도착했음을 알렸다.

"들여보내라."

"알겠사옵니다."

잠시 후, 은게란이 레이덴 백작을 데리고 안으로 들어왔다. 레이덴 백작은 그사이 4, 5년은 더 나이를 먹은 듯 초췌한 모습이었다. 심지어 머리엔 까치집까지 약간 지어 있었다.

이준성은 고개를 절레절레 저었다.

"안트베르펜의 상황이 썩 좋지 못한 모양이군."

레이덴이 창백한 얼굴로 대답했다.

"그렇습니다."

"그래, 무슨 일로 나를 찾아왔는가?"

레이덴은 약간 노기가 섞인 목소리로 추궁하듯 물었다.

"한국군이 브뤼허를 점령한 지 벌써 열흘이나 지났는데, 어찌하여 안트베르펜에 있는 동맹군을 지원하시지 않는 것입니까?"

이준성은 서늘한 미소를 지으며 한쪽 다리를 꼬았다.

"자네 못 본 사이에 간덩이가 많이 부은 모양이군."

◆ ◈ ◆

이준성의 말이 끝나기 무섭게 마사카츠와 낭환, 랭커스터 등이 허리춤에 찬 연뢰 손잡이와 세이버 위로 손을 가져갔다. 세이버는 근대 유럽 기병이 주로 사용하는 외날 칼이었다.

분위기가 갑자기 살벌하게 바뀐 것을 느낀 레이덴은 약간 당황한 표정으로 얼른 머리를 조아리며 정중하게 사과했다.

"조금 전엔 제가 흥분하여 결례를 범했습니다. 너그러운 마음으로 용서해 주신다면 다음부터는 이런 일이 없을 것입니다."

이준성은 피식 웃으며 손을 저었다.

"난 원래 관대한 사람일세. 자네의 사과를 받아들이도록 하지."

이준성의 말이 끝나기 무섭게 마사카츠, 낭환, 랭커스터 등이 무기 손잡이에 올려 두었던 손을 천천히 떼어 냈다. 레이덴은 그제야 긴장을 풀며 이마에 맺힌 굵은 땀을 손으로 슬쩍 닦았다.

10여 초에 불과한 짧은 시간이었지만, 레이덴의 머릿속으로 오만가지 생각이 스쳐 지나갔다. 그중 가장 먼저 든 생각은 이곳을 살아서 빠져나갈 수 있을지의 여부였다. 그러나 아무리 생각해도 답이 나오지 않았다. 그가 데려온 호위병 100여 명으론 정병으로 이름난 한국군 손에서 그를 탈출시키는 게 불가능에 가까웠다. 항간의 소문에 따르면 한국군은 2,000명의 병력으로 8,000명을 넘게 동원한 에스파냐 제국군을 간단히 제압했다. 100명 가지고는 턱도 없다는 뜻이었다.

즉 이준성이 그를 죽이기로 마음먹은 순간, 그는 이미 살아 있는 시체나 진배없다는 의미인 것이다. 그 뒤에 든 생각은 당연히 복수였다. 그가 죽었다는 소식을 접한 오라녜 공작이 그를 위해 복수에 나서 주려 할지가 갑자기 궁금해졌다.

그러나 그 역시 불가능했다. 현재 네덜란드 공화국의 주력 부대는 안트베르펜에서 에스파냐 제국군과 대치 중이었다. 그런 상황에서 그의 복수를 위해 병력을 뺄 것 같진 않았다.

그렇다고 전쟁을 마무리 지은 후에 상황이 바뀔 것 같지도 않았다. 일단, 한국군의 육상 전력이 네덜란드 공화국보다 강할 가능성이 컸다. 설령 육상 전력이 앞선다 하더라도, 한국군에게는 강력한 해군이 있었다. 만약 한국군이 바다로 탈출하는 선택을 하면, 네덜란드 공화국으로서는 어찌할 방도가 없었다.

한국 해군에 계속 당하는 바람에 네덜란드 공화국이 동원할 수 있는 전함은 20척으로 줄어 있었다. 그리고 한국 해군의 전력을 생각했을 때, 그 20척 역시 도움을 주기 힘들었다.

결국 그의 죽음은 개죽임이 될 수밖에 없단 결론에 도달했다. 그렇기에 노회한 레이덴은 바로 사과의 뜻을 밝히며 이준성의 분노를 가라앉혔던 것이다.

레이덴은 공손한 어조로 부탁했다.

"이번 한 번만 더 도와주실 수는 없겠습니까?"

이준성은 고개를 살짝 갸웃거리며 대답했다.

"두 번째 협정서엔 그런 조항이 들어 있지 않았던 것으로 아는데."

레이덴은 이준성이 두 번째 협정서 얘기를 꺼내기 무섭게 안색이 약간 창백해졌다. 그의 말처럼 두 번째 협정서에는 전쟁 중에 곤란에 처한 상대국을 지원해야 한다는 내용이 들어 있지 않았다. 그저 한국은 플란데런을, 네덜란드 공화국은 안트베르펜과 브라반트를 알아서 공략한다는 내용만이 담겨 있을 뿐이었다.

레이덴은 결국 최후의 카드를 꺼내 들었다.

"만약 전투에 패한 네덜란드 공화국군이 메르크셈에서 퇴각해 암스테르담으로 회군하면, 에스파냐군이 그 틈에 북쪽으로 크게 우회해 브뤼허에 주둔한 한국군 퇴로를 차단할 가능성이 있습니다. 미리 대책을 세워 두시는 게 좋을 겁니다."

이준성은 피식 웃었다.

"지금 나를 협박하는 건가? 조금 전 자네가 한 말은 마치 우리가 네덜란드 공화국을 돕지 않으면 일부러 암스테르담으로 퇴각해 우릴 엿 먹일 수 있다는 말처럼 들리는데 말이야."

레이텐은 바로 머리를 조아렸다.

"제가 어찌 전하를 협박할 수 있겠습니까. 그저 이런 상황이 발생할지 모르니 대비해 두시라는 뜻에서 드린 충언입니다."

"걱정해 줘서 고맙지만, 군이 그럴 필요까지는 없네. 에스파냐 제국군이 퇴로를 차단해 버리면 올 때와 마찬가지로 상륙 함대를 이용해 퇴각하면 그만이니까. 설마 놈들이 해군을 동원해 우릴 막겠는가? 그건 자살과 같다는 것을 알 텐데 말이야."

레이텐은 쓴웃음을 지으며 대꾸했다.

"그야 그렇겠지요."

그때, 이준성이 의미심장한 표정으로 말했다.

"그러나 방법이 전혀 없지는 않네."

레이덴은 구명 동아줄을 발견한 사람처럼 약간 흥분해 물었다.

"그게 무엇입니까?"

"베르겐, 헨트, 브뤼허 이 세 지역을 우리에게 넘기게."

레이덴은 흥분이 싹 가신 얼굴로 물었다.

"베르겐, 헨트, 브뤼허는 이번 전쟁에 걸린 전리품의 40퍼센트에 해당하는 땅입니다. 만약 네덜란드 공화국이 한국에 그 지역들을 넘긴다면, 이번 전쟁으로 얻은 소득이 없는 것이나 마찬가지지요. 정말 다른 방법은 없는 겁니까? 협상의 여지가 정 없다면 베르겐 한 곳 정도는 내어 드리겠습니다."

이준성은 어깨를 으쓱했다.

"자네 뭔가 단단히 착각한 것 같군."

"제가 뭘 착각한 것입니까?"

"베르겐, 헨트, 브뤼허 세 지역이 이번 전쟁에 걸린 전리품의 40퍼센트란 말에는 동의하네. 플란데런 전체를 달란 말이니까. 하지만 전리품은 전쟁에서 승리했을 때 얻는 것이네. 우린 플란데런에서 승리했지만, 그쪽은 아직 승리하지 못한 상태에서 전리품 운운하는 건 너무 앞서가는 게 아닌가?"

"그건……."

정곡을 찔린 레이덴이 머뭇거릴 때였다.

이준성은 이제 귀찮다는 듯 손을 내저었다.

"까놓고 말해 우리의 지원이 없으면 네덜란드 공화국은 전리품은커녕 오히려 막대한 손해를 본 상태에서 퇴각할 수밖에 없을 것이네. 가서 오라녜 공작과 잘 상의해 보도록 하게."

명백한 축객령이었던지라, 레이넨은 하는 수 없이 안트베르펜으로 돌아가야 했다. 레이넨은 돌아갔지만, 이준성은 여전히 메인 홀 상석에 앉아 주변 측근들과 이야기를 나누었다.

은게란은 의아한 표정을 감추지 못하며 물었다.

"영토를 지금보다 더 확장하실 생각이옵니까?"

이준성은 바로 인정했다.

"그래야 할 것 같네."

이준성의 대답에 메인 홀에 모여 있던 사람들이 웅성거렸다.

이준성은 그동안 로테르담과 그 주변 도시만을 점유한 상태에서 유럽과 교역하는 데 집중할 것임을 천명해 왔다. 한데 그런 그가 갑자기 계획을 바꿔 영토 확장을 꾀하고 있으니 당황스러울 수밖에 없었던 것이다.

은게란은 바로 반대했다.

"영토가 늘면 그만큼 지켜야 하는 것들이 많아질 것이옵니다."

"알고 있네."

은게란은 여전히 이해할 수 없단 표정으로 물었다.

"한데 어찌하여 그러십니까?"

"내가 한 가지 간과한 것이 있네."

"그게 무엇이옵니까?"

"이곳 저지대에는 구교의 박해를 피해 이주한 신교도가 많이 사네. 한데 그중 많은 숫자가 뛰어난 학자 또는 훌륭한 기술을 보유한 기술자들일세. 우리가 이들을 품을 수만 있으면 과학 기술의 발전 속도를 크게 높일 수가 있을 것이야."

그의 말이 끝나는 순간, 메인 홀 전체가 쥐 죽은 듯 조용해졌다. 그러나 이준성은 개의치 않은 채 다시 생각에 잠겼다.

이준성이 그동안 한국을 발전시키면서 가장 아쉬워했던 점이 바로 뛰어난 학자와 기술자가 턱없이 부족하다는 점이었다.

이미 이론은 충분하다 못해 넘칠 정도로 보유한 상태였다. 이준성은 유진의 도움을 받아 20년 넘게 학술 서적과 기술 서적 수천 권을 작성해 학교와 도서관, 연구소 등지에 보급해 왔다.

그러나 그 이론을 구체화해 현실에 적용하는 일은 그리 쉽지 않았다. 우선 이론을 이해하는 것이 힘들었다. 그리고 이해했더라도 그 이론을 현실에 적용하기 위한 기술이 부족했다.

지금까지 학자 수천 명과 기술자 수만 명을 양성해 냈지만, 질과 양 모두 그가 원하는 기대치에 미치지 못했다. 한데 저지대에 그가 원하던 뛰어난 학자와 기술자가 집결해 있었다. 이는 마치 유럽의 뇌와 손이 모여 있는 상황과 같았다.

저지대에 집결한 학자와 기술자들은 주로 세 가지 상황에 해당했다. 첫 번째는 처음부터 저지대에 거주하던 학자와 기술자들이었다. 저지대의 상업이 급격히 발전함에 따라 저지대에 살던 학자와 기술자들의 수준이 같이 높아진 것이다.

그리고 두 번째는 위그노 전쟁을 피해 저지대로 이주한 프랑스 출신 신교도였다. 또, 마지막 세 번째는 종교 전쟁의 양상이 날이 갈수록 격렬해지는 신성 로마 제국을 탈출한 독일 출신 신교도였다. 만약 이준성이 저지대를 차지해 이들을 품에 안을 수만 있다면, 기술 발전 속도가 훨씬 빨라질 것이다.

이준성이 막 입을 떼려는 순간, 메인 홀에 모여 있던 측근들이 삼삼오오 모여 영토를 확장하는 문제에 대해 상의하기 시작했다.

은게란은 바로 랭커스터에게 지시했다.

"지금부터 비서관과 행정관은 저지대를 지키는 데 필요한 최소한의 병력을 계산해 보고하게. 그리고 저지대를 점령하기 위해 반드시 차지해야 하는 요충지 역시 조사해 보고하게."

랭커스터가 활력 넘치는 목소리로 대답했다.

"문제없습니다."

비서실 옆에선 경호실이 한창 논의 중이었다.

경호실장 마사카츠가 쩌렁쩌렁한 목소리로 부하에게 지시했다.

"구교도가 전하를 암살하려 들 가능성이 있다. 지금부터 경계를 3단계로 격상시키고 경호 계획 전체를 다시 수정한다."

"알겠습니다!"

경호실 간부들이 마사카츠만큼이나 우렁찬 목소리로 대답했다.

경호실 옆에선 은호원 유럽지부장 최명길이 차분한 표정과 어조로 이경석, 김홍욱 두 명에게 지시를 내리는 중이었다.

"네덜란드 공화국에 요원을 더 배치해야겠네. 우리가 영토를 공격적으로 확장하면 분명 협정문을 내세워 반발할 것이야."

"알겠습니다."

"그리고 프랑스와 신성 로마 제국의 동향을 좀 더 자세히 관찰해 보고하게. 그 두 나라는 어떤 식으로든 움직일 테니까."

"예."

한편, 상석에 앉아 턱을 괸 자세로 부하들의 행동을 지켜보던 이준성은 피식 웃었다. 그와 함께 보낸 세월이 길어서 그런지 그가 일일이 지시 내리지 않아도 알아서들 잘했다.

이준성은 뿌듯하면서도 한편으로 씁쓸한 느낌을 받았다. 마치 장성한 자식을 떠나보내는 부모의 마음과 비슷한 것 같았다.

이틀 후, 레이덴이 전보다 더 초췌한 행색으로 돌아왔다.

"오라네 공작께서 허락하셨습니다. 한국군이 네덜란드 공화국군을 도와주면 베르겐, 헨트, 브뤼허를 넘겨 드릴 것입니다."

"공식 문서가 아니면 받아들일 수 없네."

레이덴은 그럴 줄 알았다는 것처럼 바로 문서를 꺼냈다. 오라네 공작과 네덜란드 공화국 수뇌부의 인장이 찍힌 문서였다. 이준성은 문서를 슬쩍 살펴본 다음, 바로 비서실에 넘겼다.

유럽 출신 행정관 몇 명이 문서를 확인한 후에 결과를 은게란에게 보고했다. 이준성은 영국, 프랑스, 신성 로마 제국, 에스파냐, 이탈리아, 스웨덴에서 온 인재를 특별히 선발해 한국말을 가르친 다음, 비서실에 특채해 행정관으로 삼았다.

보고를 받은 은게란은 최종 결과를 다시 이준성에게 보고했다.

"확실하옵니다."

"좋아."

고개를 끄덕인 이준성은 레이덴 쪽을 바라보며 말했다.

"전면전을 유도하게. 그럼 우리가 적절할 때 나서겠네."

레이덴은 답답함을 감추지 못하며 물었다.

"좀 더 자세히 알려 주실 순 없는 겁니까?"

"자네를 믿지 못해서 그러는 것은 아니네. 다만, 이런 일은 보안이 필수라서 말이야. 돌아가서 내가 시키는 대로만 하면 네덜란드 공화국군이 에스파냐 제국군을 상대로 승리할 것이네."

그러나 레이덴 역시 끈질겼다.

"네덜란드 공화국군과 한국군의 손발이 맞지 않아 빈틈이 생기면 에스파냐 제국군만 좋은 결과로 이어질 수 있을 것입니다."

"걱정하지 말게. 내가 알아서 손발을 맞춰 줄 테니."

한숨을 내쉰 레이덴은 몇 번이나 신신당부한 후에 돌아갔다.

이준성은 그날 저녁 로테르담에서 도착한 추가병력과 함께 브뤼허를 떠나 안트베르펜 메르크셈으로 출발했다. 그리 멀지 않은 곳이어서 다음 날 저녁에 메르크셈에 도착했다.

네덜란드 공화국군은 이준성이 시킨 대로 그날 내내 전면전을 유도했다. 그 덕분에 이준성은 큰 저항 없이 메르크셈 후방에 있는 중요한 요충지를 손쉽게 점령하는 데 성공했다.

퇴로가 막혔단 사실을 깨달은 에스파냐 제국군은 강력한 공세를 전개해 네덜란드 공화국군을 5킬로미터 이상 밀어낸 다음, 바로 기수를 돌려 요충지를 점령한 한국군을 밀어붙였다.

그동안 벌인 몇 차례의 전투에서 병력 손실이 있기는 했지만, 여전히 2만 명이 넘는 병력을 보유한 에스파냐 제국군은 부대를 나눠 1부대는 정면으로, 2부대는 측면으로 쳐들어왔다.

이준성은 이에 대항해 해병 1여단 1, 2, 3, 5중대를 정면으로, 6, 7, 8, 9, 10중대를 측면에 배치했다. 해병 중대 하나당 병사가 200여 명이란 점을 고려하면 2,000여 명으로 2만 명이 넘는 적을 상대하는 셈이었다. 그러나 해병 1여단 병사 중에 적이 많다고 겁을 먹은 병사는 한 명도 없었다.

곧 두 군데 전장에서 치열한 전투가 펼쳐졌다. 해병 1여단은 철조망과 참호 등을 이용해 적을 막았고, 에스파냐 제국군은 그들이 자랑하는 테르시오를 앞세워 차근차근 전진해 왔다.

전황을 살피던 이준성은 재빨리 오른손을 들어 올렸다. 잠시 후, 공격을 가하던 해병 1여단 병사들이 참호에 틀어박혔다.

갑작스러운 상황에 에스파냐 제국 병사들이 놀라 멈칫할 때였다. 천궁포병여단 포병이 홍뢰를 쏘기 시작했다. 홍뢰와 화룡탄 역시 몇 차례 개량을 거쳤기 때문에 좀 더 먼 거리에서, 좀 더 정확히, 보다 강력한 화력을 퍼부을 수 있었다.

콰콰콰콰쾅!

낮은 포물선을 그리며 날아간 화룡탄 수십 발이 지면을 스치듯 내려앉아 폭발할 때마다 밀집 대형을 구성한 에스파냐 제국군이 수수깡 부러지듯 찢겨 나갔다. 테르시오처럼 밀집 대형을 사용하는 군대에는 지옥과 다름없는 상황이 펼쳐진 것이다.

이준성은 거기서 멈추지 않았다.

바로 숨겨 둔 천마기동여단을 직접 지휘해 갑작스러운 포격에 당황해 어찌할 바를 모르고 우왕좌왕하는 에스파냐 제국군을 기습했다. 마치 낫으로 적진을 횡으로 가르는 듯했다.

◆ ◇ ◆

이준성은 오라녜 공작, 즉 마우리츠 판 나사우가 언젠간 지원을 요청해 올 거란 사실을 예측한 상태에서 작전을 수립했다.

마우리츠 판 나사우가 새로이 도입한 선형진, 즉 총병의 비율을 창병보다 높인 전술은 확실히 효과적이었다. 그러나 머스킷 하나를 제작하는 데 들어가는 비용이 만만치 않은 탓에 그가 원하는 숫자의 총병을 확보하는 덴 끝내 실패했다.

또, 에스파냐 제국이 전성기를 맞는데 혁혁한 공을 세운 테르시오는 여전히 강력한 전술이라 할 수 있었다. 테르시오의 몰락을 부추긴 가장 결정적인 계기는 1,643년에 프랑스와 에스파냐 제국 사이에 벌어진 로크루아 전투였다. 아직은 20년 쯤 더 현역으로 활동할 수 있다는 의미였다.

거기다 에스파냐 제국군의 숫자가 네덜란드 공화국군의 두 배에 가까웠기 때문에 전투가 교착 상태에 이르거나, 최악의 경우엔 네덜란드 공화국군이 패할 거로 예측했다.

이준성의 예측은 적중했다. 이준성이 플란데런을 장악한 지 열흘이 지난 후에도 네덜란드 공화국군은 에스파냐 제국군을 상대로 승리하지 못해 전투가 장기전으로 흐를 징조를 보이기 시작했다.

이에 답답해진 오라녜 공작이 지원을 요청할 것이란 예상을 한 이준성은 그에게서 얻어낼 것이 뭐가 있을지에 대해 고민했다.

결국 그는 베르겐, 헨트, 브뤼허, 즉 플란데런 전체를 갖기로 마음먹었다. 이준성이 그런 마음을 먹었을 땐 이미 사전에 수립해 둔 계획에 따라 김덕령이 지휘하는 천마기동여단 1,000여 기가 이완이 지휘하는 천궁포병여단을 호위하며 로테르담을 떠나 이준성이 있는 브뤼허로 오는 중이었다.

플란데런 국경을 지키던 에스파냐군은 이미 이준성의 유인 작전에 당해 브뤼허로 물러난 상태였기 때문에 천마기동여단과 천궁포병여단의 진격을 막을 부대가 없었다. 시계의 톱니바퀴가 물려 돌아가듯 정교하기 짝이 없는 기동이었다.

천마기동여단 및 천궁포병여단과 합류한 이준성은 바로 메르크셈으로 이동해 에스파냐 제국군이 공격할 수밖에 없는 요충지부터 선점했다. 그리고는 천궁포병여단을 은밀히 숨겨 둔 상태에서 쐐기를 박을 천마기동여단까지 매복시켜 놓았다.

거의 무적과 같은 위력을 보이던 테르시오가 몰락한 이유는 전장에 야포가 등장했기 때문이었다. 생각해 보면 간단했다.

수백 명이 밀집해 행군하는 상대를 향해 포탄을 발사하면 피해가 커질 수밖에 없었다. 테르시오 역시 총병과 파이크병이 밀집해 공격하는 전술이기 때문에 이를 피하지 못했다.

더욱이 그게 쇳덩어리 포탄이 아니라 화룡탄처럼 신관이 있어 폭발하는 포탄일 땐 피해가 더 큰 게 자명한 이치였다.

에스파냐 제국군은 갑자기 등장한 천궁포병여단의 포격에 엄청난 손실을 보았다. 한데 그런 상황에서 연뢰와 세이버로 무장한 기병 1,000여 기가 나타나 측면 기습까지 가했다. 에스파냐 제국군으로선 엎친 데 덮친 격이 아닐 수 없었다.

에스파냐 제국군은 천마기동여단이 당시 유행 중이던 카라콜 전술을 쓰는 줄 알았다. 카라콜이란 권총을 소지한 기병 부대가 적에게 권총으로 일제 사격을 가한 다음에 뒤로 빠지는 행동을 반복하는 전술을 뜻했다. 기병이 보병보다 빠르단 장점을 최대한 살려 치고 빠지는 식의 전술인 셈이었다.

카라콜을 쓰는 기병이 갑자기 대세로 떠오른 이유는 에스파냐 제국처럼 파이크병과 총병을 밀집시킨 테르시오가 등장해 르네상스식 중창기병 돌격이 통하지 않았기 때문이었다.

중창기병은 테르시오가 만든 방진을 뚫기 어려울 뿐만 아니라, 설령 뚫어도 포위당해 큰 손해를 입는 경우가 더 많았다. 이에 아예 돌격을 포기한 상태에서 권총으로 치고 빠지는 형태의 카라콜이란 새로운 기병 전술이 등장한 것이다.

카라콜 전술이 테르시오를 상대하기 위해 만들어진 전술인 만큼, 에스파냐 역시 카라콜을 막기 위한 전술을 연구해 왔다.

대표적인 게 강력한 화력으로 적을 압도하는 방법이었다. 일단 기병이 사용하는 권총이나 카빈은 명중률이 형편없었다.

말을 타고 움직이는 기병은 동작에 제한이 있을 수밖에 없어 총신이 짧은 권총이나 카빈을 써야 한단 단점이 존재했다.

한데 총신이 짧을수록 탄도가 불안정해지는 게 당연한 이치라, 기병이 쓰는 권총과 카빈은 명중률이 형편없어 10퍼센트에 불과했다. 더군다나 사거리 역시 아주 짧은 탓에 가까이 접근한 후에야 권총과 카빈을 적에게 발사할 수 있었다.

이에 에스파냐는 머스킷, 아르퀘부스를 가진 총병을 전면에 세워 월등한 화력으로 카라콜을 쓰는 적 기병을 상대했다.

머스킷 또는 아르퀘부스가 사거리나 명중률 측면에서 권총과 카빈을 월등히 앞선 덕에 카라콜을 쓰는 적 기병은 무수히 죽어 나갔다. 결국, 대처법이 나온 카라콜은 전장에서 도태되었다.

에스파냐 제국군은 연뢰를 든 천마기동여단을 보며 희색을 드러냈다. 천마기동여단이 카라콜을 쓴다고 착각한 것이다. 에스파냐 제국군은 카라콜 대처법에 따라 천마기동여단을 저지할 목적으로 테르시오에 있던 총병을 측면에 두텁게 배치했다.

천마기동여단 선두에서 달리던 이준성 역시 인드라망으로 에스파냐 제국군 총병이 전면으로 이동하는 모습을 확인했다.

그러나 이준성은 당황하지 않았다. 오히려 미소를 지었다. 이준성은 4, 5미터에 뒤에서 쫓아오는 김덕령에게 소리쳤다.

"뇌반을 써라!"

"예!"

대답한 김덕령은 즉시 휘하 기병들에게 뇌반을 사용하란 명령을 내렸다. 이준성 역시 등에 비껴 찬 뇌반총을 풀어 적을 겨누었다. 뇌반은 방사청이 육군과 해병대에게서 기병용 소총을 제작해달란 주문을 받은 후에 양산한 소총이었다.

뇌반의 기본 베이스는 말린 모델 1894 카빈이었다. 재원으로 넘어가면 전장은 1미터에 총신은 60센티미터였는데, 이는 기병이 말을 탄 상태에서 한 손으로 장전과 발사를 할 수 있는 크기였다. 당연히 무게 역시 3킬로그램으로 가벼운 편에 속했다. 현재 보병의 주력 소총인 뇌격은 전장 1.5미터, 무게는 4.5킬로그램으로 그 차이가 확실했다. 또한 작동 방식은 레버 액션이었으며 탄환은 뇌전을 사용했다.

이준성은 에스파냐 제국군 총병이 머스킷과 아르퀘부스를 조준하는 모습을 지켜보다가 뇌반의 방아쇠를 힘껏 당겼다.

탕하는 총성이 울리는 순간, 에스파냐 제국군 총병 하나가 아르퀘부스를 쥔 상태로 쓰러졌다. 그때, 학 날개처럼 넓게 퍼져 있던 천마기동여단 기병들이 뇌반을 연달아 발사했다.

탕탕탕탕탕!

귀청을 찢는 총성이 이어질 때마다 에스파냐 제국군 총병이 그대로 고꾸라져 다신 일어서지 못했다. 에스파냐 제국군 역시 서둘러 머스킷과 아르퀘부스로 일제 사격을 가해 왔다.

그러나 활강총으로 쏜 탄환이 정확할 리 없어 기병 30여 기가 쓰러지는 선에서 그쳤다. 일제 사격을 마친 에스파냐 제국군 총병은 급히 머스킷과 아르퀘부스를 장전하기 시작했다.

그러나 그땐 이미 두 부대의 거리가 100여 미터로 줄어든 상태였다. 이준성은 뇌반에 뇌전을 한 발 더 장전해 손을 바들바들 떨며 머스킷을 장전하던 적 총병 하나를 더 쓰러트렸다.

그리곤 탄띠에 달아 둔 운룡 5호를 점화해 하늘로 던졌다. 공중에서 푸스스하는 소리를 내며 폭발한 운룡 5호 안에서 연막이 쏟아져 나와 에스파냐 제국군 총병의 시야를 방해했다.

천마기동여단 기병들 역시 연달아 운룡 5호를 투척해 전장을 연막으로 뒤덮었다. 재장전을 마친 에스파냐 제국군 총병이 간헐적으로 사격을 가해 왔지만, 연막 속으로 쏜 탓에 살상력이 거의 없었다. 이준성은 인드라망으로 적진을 살폈다.

인드라망을 가진 그에게는 연막이 있으나 마나였다. 곧 에스파냐 제국군이 형성한 전선 방향에서 총병을 장창병, 즉 파이크병으로 급히 교체하느라 정신없는 모습이 시야에 잡혔다.

적과의 거리가 30미터로 줄었을 때, 이준성은 천뢰 5호 몇 개를 꺼내 투척한 다음 뇌반 대신 연뢰를 꺼내 들었다.

펑펑펑!

천뢰 5호가 터지는 소리가 들림과 동시에 전장을 뒤덮었던 연막이 걷히며 적의 모습이 선명하게 드러났다. 천뢰 5호가 파이크병 위에 떨어졌는지 전선 곳곳에 구멍이 뚫려 있었다.

그때, 양옆에 있던 천마기동여단 기병들이 투척한 천뢰 5호 수백 개가 전선 위에 떨어져 적을 더 혼란스럽게 만들었다.

원래 기병 부대 교범엔 천뢰 5호를 던질 때, 20미터 거리에서 힘껏 던지라 적혀 있었다. 그러나 팔 힘에 자신 있는 이준성은 30미터에서 던져 의도했던 곳에 정확히 떨어트렸다.

이준성은 구멍이 뚫린 전선으로 그의 군마인 마왕을 몰아갔다. 중갑을 걸친 마왕은 머리와 가슴으로 적을 들이받았다.

이준성은 왼손에 쥔 연뢰를 사방에 쏘아 밀집해 달려드는 파이크병을 쓰러트렸다. 그를 따라온 낭환, 랭커스터, 경호실 요원들도 연뢰를 발사해 적 파이크병을 집중 공격했다.

거기다 김덕령이 지휘하는 천마기동여단 기병 1,000여 기까지 돌입해 공격하는 순간, 에스파냐 제국군 측면이 허물어져 내렸다. 테르시오의 핵심인 파이크병 역시 밀집 대형이 무너지는 바람에 천마기동여단 기병의 먹잇감으로 전락했다.

전방에서는 천궁포병여단이 화력으로 에스파냐 제국군을 곤경에 빠트렸다. 그리고 측면에선 천마기동군단이 낫질하듯 적진을 횡으로 갈라 버려 에스파냐 제국군 전체를 양단시켰다.

마지막으로 에스파냐 제국군의 강력한 공세에 밀려 퇴각

했던 네덜란드 공화국군까지 되돌아와 후방을 들이쳤다. 결국, 에스파냐 제국군은 다섯 시간을 채 버티지 못하고 항복했다.

이준성은 포로 처리를 네덜란드 공화국군에 맡겼다. 그리고 그 자신은 남은 부대를 수습해 헨트로 돌아갔다. 브뤼헤보단 안트베르펜에 속해 있는 헨트가 지정학적으로 더 중요했다.

이준성은 헨트에 머물면서 새로 얻은 지역을 안정화하는 데 힘썼다. 물론 방법은 로테르담 때와 비슷했다. 종교의 자유와 세금 감면 등으로 환심을 산 다음, 한국어학당을 곳곳에 개설해 재능 있는 인재들을 포섭하는 데 전력을 쏟았다.

특히 학자와 기술자를 우대했기 때문에 프랑스, 신성 로마 제국은 물론이거니와 바다 건너에 있는 영국과 멀리 떨어져 있는 이탈리아반도에서까지 재능 있는 사람들이 모여들었다.

이준성은 그들에게 후한 대우를 해 준 다음, 우리말을 익히는 대로 한국으로 보냈다. 물론 강제로 하진 않았다. 강제로 보내면 효율이 떨어지기 때문에 가길 원하는 사람만 보냈다.

그리고 한국으로 이주하길 원하는 사람 중에 가족과 동반하길 원하는 사람은 그렇게 하게 해 주었다. 한데 생각보다 한국으로 이주하길 원하는 사람이 많았다. 그들 대부분은 신교도였는데, 종교 전쟁이 유럽 대륙 전체로 번질 기미가 보였기 때문에 자유로운 신앙생활을 꿈꾸며 이주를 결심했던 것이다.

물론 가는 사람만 있는 것은 아니었다. 한국에서 유럽으로 건너오는 사람들 역시 많았는데, 그들 대부분이 군인이었다.

이준성은 홍염해병군단의 병력을 1만 5,000명까지 늘렸다. 그리고 천마기동여단은 3,000기로, 천궁포병여단은 100문으로 늘렸다.

다 합치면 거의 2만에 이르렀는데, 유럽 전체가 동맹을 맺고 공격해 들어오지 않는 이상에는 패하지 않을 자신이 있었다.

이준성은 새로 점령한 헨트로 거점을 옮겨 새로 얻은 영토를 다스렸다. 방법은 로테르담 때와 똑같았다. 한국과 똑같은 형태로 행정, 법률, 교육, 세금 제도 등을 정비해 유럽에 또 하나의 한국을 세웠다. 다행히 국민의 호응도가 아주 높아 새로운 체제에 반발하여 폭동을 일으키는 일은 없었다.

물론 행궁 역시 헨트에 새로 지은 다음, 로테르담에 있던 케이트를 불러와 신혼 생활을 즐기는 일 역시 빼먹지 않았다.

오라네 공작, 즉 마우리츠 판 나사우는 어쨌든 약속을 지켰다. 그와 케이트에게 로테르담 백작과 백작부인 작위를 내렸다.

이준성에겐 별거 아닌 감투였지만 어쨌든 백작 지위를 내세워 활동하면 그에게 반감을 품은 국민의 숫자를 줄일 수 있었다.

에스파냐 제국은 한국군이 네덜란드 공화국을 도운 일에 불만을 토로했다. 우방이라 생각한 한국이 갑자기 칼끝을 돌려 그들을 공격한 셈이라, 어쩌면 당연한 반응일 수 있었다.

에스파냐 제국은 급기야 한국과 맺었던 협정을 파기한 다음, 1만 명에 달하는 토벌군을 동원해 지브롤터를 수복하려 하였다. 그러나 지브롤터를 수비하던 해병대의 강력한 반격 때문에 고작 2,000명만 살아 도망치는 굴욕을 맛봤다.

에스파냐 제국은 그 후로 지브롤터 방향에는 눈길조차 주지 않았다. 그저 지브롤터에 주둔한 한국 해병대가 이베리아 반도 내륙으로 올라오지 않는 것만으로도 만족할 정도였다.

지브롤터를 포기한 에스파냐 제국은 오히려 유럽 중부에 남은 마지막 땅인 벨기에와 룩셈부르크 지역의 방어를 강화했다. 네덜란드 공화국과 한국군이 플란데런, 안트베르펜, 브라반트로 만족하지 않을 것이란 사실을 이미 알기 때문이었다.

그들의 예상대로 상대는 만족하지 않았다. 한데 만족하지 않은 것은 네덜란드 공화국이 아니라 한국 쪽이었다. 마우리츠 판 나사우는 중병이 들어 오늘내일하는 중이었기 때문에 애초에 남아 있는 저지대 지역을 수복하는 일에 신경 쓸 상황이 아니었다.

이준성은 헨트 행궁 메인 홀에 측근을 모아 계획을 수립했다.

그는 먼저 최명길에게 물었다.

"에스파냐 제국 쪽에서 새 사령관을 보냈다 들었는데, 맞는가?"

"그렇사옵니다."

"누군가?"

"코르도바란 장군인데 아메리카 대륙에서 현지 주민을 상대로 상당한 전과를 올린 자라 들었사옵니다. 브뤼셀에 잠입시킨 요원에 따르면 통솔력이 아주 뛰어나서 사분오열된 에스파냐 제국군을 단숨에 휘어잡은 다음, 펠리페 4세의 명령에 따라 빼앗긴 영토를 되찾을 준비를 하는 중이라 하옵니다."

이준성은 턱에 자란 수염을 쓸어내리며 물었다.

"코르도바란 자의 성향은 어떠한 것 같던가?"

"예상과 달리 아주 신중한 성격이라 하옵니다. 또, 수성전과 같은 방어전에 능해 상대하기가 쉽지 않을 것 같사옵니다."

이준성 역시 동의했다.

"방어전에 능한 자는 항상 까다로운 법이지."

고민하던 이준성이 갑자기 미소를 지으며 물었다.

"까다로운 자를 격파하는 가장 좋은 방법이 무엇인지 아는가?"

최명길이 잠시 생각한 후에 대답했다.

"상대하지 않는 것이옵니다."

"바로 그렇다네."

이준성의 입가에 걸린 미소가 조금 더 짙어졌다.

독재자

5장. 공작과 도발

에스파냐계 합스부르크가 배출한 황제들은 뒤로 갈수록 실력이 떨어졌다. 펠리페 2세 시절에 전성기를 맞은 에스파냐 제국은 펠리페 3세 때 기세가 꺾였다. 그리고 얼마 전에 즉위한 펠리페 4세 때부턴 아예 본격으로 몰락하기 시작했다.

물론 부자는 망해도 3년은 간다는 말처럼 측근 중에는 괜찮은 이들이 꽤 있었다. 특히, 재상 역할을 하는 올리바레스 공작과 암브로시오 스피놀라와 같은 지휘관은 능력이 출중했다. 그러나 펠리페 4세는 다소 유약한 면이 있는 황제였다. 그리고 그 유약한 면이 튼튼했던 제국의 기틀에 금이 가게 만들고 있었다.

최명길의 대답을 들은 은계란이 눈을 반짝이며 물었다.

"코르도바를 저지대에서 몰아내자는 뜻입니까?"

최명길은 바로 고개를 끄덕였다.

"그렇습니다."

그때, 이준성이 좌중을 둘러보며 갑자기 질문을 던졌다.

"그대들은 제국이 몰락하는 가장 큰 원인이 뭐일 것 같은가?"

은계란이 바로 답을 내놓았다.

"영민하지 못한 군주가 나오기 때문이옵니다."

"바로 그렇네. 그러나 그 이유 하나론 부족하다 할 수 있지."

그때, 최명길이 무언가를 눈치 챈 것 같은 표정으로 대답했다.

"간신이 득세하기 때문이옵니다."

"그렇네. 무능한 황제와 부패한 간신이 동시에 나타나면 위세를 자랑하던 제국이 몰락을 길을 걷기 시작하는 것이지. 만약 황제는 무능해도 뛰어난 신하가 있다면, 그 나라는 몇 십 년을 더 갈 수 있네. 지금은 남명으로 바뀐 명나라가 좋은 예이지. 장거정이란 재상이 있었기에 명나라가 몇십 년 더 갈 수 있었던 것이네. 반대로 간신이 득세해도 뛰어난 임금이 있으면 그 나라 역시 몇십 년은 더 갈 수 있네."

은계란은 이해했다는 표정으로 물었다.

"그럼 지금의 에스파냐 제국 역시 그렇단 뜻이옵니까?"

이준성은 고개를 약간 저었다.

"아니, 지금의 에스파냐 제국은 약간 다르네."

대답한 이준성이 고개를 돌려 최명길을 보았다.

"에스파냐 제국 황실의 사정을 조사했을 텐데, 어떤 것 같던가?"

"펠리페 4세는 확실히 유약한 인물이옵니다. 물론 자기 의견이 전혀 없는 정돈 아니지만, 재상을 맡은 올리바레스 공작, 즉 가스파르 데 구스만에게 휘둘리는 인상이 강했사옵니다."

이준성은 흥미가 인다는 표정으로 물었다.

"올리바레스가 혼자 너무 독주하는 모양이군. 그렇다면 당연히 올리바레스를 견제하려는 세력이 생겼을 듯한데, 맞는가?"

"그렇사옵니다. 카를로스 후작이란 자가 이끄는 파벌이 올리바레스가 결정하는 일마다 사사건건 시비를 거는 중이옵니다."

최명길의 대답을 들은 이준성은 바로 몇 가지 지시를 내렸다. 최명길은 그 지시에 따라 에스파냐 제국에 잠입한 은호원 요원을 지휘해 에스파냐 제국 황실 안에 풍파를 일으켰다.

풍파를 일으키는 방법은 아주 간단했다. 바로 종교 문제를 수면 위로 끌어 올리는 것이었다. 종교와 관련한 문제만큼 사람들이 잘 흥분하는 분야가 없었다.

에스파냐 제국의 최고 권력자인 올리바레스 공작은 저지대 주민의 반감을 누그러트리기 위해서 종교 재판이나 마녀사냥과 같은 비이성적인 조치를 즉각 중단해야 한단 주장을 펼쳤다.

그러나 추기경으로 이루어진 황실 가정 교사들 때문에 어렸을 때부터 강경한 가톨릭교도로 성장한 펠리페 4세는 종교 재판과 마녀사냥을 계속해야 한다는 주장을 굽히지 않았다.

유약한 펠리페 4세가 유일하게 올리바레스 공작의 주장에 반기를 든 게 바로 이 종교 재판과 마녀사냥에 관한 문제였다.

에스파냐 제국에 잠입한 은호원 요원은 카를로스 후작의 심복을 포섭해 나갔다. 그리고 심복을 포섭한 다음에는 그 연줄을 이용해 카를로스 후작을 직접 만나 고가의 뇌물을 바쳤다.

고가의 뇌물에 눈이 홱 돌아간 카를로스 후작은 그때부터 은호원의 충실한 꼭두각시 노릇을 하며 펠리페 4세와 올리바레스 공작 사이를 이간질하는 데 열과 성을 다하기 시작했다.

카를로스 후작은 은호원이 원했던 것보다 훨씬 더 열심히 이간질했는데, 펠리페 4세와 올리바레스의 사이가 벌어져야지만 그가 권력을 잡을 수 있기 때문이었다. 국가의 안위보다 자신의 권력욕을 더 우선시하는 간신배의 전형이었다.

이간질하는 방법은 앞서 말한 종교 재판과 마녀사냥을 이용하는 것이었다. 펠리페 4세를 알현했을 땐 오만하기 짝이 없는 올리바레스가 펠리페 4세의 재가 없이 자기 마음대로 종교 재판과 마녀사냥을 폐지할 것이란 험담을 늘어놓았다.

또, 올리바레스를 만났을 땐 펠리페 4세가 마음을 고쳐먹어 종교 재판과 마녀사냥을 완전히 폐지하진 못하지만 그래도 저지대에서만큼은 폐지할 생각을 굳힌 것 같단 말을 전했다.

올리바레스는 카를로스 후작을 신뢰하지 않았다. 아니, 혐오하는 쪽에 더 가까웠다. 그러나 카를로스 후작이 전해 주는 소식에는 귀를 기울일 수밖에 없었다. 카를로스 후작은 펠리페 4세의 인척이기 때문에 황실 사정에 밝은 편이었다.

펠리페 4세는 올리바레스를 약간 두려워해 두 사람이 같이 있을 땐 심중의 생각을 잘 드러내 놓지 않지만 카를로스 후작에겐 그런 게 없어 자기 의견을 드러내는 경우가 많았다.

올리바레스는 꽤 괜찮은 능력을 갖춘 사람이지만, 사람이 얼마나 간사해질 수 있는지는 잘 몰랐던 것 같았다. 그는 카를로스 후작이 전해 준 이야기를 믿고 저지대 지역에서 신교도를 압박하는 데 쓰는 종교 재판과 마녀사냥을 폐지해야지만 저지대의 불리한 전황을 바꿀 수 있다고 강력히 주장했다.

올리바레스는 자신이 이렇게 주장하면 펠리페 4세가 못이기는 척 따라 줄 거로 예상했다. 심지어 저지대에서 벌어지는 종교 재판과 마녀사냥을 폐지했을 때, 황제를 향해 퍼부어지는 고위 사제의 비난을 자신이 감수할 결심까지 하였다.

한데 예상은 형편없이 빗나갔다. 올리바레스를 혐오하는 눈빛으로 바라보던 펠리페 4세가 올리바레스가 가진 군권을 회수한 다음, 회수한 군권을 앙숙인 카를로스 후작에게 넘겼다.

올리바레스는 그제야 카를로스 후작의 농간에 넘어갔단 사실을 알았지만 이미 뱉은 말을 다시 담을 순 없는 노릇이었다.

카를로스 후작은 신이 나서 올리바레스의 심복인 코르도바 장군을 본국으로 불러들여 유폐한 다음, 자기 심복인 후안 백작을 저지대 총독 겸 저지대 주둔군 총사령관으로 임명했다.

이준성이 은호원을 통해 펼친 이간계가 성공한 것이다.

최명길에게 이간계가 성공했단 보고를 받고 기분이 좋아진 이준성은 일찍 퇴청해 케이트가 기다리는 행궁으로 향했다.

한데 행궁에서 그를 기다리던 사람은 케이트만이 아니었다. 처음 본 네덜란드인 청년 하나가 그를 보고 벌떡 일어났다.

이준성은 그의 외투를 받아 드는 크리스티안을 바라보며 물었다.

"이번에 새로 뽑은 궁인인가?"

크리스티안이 고개를 저으며 대답했다.

"아니옵니다."

"그럼?"

"레이덴 백작이 보낸 화가이옵니다."

"화가라면 그림을 그리는 사람을 말하는 것인가?"

"그렇사옵니다."

이준성은 이해가 가지 않는다는 표정으로 다시금 물었다.

"레이덴은 뜬금없이 왜 내게 화가를 보낸 거지?"

"요즘 네덜란드 공화국에선 화가를 고용해 자신의 초상화를 그리도록 하는 게 유행처럼 번지는 중이옵니다. 한데 백작부인께서 그 소문을 들으시곤 전하의 초상화를 그려 줄 솜씨 좋은 화가를 알아봐 달라 레이덴 백작에게 부탁한 듯하옵니다."

그때, 케이트가 식당 안에서 나오며 물었다.

"상선의 말대로예요. 설마 싫으신 건 아니죠?"

"싫지는 않지만 갑작스러운 것은 사실이구려."

이준성은 원래 사진을 잘 찍지 않았다. 그가 전에 경험한 직업은 얼굴이 외부에 많이 알려질수록 위험하기 때문이었다. 심지어 CCTV에 기록이 남는 일조차 싫어하는 편이었다.

이준성과 그리 오래 산 것은 아니었지만, 그의 기분을 귀신같이 맞추는 재주가 있었던 케이트는 그가 초상화를 남기는 일을 꺼린다는 사실을 눈치 채고는 바로 젊은 화가에게 사과했다. 그리고 사과한 후에는 그림값이 담긴 주머니를 건넸다.

젊은 화가는 그림값만 받고 돌아갈 수 없다며 정중히 사양했지만, 케이트가 그의 손에 억지로 주머니를 쥐여 주었다.

그때, 이준성이 다가와 케이트에게 권했다.

"그러지 말고 이참에 당신 초상화를 몇 점 그리는 게 어떻겠소?"

케이트가 아름다운 눈동자를 깜빡거리며 물었다.

"제 초상화를요?"

"당신처럼 아름다운 미인을 그린 초상화라면 두고두고 봐도 질리지 않을 듯하니 말이오. 화가에게 헛걸음시키지 않아도 되고."

이준성은 젊은 화가에게 그의 아름다운 아내를 그리게 했다. 젊은 화가 역시 그림값만 받고 돌아가면 자신을 소개해 준 레이덴 백작을 볼 면목이 없어서 그런지 바로 동의했다.

케이트는 약간 설레는지 바로 자주색 무도회용 드레스를

입고 나와 젊은 화가가 조언한 대로 위엄 있는 포즈를 취했다.

크리스티안의 설명에 따르면, 일찍부터 상업이 발달한 저지대에서는 귀족보다 많은 부를 축적한 상인이 꽤 많은 편이었다. 그리고 그런 부자들은 귀족의 문화를 곧잘 따라 하곤 했는데, 자기 초상화를 그리는 문화 역시 그런 일 중 하나였다.

초상화를 남기려는 부자가 많은 덕에 화가를 부르는 곳 역시 많아져 저지대 화가의 실력이 유럽에서 거의 최고라 하였다.

이준성은 젊은 화가가 자주색 튤립을 연상시키는 케이트를 캔버스에 스케치하는 모습을 지켜보다가 침실로 걸어갔다.

그때, 포즈를 취하던 케이트가 젊은 화가에게 뭔가를 묻는 소리가 들렸다. 이준성 역시 네덜란드에서 몇 년 살았던지라, 간단한 의사소통 정도는 가능한 상태였다. 케이트는 지금 젊은 화가에게 이름을 묻는 중이었다. 젊은 화가가 바로 공손하게 대답했는데, 그중 익숙한 단어가 귀에 들려왔다.

침실로 걸어가던 그가 걸음을 멈추며 크리스티안에게 물었다.

"지금 화가가 자기 이름을 얘기한 게 맞는가?"

크리스티안이 어리둥절한 표정으로 대답했다.

"맞사옵니다."

"화가의 이름이 뭐라고 하던가?"

"화가가 자기 이름을 렘브란트 판 레인이라 했사옵니다."

이준성은 젊은 화가의 외모를 살피며 흥미롭단 표정을 지었다.

"그래, 렘브란트란 말이지."

크리스티안이 놀라 물었다.

"아시는 자이옵니까?"

"하하, 안다고 할 수 있고 모른다고도 할 수 있지."

알쏭달쏭한 말을 남긴 이준성이 렘브란트에게 걸어가 물었다.

"어디 출신인가?"

눈치 빠른 크리스티안이 재빨리 곁으로 다가와 질문을 통역했다. 붓을 놓고 벌떡 일어난 렘브란트가 약간 긴장한 목소리로 대답했다.

크리스티안이 렘브란트의 대답을 통역해 주었다.

"레이덴 출신이라 했사옵니다."

"음, 그래서 레이덴 백작을 알고 있었던 것이군."

이준성은 몇 가지 질문을 더 한 다음, 렘브란트가 대답한 내용을 유진으로 검색해 보았다. 유진은 이 젊은 화가가 네덜란드 바로크 미술을 대표하는 렘브란트임이 분명하다고 답했다.

"하하, 만나서 반갑군."

껄껄 웃은 이준성은 손을 내밀어 렘브란트에게 악수를 청했다. 난데없는 상황에 렘브란트는 약간 놀란 표정으로 이준성의 손을 잡았다.

그때부터 이준성은 렘브란트를 궁정 화가로 고용해 그와 케이트의 초상을 그리게 했다. 그리고 따로 화실을 만들어 주고 생활하는 데 불편함이 없도록 여러모로 신경을 써 주었다.

물론, 화가 앞에서 포즈를 취하는 게 그의 주 업무는 아니었다. 펠리페 4세와 올리바레스를 이간질해 방어전에 능숙한 코르도바를 후안 백작으로 교체한 이준성은 벨기에 남부와 룩셈부르크를 침공할 명분을 만들기 위해 동분서주하였다.

네덜란드 공화국이 인정할 만한 명분 없이 벨기에 남부와 룩셈부르크로 쳐들어가면 네덜란드 공화국이 반발할 게 뻔했기 때문이다. 아직은 네덜란드 공화국과의 동맹을 깰 때가 아니었다.

이준성은 오전 내내 헨트에 건설한 유럽사령부에서 은호원 및 비서실과 회의를 하다가 점심을 먹기 위해 행궁으로 향했다. 그리고 점심을 먹은 다음에는 렘브란트를 만나 완성 직전인 초상화를 마무리할 수 있도록 시간을 약간 할애할 계획이었다.

이번 초상화는 이준성과 케이트가 같이 나오는 초상화였다. 케이트와 점심을 먹은 후에 렘브란트가 기다리는 응접실로 갔을 때였다. 렘브란트 옆에 처음 보는 젊은이가 서 있었다.

이준성은 젊은이를 살피며 케이트에게 물었다.

"저 젊은이는 누구요?"

"아, 전하께선 처음 보시겠군요. 라이튼이란 젊은이인데, 렘브란트의 일을 도와주는 화가 지망생이에요. 여러 번 왔었는데 그때마다 전하께서 바쁘셔서 만날 기회가 없으셨던 거예요."

"그렇군."

이준성은 대수롭지 않게 생각하며 케이트와 포즈를 취했다. 케이트는 화려한 의자에 앉아 미소를 지었고, 이준성은 그 옆에 서서 케이트의 오른쪽 어깨에 손을 올린 포즈를 취했다.

그때, 렘브란트가 라이튼에게 귓속말로 뭐라 지시를 내렸다. 잠시 후, 고개를 끄덕인 라이튼이 케이트 쪽으로 다가와 의자 옆에 놓인 꽃병의 위치를 오른쪽으로 약간 조정했다.

렘브란트는 라이튼이 새로 조정한 꽃병의 위치가 마음에 든 듯 그 즉시 고개를 끄덕였다. 시키는 대로 꽃병 위치를 조정한 라이튼은 옆으로 빠진 다음, 이준성의 등 뒤로 걸어갔다.

한데 그때였다. 이준성은 팔에 소름이 쫙 돋는 것을 느꼈다. 유진을 오른쪽 뇌에 이식한 후로 오감이 극도로 발달했기 때문에 그는 바로 고개를 돌려 뒤에 있는 라이튼을 보았다.

그 순간, 라이튼이 허리춤에 꽂아 둔 커다란 유화 붓을 슬쩍 빼서 바로 부러트렸다. 붓이 붓이 아니었던지, 라이튼이 붓을 부러트림과 동시에 그 안에서 날카로운 송곳 같은 게 튀어나왔다.

이준성은 케이트를 옆으로 밀친 다음, 급히 뒤로 돌아섰다. 그때, 라이튼이 손에 쥔 송곳으로 이준성의 심장을 찔러 왔다.

행궁 안에서까지 방탄조끼를 챙겨 입진 않았기 때문에 송곳이 심장을 관통하면 아무리 그라 하여도 죽을 수밖에 없었다.

이준성은 등골이 서늘해지며 목이 뻣뻣해지는 것을 느꼈다. 그리고는 엄청난 양의 아드레날린이 폭풍처럼 치솟았다.

한데 거리가 너무 가까운 탓에 완벽히 피하기는 무리였다. 심장을 피해도 그 주위에 있는 장기가 뚫릴 가능성이 있었다.

이준성은 급히 여자 허벅지만 한 팔뚝을 끌어올려 막아 갔다.

툭!

팔뚝을 관통한 송곳이 뼈에 박히는 소리가 생생하게 들려왔다.

◆ ◆ ◆

이준성은 고통을 참으며 팔뚝에 힘을 주어 옆으로 뿌리쳤다. 라이튼은 어렵사리 이준성의 팔뚝에 박힌 송곳을 뽑아내긴 했지만, 이준성이 갑자기 뿌리치는 바람에 균형을 잃었다.

운동 능력이 좋은지 라이튼은 바로 균형을 회복했다. 그리고는 송곳으로 이준성의 목을 재차 찔러 왔다. 라이튼 역시 180센티미터 중반이기 때문에 그리 어려운 동작은 아니었다.

그러나 이미 첫 번째 기습이 실패했을 때부터 상황은 끝난 것이나 마찬가지였다. 왼팔을 크게 휘둘러 송곳을 찔러 오는 라이튼의 팔을 가볍게 밀어낸 이준성은 피가 철철 흐르는 오른팔을 앞으로 끊어 쳐 라이튼의 턱에 정타를 날렸다. 아드레날린 덕에 오른팔의 통증이 거의 느껴지지 않았다.

턱에 정타를 맞으면 턱이 아픈 게 문제가 아니었다. 턱이 흔들리면 지렛대 원리에 따라 머리에 든 뇌가 같이 흔들렸다. 그리고 흔들린 뇌는 두개골 안쪽과 연달아 충돌해 뇌에 큰 충격을 안겼다. 웬만해서는 그대로 기절하기 마련이었다.

그러나 라이튼은 맷집이 좋은지 한 차례 크게 비틀거린 후에 다시 손에 쥔 송곳을 찌르려 들었다. 그 모습에 냉소를 머금은 이준성은 오른 다리로 로우킥을 날려 라이튼의 무릎을 꺾어 버렸다. 그리고는 상체가 내려온 라이튼의 머리를 잡아 벽으로 던졌다.

콰앙!

벽에 부딪힌 라이튼은 입에서 흰 거품을 뿜어내며 기절했다.

"꺄아악!"

그때, 케이트가 귀가 찢어질 것 같은 날카로운 비명을 질렀다. 그전까지는 너무 긴장한 탓에 비명조차 지르지 못했던 것이다.

크리스티안 역시 갑작스러운 상황에 놀라기는 마찬가지였지만 그래도 전쟁에 참전한 적 있는 참전군인답게 재빨리 달려가 기절한 라이튼의 양팔을 꺾어 움직이지 못하게 했다.

이준성은 다른 궁인이 가져온 수건으로 피가 흐르는 팔뚝부터 감쌌다. 통증이 일었지만 죽을 정도로 아프지는 않았다.

그때, 케이트가 내지른 비명을 들은 것인지 경호실 요원들이 응접실 안으로 뛰어 들어왔다. 그리고는 바로 렘브란트와 기절한 라이튼을 포박해 모처로 데려갔다. 이준성은 갑작스레 벌어진 상황에 놀라 몸을 덜덜 떠는 케이트를 침대에 눕힌 다음, 안정을 취할 수 있게 해 주었다.

케이트는 잠이 들기 직전까지 이준성이 팔에 입은 부상을 걱정하다가 새근거리는 소리를 내며 깊은 잠에 빠져들었다.

케이트가 잠에서 깨지 않도록 침실 문을 조용히 닫고 나온 이준성은 행궁 옆에 자리한 경호실로 향했다. 경호실 앞에는 경호실장 마사카츠가 있었는데 이준성과 시선을 마주치지 못했다.

갑자기 마사카츠가 바닥에 납작 엎드리더니 머리를 바닥에 쿵쿵 찧었다.

"경호 실패의 책임을 지고 할복하겠습니다! 허락해 주시옵소서!"

피식 웃은 이준성은 고개를 절레절레 저었다.

"할복하는 건 책임을 지겠다는 자의 행동이 아닐세."

마사카츠가 비장한 표정으로 소리쳤다.

"그럼 할복보다 더 중한 처벌을 받겠사옵니다!"

이준성은 혀를 차며 마사카츠를 일으켜 세웠다.

"이번에 발생한 문제점을 찾아 보완하는 것이야말로 진짜 책임을 지는 자세라네. 그만하고 나를 따라 안으로 들어오게."

"서, 성은이 망극하옵니다."

이준성의 관대한 처사에 눈물이 나올 만큼 감격했는지 마사카츠가 코를 훌쩍이며 경호실 안으로 들어가는 이준성의 뒤를 급히 쫓았다. 잠시 후, 국왕 주치의 몇 명이 간호사 10여 명과 뛰어 들어와 이준성의 팔에 나 있는 상처를 치료했다.

이준성은 허준을 통해 의학의 수준을 19세기 말 수준으로 끌어올렸다. 덕분에 국왕 주치의 역시 반은 한의학을 겸비한 내과 의사였고 나머지 반은 수술이 가능한 외과 의사였다.

이준성은 의자에 앉아 외과 주치의가 그를 치료하는 모습을 담담한 눈빛으로 지켜보았다. 우선 상처를 소독약으로 깨끗이 씻은 주치의는 마취제가 든 주사기로 수술 부위를 마취했다. 그리고는 상처가 생긴 부분을 절개해 근육이나 혈관이 찢어진 곳이 있는지를 살폈다. 송곳이 날카롭기는 하지만 두껍지는 않아 치료가 크게 힘들지는 않은 모양이었다.

치료를 마친 주치의는 수술실을 이용해서 상처를 능숙하게 봉합했다. 그리고는 소독약을 바른 다음, 그 위에 붕대를 감았다. 마지막으로 염증을 가라앉게 해 주는 소염제와 항생제를 처방했다. 항생제는 이준성이 의료 분야에서 가장 신경 쓴 치료제로, 무려 1,000명에 달하는 고급 연구 인력이 10년이 넘는 기간 동안 연구에 매진하여 완성한 약제였다.

팔을 몇 차례 움직여 본 이준성은 고개를 끄덕였다. 치료는 잘 끝난 것 같았다. 정확한 경과는 마취제 기운이 떨어진 후에야 알 수 있을 테지만, 어쨌든 뼈와 근육에 심한 손상이 가서 부목을 대어야 할 정도로 심한 부상은 아닌 것 같았다.

치료를 마친 이준성은 주치의와 간호사에게 많이 놀란 것 같은 케이트를 돌보란 지시를 내린 다음, 경호실 수사요원들이 라이튼과 렘브란트를 조사하는 과정을 묵묵히 지켜보았다. 물론 그 조사는 고문을 동반하는 무시무시한 조사였다.

경호실은 네 부류로 나눌 수 있었다. 첫 번째는 당연히 이준성을 근접 경호하는 현장 요원이었다. 그리고 두 번째는 누군가가 이준성을 암살할 가능성이 있다는 첩보를 접했을 때

이를 수사하거나, 아니면 궁인을 포함해 이준성에게 접근할 수 있는 인물의 배경을 조사하는 수사요원들이었다. 조사해서 무언가 의심이 가는 점이 생기면 제거하는 것이다.

그리고 세 번째는 행정 부서, 네 번째는 지원 부서에서 근무하는 경호원들이었다. 이 네 부서에 속한 경호원은 총 300명이었으며, 그중 200여 명이 현장 요원과 수사요원이었다.

이준성은 뒤를 슬쩍 돌아보았다. 현장 요원을 지휘, 감독하는 경호 1과장과 수사를 맡은 경호 2과장의 얼굴이 가장 어두웠는데, 둘 중 얼굴이 더 어두운 사람은 경호 2과장이었다.

그럴 수밖에 없었다. 경호 1과에서는 렘브란트와 라이튼이 행궁 안으로 들어가기 전에 철저한 몸수색을 하였다. 그러나 렘브란트가 지닌 붓 중 하나에 암살용 송곳이 들어 있다는 사실을 알아내지 못했다. 즉, 검문검색에 실패한 셈이었다.

그러나 그보다 더 심각한 문제는 경호 2과가 위험인물인 라이튼의 배경 조사에 실패해 암살자가 행궁을 자유롭게 드나들 수 있게 만들었다는 점이었다. 암살자는 무기가 없더라도 행궁 안에서 무기로 쓸 만한 것을 찾을 수도 있었기 때문에 경호 1과보다는 경호 2과의 실책이 더 큰 상황이었다. 경호 2과장의 얼굴이 똥 씹은 사람처럼 보이는 게 당연했다.

이준성은 마사카츠에게 물었다.

"라이튼이란 놈에게 출입증을 주기 전에 배경 조사를 했겠지?"

"당연히 조사했사옵니다."

"그럼 조사한 내용을 말해 보게."

마사카츠가 2과장이 건넨 서류를 받아 읽어 내려갔다.

"라이튼의 성은 한스타인이었사옵니다."

"으음, 유대인이군."

"그렇사옵니다. 해서 별로 의심하지 않았사옵니다. 직업과 거주지, 이름, 나이, 가족 관계 역시 이상이 없었기 때문이옵니다."

영지 안에서 종교의 자유를 허락한 그를 죽이려 할 가능성이 큰 쪽은 강경 가톨릭교도였다. 그러나 유대인은 가톨릭과의 사이가 그다지 좋지 않기 때문에 의심하지 않은 것이다.

라이튼은 심지가 굵은지 고문을 참아 내며 입을 열지 않았다. 그러나 세상에 고문을 끝까지 참아 내는 사람은 없었다. 고문을 받고 입을 열든지, 아니면 입을 열기 전에 죽을 뿐이었다. 라이튼 역시 마찬가지여서 이틀 후에 결국 입을 열었다.

라이튼이 자백한 내용이 확실하다면 그는 유대인의 피를 반만 물려받은 자였다. 원래 이 시기엔 종교가 다른 남녀가 결혼하는 일이 거의 없었다. 이는 마치 원수와 결혼하는 것과 다름없어 자기가 속한 사회에서 추방당할 정도였다.

한데 라이튼은 유대인 아버지와 신실한 가톨릭교도 어머니 사이에서 태어났다. 당연히 라이튼의 부모는 마을에서 쫓겨나 집시처럼 곳곳을 방랑하며 살았다. 한데 유대인 아버지가 일찍 사망한 후엔 가톨릭교도 어머니 밑에서 세뇌를 당해 강경한 가톨릭교도로 성장하기에 이르렀다. 그리고 이런 그의 사정을 잘 알고 있던 에스파냐 쪽 인사가 그에게 접근해 이준성을 암살하라 명령했다. 세뇌 때문에 이준성을 사탄이라 여긴 라이튼은 결국 렘브란트에게 접근해 이준성을 암살하려 하였다. 렘브란트는 예술가인 유대인 친구를 많이 두었기 때문에 라이튼의 거짓말에 속아 넘어갔다.

경호실은 라이튼의 자백을 토대로 잠복하여 그에게 암살을 지시한 에스파냐 쪽 인사 다섯을 재빨리 체포했다. 그리고 다시 그 에스파냐 쪽 인사를 고문해 그들이 후안 백작의 지시를 받았다는 사실을 확보했다. 심지어 후안 백작의 심복 중 하나를 체포해 그들의 자백이 틀림없단 증거까지 확보했다.

암살 사건의 자초지종을 알아낸 이준성은 렘브란트를 석방했다. 그리고 계속 궁정 화가 일을 맡아 볼 수 있게 조치했다. 자신이 틀림없이 죽을 거라 여겼던 렘브란트는 당연히 크게 기뻐하며 이준성에게 진심으로 충성을 다하기 시작했다.

이준성은 이번 암살 사건을 철저히 이용하기로 마음먹었다.

그는 그동안 벨기에 남부와 룩셈부르크로 쳐들어갈 명분을 구상하는 중이었는데, 사실 이보다 더 좋은 명분은 없었다.

에스파냐 총독인 후안 백작이 그를 암살하려 했다는 사실은 곧 에스파냐가 먼저 한국에 선전포고한 것이나 다름없었다.

이준성은 이번 암살 사건의 자초지종을 저지대 전체에 넓게 퍼트렸다. 그리곤 암살 사건 주동자인 라이튼과 에스파냐인 몇 명을 목매달아 그 시체를 영지 주요 도시에 내걸었다.

또, 후안 백작에게 사람을 보내 암살 사건에 대해 따졌다. 당연히 후안 백작은 자신은 그런 짓을 한 적이 없다며 발뺌했다.

한 달 후, 이준성은 최소한의 수비 병력만 남겨 둔 상태에서 헨트를 떠나 브뤼셀을 공격했다. 브뤼셀은 에스파냐 제국이 한국, 네덜란드 공화국과 전선을 형성한 지역에서 가장 큰 도시로, 브뤼셀을 빼앗기면 벨기에 중부가 같이 넘어갈 수밖에 없었다. 후안 백작은 페드로 남작이란 귀족 장군에게 수비병 5,000명을 주고 브뤼셀을 끝까지 사수하라 명령했다.

페드로 남작은 상관이 시키는 대로 하였다. 그러나 한국군이 너무 강한 탓에 사흘이 채 지나기 전에 브뤼셀을 빼앗겼다. 그리고 페드로 남작 본인 역시 그 와중에 목숨을 잃었다.

브뤼셀을 점령한 이준성은 그곳에서 3일을 머무르며 전열을 정비했다. 그리고는 벨기에 남서부에 있는 요충지인 코르트레이크를 재빨리 점령했다. 후안 백작은 한국군이 리에주에 있는 자신을 직접 치러올 거라 예상해 방비를 강화하고 있었는데, 한국은 오히려 정반대의 움직임을 보여 주었다.

그러나 후안 백작 역시 아주 멍청하진 않았기 때문에 한국군이 코르트레이크를 재빨리 점령한 이유를 바로 알 수 있었다.

코르트레이크는 에스파냐 제국군이 대서양으로 퇴각하는데 꼭 필요한 거점이었다. 즉, 본국으로 돌아갈 퇴로가 아예 끊겨 버린 것이다. 물론 남쪽에 있는 프랑스를 통해 에스파냐로 넘어가는 방법이 있지만, 프랑스와 에스파냐 제국의 관계를 생각하면 성공 가능성은 아예 없는 것과 마찬가지였다.

더욱이 프랑스는 예전의 그 프랑스가 아니었다. 위그노 전쟁 동안, 구교를 믿는 발루아 왕조와 위그노의 맹주인 부르봉 왕조가 내전을 벌이는 등 혼란한 시기가 수십 년간 이어졌다.

그러나 신교, 즉 위그노의 맹주였던 부르봉 왕조의 앙리 4세가 파리 입성 직전에 가톨릭으로 다시 개종한 후에 낭트 칙령을 발표함으로써 수십 년간 이어진 혼란에 종지부를 찍었다.

앙리 4세가 강경 가톨릭교도에게 암살당한 후에 왕위를 물려받은 루이 13세는 나이가 어려 모후의 섭정을 받아야 했다.

루이 13세의 모후 마리 드 메디시스는 토스카나 대공국 대공녀로 성격이 잔인해 어린 왕을 심각하게 학대했다. 보통 어릴 때 어머니에게 학대당한 아들은 정상적으로 성장하는 경우가 드문데 루이 13세는 아니었던지 나이가 어느 정도 든 후에 모후의 위세를 빌려 폭정을 일삼던 간신 세력을 숙청한 다음, 어떤 유능한 추기경 한 명을 측근으로 등용했다.

그 유능한 추기경이 바로 리슐리외였다. 리슐리외는 루이 13세의 전폭적인 지지 아래 프랑스를 유럽 최강의 강국으로 성장시켰다. 그리고 이는 루이 14세의 절대왕정과 나폴레옹의 등장이라는 역사적인 결과를 만들어 내는 데 일조했다. 실질적으로 프랑스를 만들어 낸 사람이라 할 수 있었다. 물론 미디어에선 악인으로 그려질 때가 더 많은 편이었다.

리슐리외는 두 가지 목표를 세웠다. 하나는 구 유럽을 대표하는 세력인 합스부르크 세력을 제거하는 것이었다. 그리고 두 번째는 독일이 하나로 합쳐지지 못하게 막는 것이었다.

그런 리슐리외에게 에스파냐로 돌아갈 수 있게 길을 열어달라 하는 행동은 섶을 지고 불에 뛰어드는 짓과 같았다. 에스파냐 제국이 바로 합스부르크의 한 축이기 때문이었다.

사면초가에 처한 에스파냐 제국군은 최후의 항전을 펼치기로 마음먹고 리에주에서 나무르로 이동했다. 나무르에는 난공불락으로 유명한 요새가 있어 항전하기에 안성맞춤이었다.

코르트레이크에 병력 일부를 남겨 지키게 한 이준성은 후안 백작이 기다리는 나무르로 이동했다. 얼마 후, 이준성은 마치 허공에 있는 것 같은 신기한 요새 앞에 이를 수 있었다.

물론 허공에 있는 것은 아니었다. 나무르 요새는 어떤 바위산 위에 세워져 있었는데, 그 밑에 짙은 안개가 자욱하게 깔려 있어 요새가 마치 하늘에 있는 천공의 성처럼 보인 것이다.

아마 전이라면 지공을 유도하든지, 아니면 계략을 써서 요새에 틀어박힌 에스파냐군이 나오도록 만들었을 것이다. 험준한 요새에 틀어박힌 상대를 공격하려면 아무리 좋은 무기를 소유한 해병대라도 적지 않은 피해를 볼 수밖에 없었다.

그러나 지금은 그럴 필요가 없었다. 홍뢰와 화룡탄을 몇 차례 개량한 덕에 지금은 더 멀리서, 더 강력한 포탄을 날릴 수 있었다. 곧 홍뢰 50여 문이 일제히 포격을 개시했다.

홍뢰는 직사화기와 곡사화기의 중간쯤에 해당했기에 낮은 포물선을 그리며 날아간 화룡탄이 요새 성벽을 강타했다.

화룡탄이 붉은 용이 포효하는 것처럼 폭발할 때마다 성벽을 이루던 돌덩이들이 폭포수처럼 바위산 아래로 떨어져 내렸다.

열흘 후, 수천 발이 넘는 화룡탄을 뒤집어쓴 나무르 요새는 마치 해골처럼 몸을 보호해 주던 성벽이 다 떨어져 나가 버렸다.

이에 나무르 요새에서 계속 버티는 행동은 스스로 관 안에 들어가 죽을 때만 기다리는 것과 같다는 사실을 눈치 챈 후안 백작은 야간에 요새를 나와 정처 없이 도망치기 시작했다.

이준성은 여유롭게 그 뒤를 쫓았다. 후안 백작이 도망칠 곳이 없다는 사실을 알기 때문이었다. 본국으로 퇴각하는 게 아니라 단순히 도망만 치는 거라면 신성 로마 제국 영역으로 도망칠 수도 있었지만, 공교롭게도 벨기에와 국경을 맞댄 신성 로마 제국 쪽 영주들은 거의 다 신교 쪽의 세력이었다.

결국, 후안 백작은 2만 명이 넘는 병력을 이끌고 룩셈부르크에서 최후의 저항을 하는 수밖에 없단 결론을 내렸다. 이준성은 나무르, 바스토뉴를 거쳐 마침내 막다른 골목에 이른 에스파냐군을 프랑스와 국경을 맞댄 아를롱에서 따라잡았다.

◆ ◈ ◆

저지대는 산이 없었다. 아예 없는진 모르겠지만, 어쨌든 산이랄 게 없는 지형이었다. 그러나 산이 없다고 해서 고지까지 없진 않았다. 한국군과 에스파냐 제국군은 3, 40미터 높이의 낮은 고지에 진채를 세운 상태에서 대치에 들어갔다.

양측이 세운 진채의 거리는 4킬로미터로 아주 멀지도, 그렇다고 아주 가깝지도 않았다. 이준성은 진채 정상에 올라가 인드라망으로 엷은 안개 속에 파묻혀 있는 에스파냐 제국군 진채를 훑어보았다. 인드라망 모드를 이용하면 에스파냐 제국군을 가린 안개 때문에 곤란을 겪을 일이 거의 없었다.

에스파냐 제국군은 이번 전투를 위해 벨기에와 룩셈부르크에 남은 전력을 모두 끌어모은 듯했다. 오른쪽에는 4,000여 기에 달하는 기병이, 왼쪽에는 테르시오로 이루어진 보병 1만 3,000여 명이 있었다. 그리고 기병과 보병 사이에는 야포 30여 문이 있었다. 이준성은 야포를 주의 깊게 살펴보았다.

상대의 야포가 강력하면 이번 전쟁의 변수로 작용할 수 있었다. 그러나 한참 살피던 이준성은 곧 웃음을 머금었다. 에스파냐 제국군이 동원한 야포의 성능이 그리 좋아 보이지 않았다.

이는 한국군이 쓰는 홍뢰와 비교한 게 아니었다. 유럽의 여러 강국이 현재 전장에 배치 중인 야포와 비교한 결과였다.

에스파냐 제국군이 유럽의 강군이기는 하나 야포를 만드는 주조 기술은 그리 뛰어나지 않은 편이었다. 오히려 영국과 프랑스 쪽이 훨씬 뛰어났다. 심지어 소국인 네덜란드 공화국의 야포마저 에스파냐 제국군의 야포보다 성능이 뛰어났다.

"그럼 야포는 걱정할 필요가 없겠군."

이준성은 홍염해병군단장임과 동시에 이번 원정군의 육군

총책임자인 정충신에게 상대와 똑같은 배치를 하게 하였다. 즉, 기병 부대 전방에는 기병 부대를, 보병 부대 앞에는 보병 부대를, 포병 앞에는 포병을 세우도록 한 것이다. 바둑으로 보면 상대와 똑같이 두는 흉내 바둑을 둔 셈이었다.

이준성은 주요 지휘관을 소집해 의견을 구했다.

"놈들이 먼저 움직일 것 같은가?"

정충신은 바로 고개를 저었다.

"저들은 최대한 시간을 끌려 할 것이옵니다."

한명련 역시 비슷한 생각인 듯했다.

"소장 역시 같은 생각이옵니다. 저들은 에스파냐에서 오는 지원군을 기다리기 위해 장기전으로 끌고 가려 할 것이옵니다."

"지원군이라……."

이준성은 고개를 돌려 해군 연락관에게 물었다.

"해군은 해안을 순찰 중인가?"

"그렇사옵니다. 에스파냐 제국군이 해안을 순찰 중인 우리 해군을 피해 해안에 상륙하는 것은 거의 불가능할 것이옵니다."

"그렇다면 다행이군."

이준성은 마음을 약간 놓았다.

에스파냐 제국군이 아를롱에 갇혀 있는 자국군을 지원하기 위해서는 해안에 기습 상륙해 한국군 측면을 치는 수밖에 없었다. 그러나 이는 불가능에 가까웠다. 이베리아반도에서 육지를 통해 올라오려면 프랑스를 횡단해야 하는데, 프랑스군이 이를 허락할 턱이 없었기 때문이다.

이준성은 마침내 결정을 내렸다.

"적이 오지 않는다면 우리가 가야겠지. 이번엔 정공으로 간다. 적들에게 양군의 실력 차이가 어느 정도인지 깨닫게 해 줘라."

"예!"

큰 목소리로 대답한 지휘관들이 맡은 부대로 돌아갔다.

그로부터 1시간쯤 지났을 때, 대기하던 마왕 위에 훌쩍 뛰어오른 이준성은 앞으로 나아가 좌우를 둘러봤다. 한쪽에선 중갑을 걸친 군마에 탄 천마기동여단 기병 3,000여 기가 당장 뛰쳐나갈 것처럼 잔뜩 흥분한 모습으로 늘어서 있었다.

그리고 그 반대쪽에는 뇌격으로 지향 사격 자세를 취한 해병대원이 비장한 표정으로 멀리 떨어진 적 진채를 노려봤다.

또, 뒤에는 이동할 준비를 마친 포병이 바퀴가 달린 홍뢰 50문과 포탄을 실은 마차 수백 대 주위에 대기 중이었다.

고개를 끄덕인 이준성은 세이버를 든 오른팔을 높이 들어 올렸다가 전방에 있는 에스파냐 제국군 진채 쪽으로 확 내렸다.

"공격하라!"

그 순간, 천마기동여단 기병이 가장 먼저 달려 나갔다. 이준성 역시 경호실 기병 30여 기에 둘러싸여 대열에 합류했다.

그때, 한국군이 먼저 뛰쳐나오길 기다렸다는 듯 에스파냐 제국군 기병 4,000여 기가 일제히 함성을 지르며 뛰쳐나왔다.

유럽에선 기병 간의 전투가 극히 중요했다. 자국군 기병이 먼저 무너지면 승리한 상대측 기병이 바로 자국군 진채 쪽으로 돌격해 방어력이 떨어지는 포병을 궤멸시키기 때문이었다.

천마기동여단 기병은 뇌반을 이용해 고지 밑으로 내려오는 적 기병을 습격했다. 고지를 내려오던 에스파냐 제국 기병 부대 진형 곳곳에서 군마와 사람이 비명을 지르며 나뒹굴었다.

뇌반으로 사격을 가한 다음에는 천뢰 5호를 던졌다. 2, 30 미터까지 거리를 좁혔던 에스파냐 제국군 기병 부대 선두가 천뢰 5호에 나가떨어졌다. 제대로 붙어 보기도 전에 최대 1할에서 2할에 해당하는 에스파냐 제국군 기병이 증발했다.

천뢰 5호 투척을 마친 천마기동여단 기병은 즉시 연뢰를 뽑아 들고 적 기병을 향해 뛰어들었다. 곳곳에서 연뢰의 총성이 울려 퍼졌다. 그로부터 10여 분쯤 지났을 무렵, 연뢰에 든 소뇌전을 모두 소비한 천마기동여단 기병들이 허리춤에 찬 세이버를 뽑아 에스파냐 제국군 기병과 백병전을 벌였다.

이준성 역시 그 속에 섞여 적 기병과 교전을 펼쳤는데, 방식은 이전과 차이가 있었다. 지금은 팔 부상이 다 낫지 않은 상태여서 원거리에서 연뢰나 뇌반을 사용해 적 기병을 저격했다.

이준성에게 달려드는 적 기병은 낭환을 비롯한 경호실 기병이 대신 상대하였다. 이준성은 연뢰 실린더가 뜨끈해져 손으로 잡을 수 없을 때까지 계속해서 소뇌전을 발사했다.

그렇게 4, 50분쯤 지났을 때, 에스파냐 제국군 기병이 먼저 도망치기 시작했다. 고지를 내려올 때는 4,000기였던 그들의 수는 50분이 지난 지금은 1,000여 기로 확 줄어 있었다. 1시간이 넘지 않은 짧은 시간에 궤멸이나 진배없는 타격을 입은 셈이었다.

천마기동여단 기병은 도망치는 적 기병을 바짝 추격하며 적이 진채를 세워 둔 고지로 돌격했다. 적 포병이 보병을 겨누던 야포의 포신을 돌려 천마기동여단을 공격하려 했지만, 천마기동여단의 돌격 속도가 워낙 신속한 데다가, 자국군 기병 부대 뒤에 바짝 붙어 있어 포탄을 쏘길 주저하였다. 지금 포탄을 쏘면 자국군 기병 역시 큰 피해를 볼 터였다.

그때, 후안 백작이 직접 명했는지 에스파냐 제국군 포병이 기병을 향해 포탄을 쏘았다. 철환 10여 개가 땅을 스치듯 날아와 천마기동여단 기병 선두 쪽을 갈랐다. 그 즉시, 30여 기에 달하는 천마기동여단 기병이 비명을 지르며 나뒹굴었다.

"우리 쪽은 아직인가?"

이준성은 고개를 돌려 뒤를 보았다. 마침 그가 고개를 돌려 뒤를 보았을 때, 포진을 마친 천궁포병여단이 고지 위로 화룡탄을 쏘아 올리기 시작했다. 천궁포병여단이 쓰는 홍뢰는 직사포와 곡사포 사이에 해당해서 어느 정도 곡사가 가능했다. 즉, 낮은 지점에서 높은 지점으로 포탄을 발사하는 데 큰 지장이 없단 뜻이었다. 곧 화룡탄 수십 발이 에스파냐 제국군 포병 위에 작렬해 거센 불꽃을 피워 올렸다.

조금 전 포격에 상당한 손해를 입었는지 에스파냐 제국 포병이 천마기동여단을 향해 발사하던 포탄이 눈에 띄게 줄었다.

김덕령이 이끄는 천마기동여단은 그 틈에 도망치는 적 기병을 마저 처리한 다음, 적 포병 측면으로 공격해 들어갔다.

에스파냐 제국군 포병은 한국군 기병이 몰려오는 모습을 보기 무섭게 바로 몸을 돌려 도망치기 시작했다. 포병이 기병에게 대항하는 것은 스스로 목숨을 끊는 행동과 다름없었다.

김덕령은 피와 살점이 묻어 있는 세이버를 휘두르며 소리쳤다.

"적의 야포를 무력화시켜라!"

"예!"

대담한 기병들은 에스파냐 제국 포병이 버리고 간 야포를 다이너마이트와 천왕뢰, 천뢰 5호 등을 이용해 망가트렸다.

에스파냐 제국 포병을 제거한 천마기동여단은 측면에 있는 에스파냐 제국 보병 부대를 기습하는 선택을 하지 않았다. 대신, 고지 뒤쪽으로 넘어가 적 보병 부대의 퇴로를 막아 버렸다.

에스파냐 제국 보병 부대가 사방으로 흩어져 장기전으로 이어지는 상황을 미리 막기 위해서였다. 그리고 천마기동여단이 그런 기동을 한 데엔 자국군 보병 부대, 즉 해병대에 대한 신뢰 역시 한몫했다. 정충신이 직접 지휘하는 해병 1여단, 3여단은 고지로 올라가며 뇌격을 쉴 없이 발사했다. 에스파냐 제국 테르시오 역시 물러서지 않고 반격을 가했지만, 무기 성능에 차이가 있어 갈수록 피해가 늘기 시작했다.

그때, 대포병 포격을 통해 에스파냐 제국 포병대를 무력화한 천궁포병여단이 포신을 조종해 테르시오를 직접 타격했다.

정면에선 해병대원이 뇌격을 발사하거나 천뢰 5호를 던지며 진격해 왔다. 그리고 약간 떨어진 측면에선 천궁포병여단이 다양한 포물선을 그린 화룡탄을 적진 위에 쏟아부었다.

파이크병과 머스킷병이 밀집해 있는 테르시오에게 폭발하는 화룡탄은 천적이나 다름없었다. 화룡탄이 날아들 때마다 테르시오 안에 구멍이 뻥뻥 뚫렸다. 그런 상황에서 버티긴 쉽지 않았기 때문에 우왕좌왕하던 그들은 결국 뒤로 내뺐다.

그러나 뒤에는 천마기동여단이 있어 도망치는 일조차 쉽지 않았다. 에스파냐 제국군 중 벨기에, 룩셈부르크 출신 병사들은 바로 항복했다. 그리고 이베리아반도에서 온 에스파냐, 포르투갈 출신은 끝까지 저항하다가 결국 목숨을 잃었다.

후안 백작은 끝까지 도망치려 하다가 낭환에게 산 채로 붙잡혀 끌려왔다. 이준성은 그 자리에서 후안 백작의 목을 직접 베었다.

승리한 한국군이 아를롱에서 전장을 수습하는 중일 때였다.

근처를 정찰 중이던 해병 수색부대 장교가 달려와 보고했다.

"프랑스군으로 보이는 병력 일부가 근처 고지에서 우리와 에스파냐 제국이 치르는 전투를 관찰하는 것을 발견했사옵니다."

"안내해라."

"예, 전하."

이준성은 수색부대 장교의 안내를 받아 프랑스군이 있다는 고지로 향했다. 과연 얼마 떨어지지 않은 고지에 망원경을 든 프랑스군 장교 몇 명이 모습을 드러냈다. 바로 옆에 군마가 있는 것으로 보아 쫓아가면 바로 도망칠 기세였다.

이준성의 덩치가 워낙 큰 데다 그가 탄 마왕의 덩치까지 큰 탓에 금방 눈에 띌 수밖에 없었다. 전장을 이리저리 훑던 프랑스군의 망원경이 곧 그가 있는 쪽으로 집결했다.

이준성은 프랑스군 장교를 바라보며 손을 크게 흔든 다음, 슬쩍 윙크를 날렸다. 그가 한 윙크를 프랑스군 장교들이 보았는지는 모르겠지만 어쨌든 첫인사는 제대로 한 셈이었다.

합스부르크 가문이 가진 유럽의 패권은 현재 거의 무너지기 일보 직전이었다. 그리고 그 틈에 두 개의 강력한 세력이 부상했는데, 그건 바로 육지의 프랑스와 바다의 영국이었다.

위그노 전쟁을 마친 프랑스는 리슐리외라는 걸출한 재상이 나타나 국력을 강화하는 중이었고 영국은 유럽이 30년 전쟁으로 혼란해진 틈을 타 본격적으로 국외 식민지를 늘려 갔다.

그 외에 현대의 강국 중 하나인 독일은 수십 개의 왕국과 공국으로 쪼개져 있어 앞날이 불확실한 상태였다. 지금의 독일이 태동한 것은 지금으로부터 100여 년 후인 18세기였다.

연달아 뛰어난 군주를 배출한 프로이센 왕국에서 프리드리히 대왕이라 불리는 불세출의 군주가 나온 후에 엄청난 속도로 영토를 확장해 지금의 독일을 이룩하는 기틀을 마련했다.

그렇다면 프랑스와는 한번 부딪힐 수밖에 없다는 결론이 나왔다. 이준성은 그때를 기약하며 룩셈부르크로 진입했다. 그리고 에스파냐 제국군을 소탕해 마침내 벨기에, 룩셈부르크, 네덜란드 일부를 소유한 유럽 안의 한국을 완성했다.

이준성은 요충지에 소수의 병력을 남겨 둔 후에 브뤼셀로 돌아가 이번에 새로 획득한 영토를 안정시키는 일에 집중했다.

이준성이 생각한 영토 마지노선이 여기까지였기 때문에 지금부터는 획득한 영토를 잘 다스리며 적에게서 지키는 일이 중요해졌다. 이준성은 전에 했던 것처럼 종교의 자유, 세금 감면 등을 실시한 후에 한국어학당 등을 세워 벨기에와 룩셈부르크에 남아 있는 에스파냐의 흔적을 지우는 데 전력했다.

행정 개혁을 완료한 후에는 군제 개혁을 시행했다. 이준성은 에스파냐 제국이 지급한 급료의 거의 2배에 해당하는 높은 급료로 병력을 모집했다. 그 결과 네덜란드인, 벨기에인 수만 명이 지원했다. 이준성은 그들을 훈련시킨 다음, 뇌우 1호를 지급했다. 아직 한국에 대한 호불호가 분명하지 않은 상태에서 뇌섬이나 뇌격을 섣불리 지급할 순 없었다.

그들이 그 총으로 반란을 일으키면 골치가 아파졌다. 혹시나 그 총을 외국에 팔아먹기라도 한다면 그 또한 골치가 아프긴 마찬가지였다.

이준성은 새로 만든 부대를 두 개로 나누어 네덜란드인 부대는 홀란트사단, 그리고 벨기에인 부대는 왈롱사단이라 칭했다.

홀란트사단에게는 로테르담과 벨기에 북부를, 왈롱사단에

게는 벨기에 남부와 룩셈부르크 지역을 방어하는 임무를 맡겼다.

홀란트와 왈롱의 배치를 마친 후에는 한국군 병력으로 중앙군을 구성해 적의 대규모 침공에 대응할 수 있도록 조치했다.

이준성은 최명길을 불러 물었다.

"마우리츠 판 나사우가 죽었다고?"

"예, 전하. 우리가 아를롱에 있을 때에 병으로 죽었사옵니다."

"그럼 공작 작위는 동생이 물려받은 건가?"

"그렇사옵니다. 마우리츠 판 나사우에게 자식이 없어 동생 프레데릭 헨리가 작위를 물려받았다는 정보를 받았사옵니다."

"프레데릭은 우리가 벨기에를 점령한 것에 어떤 반응을 보이던가?"

"그는 당장 벨기에를 네덜란드 공화국에 돌려줘야 한단 주장을 펼치는 중인데, 생각보다 반발 정도가 강한 것 같사옵니다."

이준성은 새치가 섞인 턱수염을 쓰다듬으며 물었다.

"무슨 짓이든 벌일 수 있을 정도로?"

최명길은 잠시 생각한 후에 대답했다.

"그렇사옵니다."

"그렇다면 그쪽의 감시를 더 강화하게."

"알겠사옵니다."

그때였다. 문이 벌컥 열리더니 이경석이 약간 긴장한 표정으로 들어와 최명길의 귀에 뭐라 속삭였다. 심상치 않은 일인지 최명길 역시 눈썹을 찡그리며 말없이 고개를 끄덕였다.

잠시 후, 최명길이 차분한 어조로 보고했다.

"전하, 프랑스가 에스파냐군에게 길을 열어 준 것 같사옵니다."

독재자

6장. 저지대의 주

이준성은 뜻밖의 소식에 생각을 정리할 시간을 잠시 필요했다.

프랑스는 구교를 믿는 나라지만 구교를 대표하는 세력인 합스부르크와는 사이가 그다지 좋지 않았다. 17세기 프랑스의 대외 정책은 크게 두 가지로 압축할 수 있는데, 첫 번째는 합스부르크가 가진 유럽의 패권을 빼앗아 오는 것이었다. 그리고 두 번째는 어떻게든 독일의 통일을 저지하는 것이었다.

한데 합스부르크의 두 축 중 하나가 에스파냐 제국이기 때문에 이준성은 프랑스가 에스파냐 제국을 골탕 먹이면 먹였지, 그들에게 땅을 빌려줄 거라고는 전혀 예상하지 못했다.

실제로 에스파냐 제국에 대항해 싸우는 네덜란드 공화국의 가장 큰 후원자가 프랑스일 정도였다. 물론 도버 해협 너머의 영국 역시 네덜란드 공화국을 지원해 주긴 했지만, 섬인 탓에 프랑스만큼 적극적으로 도와주기는 어려운 상황이었다.

한데 프랑스는 이준성의 예측을 무참히 깨트렸다. 프랑스가 한국이 점령한 저지대 남부 방면에 에스파냐 제국이 대규모 병력을 상륙시킬 수 있도록 자기네 영토를 빌려준 것이다.

냉정함을 되찾은 이준성은 최명길을 바라보며 물었다.

"프랑스가 정확히 어떤 방법으로 길을 열어 준 것인가?"

"에스파냐 제국군은 함대를 이용해 프랑스 칼레 항에 상륙한 다음, 거기서 육로를 이용해 저지대로 넘어오는 중이옵니다."

이준성은 고개를 끄덕였다. 현재 한국 해군은 저지대 해안만 순찰하는 중이었다. 프랑스 쪽 해안까지 함대가 들어가면 반드시 분쟁이 일어날 수밖에 없었기 때문이다. 한데 에스파냐 제국은 한국 해군의 그러한 허점을 노리고 프랑스 항구인 칼레에 상륙한 다음, 거기서 육로를 이용해 저지대로 넘어왔다.

이준성은 고개를 돌려 반대편에 앉아 있는 은계란에게 물었다.

"비서실장은 프랑스가 그들과 사이가 좋지 않은 에스파냐 제국군에게 자기네 영토를 빌려준 이유가 무엇일 것 같은가?"

은계란은 이미 생각해 둔 것이 있는지 거침없이 답했다.

"십중팔구 두 가지 중 하나일 것이옵니다."

"말해 보게."

은계란은 의미심장한 눈빛으로 대답했다.

"첫 번째는 에스파냐 제국이 프랑스에 거절하기 힘든 제안을 했을 경우이옵니다. 첫 번째 가정이 맞는단 가정하에서 에스파냐 제국이 영토를 이용하는 대가로 프랑스에 뭘 주었을지는 알 수 없사오나 상당한 대가를 치렀을 게 분명하옵니다. 그리고 두 번째는 프랑스가 먼저 제안한 경우이옵니다."

이준성은 한쪽 눈썹을 꿈틀거리며 물었다.

"프랑스가 에스파냐 제국에 먼저 제안을 해?"

은계란은 주저 없이 대답했다.

"그렇사옵니다."

이준성은 짧게 자른 턱수염을 쓸어내리며 물었다.

"프랑스가 그렇게까지 하는 이유가 뭔가?"

"그 이유 역시 두 가지로 나눌 수 있사옵니다. 첫 번째는 프랑스가 저지대를 차지한 우릴 경계하기 때문이옵니다. 프랑스가 에스파냐보다 우릴 더 경계해 차라리 에스파냐 제국이 저지대를 지배하는 게 낫다는 결론을 내렸을 수 있사옵니다."

이준성은 마음에 들지 않는단 표정으로 물었다.

"그럼 두 번째는?"

"두 번째는 프랑스가 에스파냐 제국과 우리가 저지대에서 계속 전투를 이어 가 양쪽 모두 큰 손해를 입길 바랐을 경우이옵니다. 현재 우리와 에스파냐 제국 모두 프랑스의 안보에 위협을 주는 중이기 때문에, 프랑스에 가장 좋은 상황은 아마 한국과 에스파냐 양국이 양패구상하는 것일 것이옵니다."

이준성은 피식 웃었다.

"양패구상이라……."

은계란은 약간 당황해 물었다.

"신의 대답이 마음에 들지 않으신 것이옵니까?"

"아닐세. 나 역시 돈을 걸라면 프랑스가 우리와 에스파냐 제국이 양패구상하길 바란단 쪽에 걸 생각이니까. 다만, 프랑스가 우리를 여전히 잘 모르는 것 같아 웃음이 나온 것일세."

옆에서 듣던 최명길이 담담한 표정으로 대답했다.

"프랑스는 그럴 수밖에 없을 것이옵니다. 네덜란드와 영국, 에스파냐 제국은 식민지가 있어 우리와 부딪친 일이 적지 않지만, 신성 로마 제국과 프랑스는 내부 사정 때문에 그럴 틈이 없지 않았사옵니까? 어쩌면 모르는 것이 당연하옵니다."

이준성은 팔짱을 끼며 주위를 둘러보았다.

"프랑스는 나중에 처리하기로 하고, 지금은 칼레에 상륙해 저지대로 넘어왔단 에스파냐 제국군을 처리하는 게 더 시급하네."

은게란과 최명길이 동시에 머리를 숙이며 대답했다.

"지당하신 말씀이옵니다."

최명길은 그 즉시 은호원 요원을 각지에 파견해 에스파냐 제국군에 관한 정보를 모았다. 은게란은 정충신, 이운룡, 김덕령을 연달아 만나 에스파냐 제국군을 막을 대책을 논의했다.

최명길이 지휘하는 은호원 유럽지부는 곧 에스파냐 제국군이 보병 3만 명을 동원했단 사실을 알아냈다. 며칠 후엔 신성 로마 제국과 스위스에 있는 용병 기병 부대 1만 명을 고용했다는 사실을 추가로 확인했다. 한데 기병 부대를 1만이나 고용했다는 말은 엄청난 자금을 썼단 의미와 같았다. 은호원 분석 요원은 이번 공격이 최후의 발악이란 분석을 내놨다.

즉, 이번 공격을 막으면 에스파냐 제국의 자금줄이 말라붙어 더는 지금과 같은 규모의 병력을 동원할 수 없단 의미였다. 이미 황실 재정은 파탄을 넘어 파산에 이른 상황이었다.

마지막으로 유럽지부는 에스파냐 제국군을 지휘하는 장군이 명장이라 불리는 암브로시오 스피놀라란 사실을 알아냈다.

정보를 받은 이준성은 그 정보를 바로 군 수뇌부에 넘겨 그 정보를 바탕으로 대비책을 다시 수립하란 지시를 내렸다.

한편, 이준성은 내심 안도의 숨을 내쉬었다. 상대가 명장이든 졸장이든 상관없이 한국군이 진다는 생각은 전혀 하지 않았다.

그러나 명성 있는 명장과 싸우는 행동은 피할 수 있다면 가급적 피하는 게 좋았다. 승리를 거둬도 아군이 입는 피해의 규모가 다를 수 있기 때문이었다. 같은 승리라도 5를 내어 주고 적이 가진 100을 얻는 것과 30을 주고 70을 얻는 것은 엄연히 달랐다.

에스파냐 제국 최후의 명장이라 불리는 사람은 암브로시오 스피놀라가 아니었다. 펠리페 3세의 동생인 페르난도 데 아우스트라였다. 합스부르크 가문에는 후계자 이외의 다른 남자 형제를 추기경으로 임명하는 관례가 있었다. 형제끼리 다퉈 나라가 결딴나는 것을 사전에 방지하려는 목적이었다.

이는 합스부르크뿐만 아니라 세계 여러 나라에서도 왕족끼리의 내전을 피할 목적으로 채택하는 제도 중 하나였다. 동양에서도 이와 비슷한 방식이 있었는데, 절에 들어가 승려가 된다는 점이 다를 뿐이었다.

펠리페 3세의 동생인 페르난도 역시 마찬가지였다. 어린 나이에 추기경에 봉해진 그는 30년 전쟁이 한창이던 때에 갑자기 총독으로 임명받아 신성 로마 제국 뇌르틀링겐에서 엄청난 위세를 자랑하던 신교도 군대를 격파하는 성과를 올렸다.

뇌르틀링겐 전투로 신교도의 기세가 확 꺾였을 만큼 중요한 전투였기 때문에 페르난도 데 아우스트라는 마치 에스파냐 제국이 몰락하기 전에 혜성처럼 등장한 영웅처럼 여겨졌다.

특히 페르난도 데 아우스트라는 종심 방어에 능해 상대하기가 꽤 까다로운 인물이었다. 그러나 이준성은 크게 걱정하지 않았다. 페르난도 데 아우스트라는 1,608년생이었다. 불과 열대여섯의 나이로 수만 명에 달하는 대군을 이끌 순 없었다.

육군은 정충신을 중심으로, 해군은 이순신 장군을 중심으로 전략을 구상한 다음, 육해군이 모여 통합 작전을 수립했다.

이순신 장군의 이름으로 올라온 통합 작전을 훑어보던 이준성은 마음에 들었는지 흡족한 표정을 지으며 바로 지시했다.

"이대로 속행하게."

"예, 전하!"

며칠 후, 이순신 장군이 이끄는 한국 해군은 칼레 앞바다에 주둔 중인 에스파냐 제국 해군을 쳐 내려갔다. 그리고 김덕령이 지휘하는 천마기동여단 기병 부대는 신성 로마 제국 쪽에서 진격해 온 용병 기병 부대를 막기 위해 동쪽으로 출격했다.

에스파냐 제국은 지역 특성상 대규모 기병 부대를 구성하기 쉽지 않아 신성 로마 제국과 스위스 기병을 용병으로 고용했다.

그런 이유로 인해 에스파냐 제국이 저지대를 공략하려면 에스파냐 제국군 보병 부대는 함대를 이용해 상륙하고 용병으로 이루어진 기병 부대는 중부 유럽에서 말을 타고 저지대에 도착해 그곳에 있는 보병 부대와 합류하는 수밖에 없었다.

즉, 보병 부대와 기병 부대가 각자 다른 곳에서 출발해 합류하는 방식이기 때문에 각개 격파하기에 이보다 좋을 수 없었다.

또, 정충신이 지휘하는 홍염해병군단과 이완의 천궁포병여단, 한명련의 맹호특수전여단은 코르트레이크 방면으로 향했다.

칼레에 상륙한 에스파냐 제국 보병 부대가 프랑스 땅인 릴을 거쳐 저지대 남부의 요충지인 코르트레이크로 향한단 첩보를 받았기 때문이었다. 에스파냐 제국 보병 부대가 코르트레이크를 수복하면 벨기에 남부 전체가 위험해질 수 있었다.

한국과 에스파냐 제국의 운명을 가를 전장은 총 세 곳이었다. 우선 해군은 칼레 앞바다가 전장이었다. 그리고 기병 부대는 벨기에 동부의 리에주에서 맞붙었다. 또, 주력 부대라

할 수 있는 양측의 보병 부대는 코르트레이크에서 충돌했다.

이준성은 비서실, 경호원, 은호원과 함께 코르트레이크로 향해 보병 부대의 전투를 지켜보았다. 에스파냐 제국 보병 부대 3만 명을 이끄는 암브로시오 스피놀라는 기동전에 능하단 세간의 평가답게 한국 육군 주력 부대가 코르트레이크에 도착하기 이틀 전에 먼저 도착해 코르트레이크를 포위했다.

현재 코르트레이크는 해병 2여단 9중대가 홀로 지키는 중이었다. 보유한 병력으로 따지면 300명과 3만 명의 싸움이었다. 양측의 병력 차이가 100배에 달해 에스파냐 제국군이 코르트레이크를 점령하는 것은 거의 기정사실과 다름없었다.

그러나 2여단 9중대 역시 만만치 않은 부대였다. 중대 표식으로 검은 호랑이, 즉 흑호를 사용하는 9중대는 코르트레이크 진입로에 바리케이드를 설치한 다음, 보유한 화기를 총동원해 격렬히 저항했다. 에스파냐 제국군은 무려 5시간 동안 1,000명이 넘는 사상자를 낸 후에야 가까스로 외부 바리케이드를 돌파해 코르트레이크 중심가로 진입하였다.

300명에서 100명으로 확 줄어든 9중대는 코르트레이크 중심가에 있는 사령부 건물 안에서 최후까지 저항하는 중이었다.

사령부 건물은 옆으로 넓게 퍼져 있는 단층 건물이었는데, 외벽 두께가 거의 1미터에 달했다. 더구나 시멘트에 철근 골조를 심어 외벽을 만들었기 때문에 에스파냐 제국군이 보유한 야포로 최소 100발을 쏴야 부술 수 있는 강도를 지니고 있었다.

또한 정문과 후문, 유리창 틀 모두 30센티미터가 넘는 강철로 제작했기 때문에 문으로 진입하는 방법 또한 쉽지 않았다.

창문의 경우에는 여닫는 개폐식으로 적을 공격할 때는 열고 적이 공격해 올 때는 닫는 등 상황에 따라 조정이 가능했다.

어깨 견장에 대위 계급장을 단 30대 중반 장교가 군복 소매로 세이버에 묻어 있는 피를 닦아 내며 사령부 안을 둘러봤다.

손자를 볼 법한 나이의 행정보급관부터 이제 막 콧수염이 나기 시작한 10대 후반 이병까지 결연한 눈빛으로 바깥을 주시하는 중이었다. 심지어 얼굴, 다리에 붕대를 감은 부상병까지 다친 몸을 이끌고 나와 적을 막을 준비를 하는 중이었다.

장교는 거의 보이지 않았다. 아마 솔선수범하기 위해 나선 초급 장교 대부분이 바리케이드 전투에서 전사한 것 같았다.

그러나 명찰에 김준룡이란 이름이 영문 이름과 함께 적혀 있는 30대 중반 대위는 크게 걱정하는 표정이 아니었다. 이미 생사를 초월해서 그런 건지, 아니면 소대를 지휘하는 진짜 지휘관은 초급 장교가 아니라 각 소대의 베테랑 부사관이라는 사실을 알아서 그러는 건지는 정확히 알 수 없었다.

김준룡은 왼팔에 피가 줄줄 흐르는 행정보급관에게 권했다.

"군의관을 불러서 부상부터 치료하시지요."

행정보급관은 껄껄 웃으며 대답했다.

"죽으면 썩어 문드러질 몸뚱이인데 뭐 어떻습니까?"

고개를 절레절레 저은 김준룡은 행정보급관의 부상을 직접 치료했다. 봉합할 수 있는 상황이 아닌 탓에 소독약으로 닦아 낸 상처에 깨끗한 거즈와 붕대로 감아 두는 간단한 처치였다.

처치를 마친 김준룡이 물었다.

"탄약은 얼마나 남았습니까?"

행정보급관은 머리가 빠져 반질반질한 머리를 긁으며 답했다.

"탄약반이 탄약고에 있던 탄약을 다 가져오긴 했지만, 병사 하나가 100발가량 쏘면 바닥날 겁니다. 그리고 천뢰 5호, 다이너마이트, 천왕뢰, 은철뢰는 이미 떨어진 지 오래입니다."

김준룡은 한숨을 짧게 내쉬었다.

"일이 어렵게 되었습니다."

행정보급관은 담담한 표정으로 대답했다.

"우리 같은 군인이야 전장에서 죽을 수 있으면 행복한 거지요. 다만, 아직 한창때인 젊은 애들이 안타까울 따름입니다."

"그건 그렇지요."

고개를 끄덕인 김준룡은 가운데로 걸어가 큰 소리로 외쳤다.

"다들 여기 주목!"

그 말에 밖을 경계하던 장병들이 고개를 돌려 김준룡을 보았다.

김준룡은 병사 한 명, 한 명과 시선을 맞춘 후에 말했다.

"우리 흑호중대는 마지막 병사가 쓰러질 때까지 사령부를 적에게서 사수할 것이다! 아마 그렇게 하면 중대원 대부분이 목숨을 잃을 테지만, 난 그게 우리가 조국을 위해 할 수 있는 마지막 헌신이라 생각한다! 마지막으로 나 중대장 김준룡은 여러분과 같은 훌륭한 부하와 함께 싸울 수 있어 기뻤다! 천당에 갈지 지옥에 갈지는 아직 모르지만, 내생에 다시 만나자! 그땐 내가 여러분의 충직한 부하로 살 테니까!"

말을 마친 김준룡은 절도 있는 자세로 부하들에게 경례했다. 부하들 역시 벌떡 일어나 경례로 상관의 경례를 받았다. 몇몇은 경례를 하며 눈물을 흘렸고 몇몇은 코를 훌쩍였다.

잠시 후, 옥상에 있던 경계병이 잔뜩 쉰 목소리로 소리쳤다.

"저, 적이 대거 몰려옵니다!"

김준룡 등 흑호중대 생존자 100여 명은 바로 창문에 거치해 둔 뇌격과 천관, 뇌반 등을 발사했다. 마침내 코르트레이크의 운명을 건 마지막 전투의 막이 올라가고 있었다.

◆ ◆ ◆

팅!

김준룡은 뇌격의 빈 탄창 클립이 위로 팅겨 나가는 소리를 듣기 무섭게 가죽 권총집에서 연뢰를 뽑아 코킹했다. 그리고는 10여 미터 앞까지 접근한 적을 조준해 발사했다.

칼을 든 에스파냐 제국군 장교가 비명을 지르며 나자빠졌다. 김준룡은 연뢰 실린더가 한 바퀴 다 돌 때까지 코킹한 방아쇠를 당기다가 벽 쪽으로 몸을 숨기며 고함을 질렀다.

"엄폐!"

그 소리에 부사관 한 명이 강철로 만든 덧문을 힘껏 내리며 옆으로 몸을 날려 피했다. 잠시 후, 머스킷과 아르쿼부스로 발사한 것 같은 탄환 수백 발이 강철 덧문을 강타했다.

타타타타탁!

마치 쇠로 만든 빗방울이 덧문에 작렬하는 것 같은 소리가 들려왔다. 다행히 덧문이 울퉁불퉁해지긴 했지만 뚫리진 않았다.

특수한 재료를 넣어 강도를 높인 강철 덧문을 뚫으려면 전차를 타격할 때 쓰는 날개 안정 분리 철갑탄 정돈 가져와야 했다.

총성이 점차 가라앉아 갈 때쯤, 김준룡은 다시 강철 덧문을 위로 올려 밖을 내다보았다. 흑연화약이 만든 엄청난 연기 때문에 제대로 볼 수 없었지만, 사격을 마친 에스파냐 제국 총병이 재장전에 들어간 게 분명했다. 탄환이 간헐적으로 날아들긴 하지만 반격에 방해를 방을 정도는 아니었다.

"사격!"

김준룡의 외침을 들은 병사들은 재장전을 마친 뇌격과 연뢰, 천관, 뇌반 등으로 전열을 형성한 적 총병을 쏘았다.

김준룡 역시 뇌격으로 총병 세 명을 쓰러트리는 전과를 올렸다. 그때, 땅이 꿀렁거리며 시멘트에 철근을 섞어 지은 사령부가 흔들렸다. 쓴웃음을 지은 김준룡이 급히 명령했다.

"엄폐하라! 놈들이 야포를 가져왔다!"

그 말이 끝나기 무섭게 귀청을 찢는 포성이 100여 미터 밖에서 들려왔다. 그리고는 청력을 미처 회복하기도 전에 에스파냐 제국 포병이 발사한 쇳덩어리가 물밀듯이 날아들었다.

콰콰콰콰쾅!

에스파냐 제국 포병은 실력이 그렇게 뛰어난 편이 아니지만, 100여 미터 거리에서 가로 100미터 세로 30미터에 달하는 대형 건물을 맞히지 못할 정도로 실력이 형편없진 않았다.

적이 쏜 쇳덩어리 포탄이 날아들 때마다 사령부 전체가 지진이 난 것처럼 흔들리며 돌먼지가 모래 폭풍처럼 내부를 휩쓸었다. 외벽 두께가 1미터에 달해 바로 뚫리진 않았지만, 곳곳에 금이 가는 통에 오래 버티기는 어려울 성싶었다.

에스파냐 제국군은 그 외에도 질식을 유도할 생각으로 젖은 나뭇가지를 태워 던졌다. 심지어 충차나 트레뷰셋처럼 몇 세대 전의 공성 무기를 가져와 사령부 외벽을 두들겼다.

그러나 공병이 심혈을 기울여 만든 사령부는 쉽게 무너지지 않았다. 다만, 외벽에 간 금의 크기가 점차 커질 따름이었다.

이에 에스파냐 제국군은 가장 효과가 좋은 야포만 사용하기로 마음먹었는지 수십 발에 달하는 포탄을 계속 날려 보냈다.

그러나 진짜 문제는 외벽을 공격하는 적의 포격이 아니었다. 흑호중대가 보유한 탄약이 점점 떨어진단 점이 문제였다. 급기야 탄약이 다 떨어진 병사들은 적이 진입할 것에 대비해 뇌격에 총검을 장착하거나, 아니면 세이버를 꺼냈다.

그렇게 네 시간을 더 버텼을 무렵, 갑자기 쾅하는 엄청난 굉음이 울리며 금이 크게 가 있던 외벽 하나가 뚫려 나갔다.

흑호중대 중대원들이 당황한 모습으로 뚫려 나간 구멍을 쳐다볼 때, 김준룡은 침착한 표정으로 부하들에게 지시했다.

"곧 놈들의 일제 사격이 있을 거다! 구멍 바깥으로 피해 있어라!"

중대원들은 김준룡에 대한 신망이 대단한 듯했다. 바로 당황한 모습을 지우고 구멍 바깥으로 움직여 적의 공격을 피했다.

잠시 후, 에스파냐 제국 총병이 머스킷과 아르퀘부스로 발사한 탄환 수십 발이 구멍 안으로 비처럼 쏟아져 들어왔다. 그러나 김준룡의 선견지명 덕에 탄환에 맞은 중대원은 없었다.

총병이 엄호하는 동안, 적 보병 수백 명이 구멍으로 접근해 무언가를 투척했다. 연기가 나는 풀과 나뭇가지였다. 에스파냐 제국군은 흑호중대를 질식시켜 죽이려는 게 분명했다.

그러나 김준룡은 여전히 침착함을 유지하며 명령했다.

"환풍기를 전부 가동해라!"

잠시 후, 천장에 달린 환풍기가 돌아가 사령부 안에 찬 연기를 밖으로 배출했다. 현재 해외 원정군엔 청오공병여단 3공병대대가 주둔 중이었다. 육군에서 유일한 공병여단인 청오공병여단은 500여 명으로 이뤄진 공병대대를 20개가량 유지하며 공병이 필요한 지역에 파견했는데, 지금은 현무대대란 별명으로 유명한 3공병대대가 유럽에 파견 나와 있었다.

3공병대대는 코르트레이크에 건설한 사령부와 비슷한 지상 벙커를 저지대 요충지 곳곳에 여러 개 건설했다. 3공병대대가 건설한 벙커는 단 한 가지 단점만 빼면 거의 완벽했다.

사령부의 외벽이 두꺼운 데다 틈까지 별로 없어 물리적인 공격으론 뚫기 쉽지 않지만, 대신 화공에는 취약한 편이었다.

적이 화공을 펼쳐 사령부 안에 있는 병사를 질식시키려 들면 사령부는 철옹성이 아니라 오히려 도망칠 수 없게 만들어둔 관과 다름없었다. 이에 3공병여단은 본토에서 가져온 중형 증기 기관으로 벙커 상부에 대형 환풍기를 설치했다.

증기 기관과 환풍기가 동시에 고장 나지 않는 한은 사령부 안에 있는 흑호중대원이 질식해 죽을 위험이 크지 않았다. 다만, 증기 기관의 연료로 사용하는 석탄 등이 모자랄 수 있어 평소에는 쓰지 않다가 적이 화공을 쓸 때만 가동했다.

잠시 후, 화공이 통하지 않는다는 사실을 깨달은 에스파냐 제국군은 하는 수 없이 병력을 투입해 사령부를 깨트리려 하였다. 그들 역시 흑호중대의 탄약이 바닥났단 사실을 알았기 때문에 이런 작전을 선택하는 데 별로 주저함이 없었다.

그때, 외벽에 뚫린 구멍이 점점 커졌다. 에스파냐 제국군이 망치 같은 둔기로 구멍을 넓히기 시작한 것이다. 잠시 후, 지름 5, 60센티미터에 불과하던 구멍이 순식간에 넓어져 사람 두 명이 간신히 들어올 수 있을 정도의 크기로 늘어났다.

김준룡은 뒤를 돌아보며 소리쳤다.

"백병전을 준비하라!"

"예!"

우렁차게 대답한 병사들이 세이버와 총검으로 전방을 겨눴다.

잠시 후, 에스파냐 제국군이 늘어난 구멍 안으로 파도처럼 쏟아져 들어왔다. 노련한 행보관이 먼저 나서서 세이버로 에스파냐 제국군 두 명을 없앴을 때, 에스파냐 제국군 장교 하나가 날카로운 칼을 행보관 옆구리에 찔러 넣으려 하였다.

"조심하십시오!"

김준룡은 재빨리 행보관을 어깨로 밀친 다음, 장교의 칼을 막아 냈다. 그리고는 왼 주먹으로 장교의 얼굴을 가격해 코뼈를 주저앉혔다. 장교가 코피를 분수처럼 쏟아 내는 코를 틀어막으며 뒤로 물러설 때, 김준룡의 세이버가 허공을 갈랐다. 목이 잘린 장교가 앞으로 쓰러져 붉은 선혈을 뿜어냈다.

초반 백병전은 흑호중대 쪽이 유리했다. 그러나 시간이 지날수록 구멍이 커짐에 따라 흑호중대원은 수배에 달하는 적과 백병전을 치러야 했다. 결국, 중대원이 차례차례 비명을 지르며 바닥에 쓰러져 고통스러운 신음을 토해 냈다.

어느 순간, 사령부 한쪽 외벽 전체가 결국 무너져 내렸다. 그리곤 파이크를 앞세운 에스파냐 제국 정예병이 들이닥쳤다. 여기저기서 흑호중대 병사가 파이크에 찔려 목숨을 잃었다.

김준룡이 막 에스파냐 제국군 두 명을 세이버로 베었을 때였다.

"중대장님, 위험합니다!"

행보관이 달려와 김준룡을 밀쳤다. 그리고는 그의 등을 찌르려던 적의 창을 자신이 대신 맞았다. 김준룡은 행보관을 찌른 적의 목을 잘라 낸 다음, 죽어 가는 행보관에게 소리쳤다.

"대체 왜 그러셨습니까?"

행보관은 죽어 가면서도 미소를 잃지 않았다.

"훌륭한 중대장님을 모실 수 있어서 영광이었…….""

행보관은 결국 마지막 말조차 끝맺지 못하고 숨이 끊어졌다.

"빌어먹을!"

주먹으로 바닥을 내려친 김준룡은 화가 끓어올라 적진으로 뛰어들려 했다. 그러나 김준룡은 바로 냉정함을 다시 찾았다.

김준룡은 일반 병사가 아니었다. 그에겐 여전히 60명이 넘는 부하가 있었다. 지휘관인 그가 순간의 울분을 참지 못하고 위험을 자초하는 건 지휘관을 맡을 자격이 없음을 뜻했다.

처절한 백병전이 10여 분가량 더 이어졌다. 흑호중대 병사들은 체력을 거의 소진해 손가락 하나 까딱하기 어려운 상태였다. 그들 앞엔 200여 명이 넘는 에스파냐 제국 병사들이 피를 흘리며 누워 있었지만 적은 바로바로 병력을 충원했다.

김준룡은 쓴웃음을 지으며 한숨을 쉬었다. 이젠 정말 끝이라는 생각이 들었다. 그 역시 자잘한 상처를 입은 상태에서 체력마저 소진해 세이버를 휘두를 때마다 팔이 떨려 왔다.

그때였다.

옥상에 남아 있던 마지막 중대원이 내려와 소리쳤다.

"아, 아군이 도착했습니다!"

그리고 그 말이 끝나기 무섭게 익숙한 포성이 들려왔다. 포병과 함께하는 제병 합동 훈련에서 귀에 인이 박일 때까지 들었던 홍뢰 특유의 포성이었다. 포성이 들린 후 2, 3초쯤 지났을 때였다. 화룡탄이 사령부 주위에 떨어져 폭발했다.

천궁포병여단은 실력이 거의 신의 수준에 도달한 듯 마치 외과 의사가 메스로 정교한 수술을 하는 것처럼 사령부를 몇 겹으로 에워싼 에스파냐 제국군을 찾아 정확히 제거했다.

반면, 요충지인 코르트레이크를 함락 직전까지 몰아붙이던 에스파냐 제국군은 여기서 물러나기가 못내 아쉬웠던지 몇 번 더 공세를 취했지만, 해병대 주력까지 시가지 안으로 쏟아져 들어온 후엔 결국 코르트레이크 밖으로 먼저 물러났다.

스피놀라는 기동전의 대가란 별명답게 재빨리 병력을 수습해 미리 봐 둔 요새로 물 흐르듯 퇴각해 한국군의 추격 의지를 꺾었다. 에스파냐 제국군이 도망친 요새는 말 그대로 중세식 요새였다. 삼면이 깎아지른 절벽 위에 세워진 요새 안엔 하늘을 뚫을 것 같은 높은 첨탑 몇 개가 세워져 있었다.

한편, 해병대와 함께 코르트레이크에 입성한 이준성은 사령부에 갇혀 있던 흑호중대를 구한 다음, 김준룡을 칭찬했다.

"자네가 끝까지 사수해 준 덕에 코르트레이크를 지킬 수 있었네."

김준룡은 바로 머리를 조아렸다.

"소관보다는 부하들이 애써 준 결과일 것이옵니다."

이준성은 탄식하며 물었다.

"으음, 희생이 많았겠군."

김준룡 역시 어두운 낯빛으로 대답했다.

"30명이 간신히 살아남았사옵니다. 그나마 그 30명마저 다친 데가 많아 당분간은 전투를 치르기가 어려울 것이옵니다."

"알고 있네."

이준성은 그 자리에서 바로 비서실장 은계란을 불러 전사한 흑호중대 병사 270명을 2계급 특진시키라 명했다. 2계급 특진을 명한 것은 단순히 전사자의 명예를 드높이기 위해서만이 아니었다. 계급이 높을수록 유족이 받을 수 있은 보상금과 연금이 많아져서 유족이 더 많은 혜택을 볼 수 있었다.

또, 용감한 행동으로 동료를 구한 전사자에게는 훈장을 추서했다. 특히 중대장을 지키기 위해 목숨을 내던졌던 행보관에겐 태극 훈장을 추서했다. 태극 훈장은 9단계로 나눠진 한국군 서훈 체계에서 3단계에 해당하는 높은 등급의 훈장이었다.

마지막으로 생존한 장병에게는 1계급 특진과 함께 각종 훈장을 같이 수여했으며, 헨트에 있는 육군 병원에서 부상을 치료하며 휴식을 취할 수 있도록 중대 전체를 안전한 후방으로 이동시켰다.

이준성의 조치에 감격한 김준룡 등은 전사한 동료의 관을 실은 운구용 마차를 호송하며 헨트로 떠났다.

이준성이 흑호중대에 내린 특진과 훈장에 관한 소문은 곧 한국군 전체에 빠르게 퍼져 나가 장병의 사기를 진작시키는 데 일조했다.

자신들 역시 전투 중에 전사하면 그와 같은 혜택을 받을 수 있을 거란 희망이 생겼기 때문이었다. 그들 역시 사람인지라 전투가 두렵고 죽음이 무서웠지만, 자기가 죽은 후에 가족이 받을 혜택을 생각하면 그나마 마음이 약간 놓였다.

코르트레이크 전장을 수습한 이준성은 다음 날 바로 에스파냐 제국군이 차지한 요새 쪽으로 이동해 주변을 둘러보았다.

요새가 위치한 절벽은 저지대에서 보기 드물 만큼 높아 홍뢰로는 직접 타격하기가 힘들었다. 그러나 이준성은 별로 고민하지 않았다. 그는 바로 군 전체에 포격이 가능한 포대부터 만들라 명령했다. 곧 참호용으로 가져온 빈 포대에 모래, 흙 등을 담아 홍뢰를 거치할 포대를 건설했다.

그사이 나머지 병사들은 포대 주위에 철조망 등으로 적의 돌격을 막을 수 있는 부비트랩을 깔아 방어에 전력을 다했다.

사람 여럿이 협동해서 만들어 내는 결과물은 가끔 그 작업에 참여한 사람조차 놀라게 하는 경우가 있었다. 한데 이번 역시 마찬가지여서 불과 사흘 만에 완벽한 포대 10여 개를 만들어 내는 데 성공했다. 이준성은 바로 포격을 지시했다.

곧 홍뢰 20여 문이 발사한 화룡탄이 낡아 보이는 요새를 향해 날아갔다. 요새 성벽에 화룡탄이 떨어져 폭발할 때마다 이끼와 덩굴 식물이 자란 성벽이 굉음을 내며 뜯겨 나갔다.

이준성은 포격을 지켜보며 정충신에게 물었다.

"주변을 수색 중인가?"

"예, 전하. 군단 특수 수색대와 각 여단에 속한 특수 수색대 대원 400여 명을 내보내 주변을 계속 수색하는 중이옵니다."

"맹호특수전여단은?"

정충신 옆에 서 있던 한명련이 대답했다.

"요새 뒤쪽 퇴로에 대원들을 파견해 방비하는 중이옵니다."

맹호특수전여단은 대원이 1,000여 명가량으로 늘어나 기존의 특수 임무와 엘리트 경보병 역할을 동시에 수행할 수 있었다.

에스파냐 제국군을 감시하던 은호원 요원들에 따르면, 암 브로시오 스피놀라는 요새에 입성하기 직전에 병력을 세 갈래 로 나누어 한 부대는 요새 안으로, 다른 두 부대는 요새 양쪽에 있는 농장 방향으로 이동시켰다. 에스파냐 제국군을 감시하던 은호원 요원은 전부 현지 주민을 포섭해 양성한 요원이었기 때문에 지근거리에서 상대의 움직임을 감시할 수 있었다.

동양인이 감시하면 금방 알아챌 테지만, 그들과 비슷한 복 장에 비슷한 외모를 가진 요원이 감시하면 알아채기가 쉽지 않았다.

기동전이 특기인 스피놀라가 요새 안에 틀어박혀 장기전 이나 농성을 원할 것 같진 않았다. 그렇다면 농장으로 사라 진 두 부대에 스피놀라의 진짜 의도가 담겨 있단 뜻이었다.

이준성은 그런 이유에서 주변 정찰을 신경 쓰는 중이었다. 과연 요새 성벽이 반쯤 박살 나 화룡탄이 성벽 안으로 떨어지 기 시작할 때, 한국군 뒤에서 에스파냐 제국군이 덮쳐 왔다.

한국군은 특수 수색대를 통해 에스파냐 제국군 위치를 계 속 감시해 왔기 때문에 당황하지 않고 차분히 대응할 수 있 었다.

그때, 요새에 있던 에스파냐 제국군 역시 유일한 통로를 통해 한국군 쪽으로 밀고 내려왔다. 즉, 양쪽에서 덮쳐 온 것 이다.

◆　◆　◆

　천궁포병여단장 이완은 망원경을 이용해 요새 정문으로
쏟아져 나오는 에스파냐 제국군을 보다가 고개를 돌려 소리
쳤다.

　"당장 전방 300미터에 교차 사격을 가할 수 있도록 준비하
라!"

　"예!"

　대담한 포병은 포의 포각을 조정하거나 아예 포의 위치를
옮겨 전방 300미터 지점을 교차 사격할 준비를 하였다.

　일각에서는 교차 사격을 십자포화라는 단어로 대체해 쓰
곤 하는데, 이는 교차 사격을 의미하는 크로스파이어(cross
fire)를 원문 그대로 해석해 빚어진 촌극에 더 가까웠다.

　교차 사격은 열십자(十字) 형태로 적을 포격하는 게 아니
라, A지점과 B지점에 배치한 기관총이나 야포로 각 지점의
사이를 공격해 적에게 최대한 큰 손해를 입히는 전술이었다.
그렇게 하면 포탄과 탄환이 격자무늬처럼 서로 겹쳐지기 때
문에 좁은 공간에 엄청난 화력을 집중시킬 수 있었다.

　잠시 후, 방포를 마친 천궁포병여단 포병이 요새 안에서 쏟
아져 나오는 적을 향해 교차 사격을 가했다. 20발이 넘는 화
룡탄이 격자무늬를 이루며 날아가다가 그물처럼 지상으로 내
려앉아 그 밑을 지나가던 에스파냐 제국군을 휘감아 버렸다.

콰콰콰콰쾅!

한국군을 앞뒤에서 포위했단 생각에 기세 좋게 진격해 오던 에스파냐 제국군 수백 명이 눈 깜짝할 사이에 시체로 변했다.

이완은 망원경으로 결과를 확인하며 흡족한 표정을 감추지 못했다. 수백 번의 실제 포격 훈련 덕분에 천궁포병여단 포병의 솜씨는 그야말로 더는 올라갈 데가 없을 지경이었다.

마치 성능 좋은 컴퓨터가 포격을 통제한 것처럼 1번 포는 15도 각도로 280미터를 날아가 떨어졌고, 2번 포는 20도 각도로 270미터를 날아가 떨어졌다. 또, 반대편에 배치한 19번 포는 -20도의 각도로 270미터를 날아가 떨어졌고, 20번 포는 -15도의 각도로 280미터를 날아가 정확히 떨어졌다.

심지어 첨단 사격 통제 장치를 이용해 발사한 것처럼 화룡탄 20여 발이 거의 동시에 전방으로 날아가 그물처럼 내려앉는 모습을 육안으로도 확인할 수 있을 정도였다.

발포를 마친 천궁포병여단 포병은 금고문처럼 생긴 약실 개폐기를 힘껏 돌려 연 다음, 청소용 봉으로 포강을 닦아 냈다.

발포를 마친 포강을 미리 닦아 두지 않으면 남아 있는 장약 찌꺼기 때문에 불발이 나거나, 심지어는 포강이 터질 수 있었다.

포강 청소를 마친 다음에는 화룡탄을 약실에 먼저 밀어 넣은 상태에서 화룡탄 전용 장약인 대곤을 장전했다. 그리곤 약실 개폐기로 다시 약실을 잠근 상태에서 명령을 기다렸다.

홍뢰에는 유압으로 움직이는 주퇴복좌기가 들어 있어 포를 발사할 때마다 포각이나 포신의 위치를 조절할 필요가 없었다. 처음에 방포만 잘해 두면 포탄을 발포할 때 생기는 충격과 반동을 주퇴복좌기가 알아서 흡수해 주기 때문이었다.

각 포를 지휘하는 베테랑 부사관인 포반장은 여단 사령부 지붕 위에 붉은 깃발이 올라오기 무섭게 큰 소리로 명령했다.

"격발!"

그 순간, 둥그렇게 생긴 격발 장치를 힘껏 당기며 뒤로 주저앉은 격발수가 양쪽 귀를 급히 틀어막았다. 격발수는 포반장의 명령을 계속 듣고 있어야 해서 장탄수, 장약수, 급탄수처럼 귀마개를 끼웠다가 벗었다가 하기가 꽤 번거로웠다.

퍼엉!

그때, 고막을 울리는 포성이 들림과 동시에 포대가 진동하듯 흔들렸다. 마찬가지로 귀를 틀어막으며 뒤로 돌아앉아 있던 포반장이 급히 일어나 전방을 주시했다. 조금 전에 한 포격 때문에 달 표면처럼 구덩이가 푹푹 파여 있던 지점에 또 한 번 화룡탄이 떨어지며 불꽃과 연기, 흙덩이가 치솟았다.

요새 안에서 뛰쳐나온 에스파냐 제국군은 용감했다. 에스파냐 제국군은 포탄이 만들어 낸 불바다에 휩쓸려 엄청난 손해를 입었지만 후퇴하진 않았다. 그저 전우의 시체를 넘고 넘어 천궁포병여단이 있는 포대를 향해 계속 전진할 따름이었다.

이완마저 그들의 용맹함에 경의를 표할 정도였다. 그러나 경의는 경의고 전쟁은 전쟁이었다. 감상에 빠질 시간이 없었다.

이완은 바로 다음 명령을 각 포대에 하달했다.

"각 포대는 산탄을 발사해 포대로 기어오르는 적을 응징하라!"

"예!"

잠시 후, 화룡탄을 산탄으로 급히 교체한 천궁포병여단 포병은 포구를 한껏 내려 포대를 기어오르는 적을 향해 발포했다.

펑펑펑펑펑!

수만 개의 쇠 구슬이 부챗살처럼 퍼져 나가 포대를 기어오르는 에스파냐 제국군 보병 부대를 찢어발겼다. 화룡탄이 만들어 낸 불바다 속을 용감하게 헤엄쳐 온 적들마저 비처럼 쏟아지는 산탄 앞에서는 주춤할 수밖에 없었다. 그러나 에스파냐 제국 귀족으로 이루어진 장교들이 솔선수범함에 따라 주춤하던 일반 병사들 역시 그들의 뒤를 쫓아 계속 돌격해 왔다.

고개를 끄덕인 이완은 옆을 돌아보았다.

"이제 3여단이 나서 주서야겠습니다."

"맡겨 주시지요."

지금까지 포병이 적을 섬멸하는 모습을 조용히 지켜보던 해병 3여단장 슈메가 즉시 부하들을 지휘해 적을 막아섰다.

뇌격의 총성과 천뢰 5호의 폭음이 쉴 새 없이 이어졌다. 그리고 마지막엔 은철뢰 수십 개가 연달아 폭발하며 포대 앞에 빛과 화염으로 만들어진 거대한 방어막을 형성했다.

포대 위로 기어오르던 에스파냐 제국 보병은 빛과 화염으로 이뤄진 방어막에 닿는 순간, 온몸에 구멍이 뚫려 쓰러졌다.

이준성은 천궁포병여단과 해병 3여단이 요새 쪽 적을 막아 내는 모습을 지켜보다가 발길을 돌려 포대 후방으로 향했다.

슈메가 지휘하는 해병 3여단이 천궁포병여단을 노리던 에스파냐 제국 보병 부대를 밀어붙이는 동안, 포대 후방에서 벌어지는 전투 역시 몹시 치열해 눈을 떼기가 좀처럼 쉽지 않았다.

포대 후방에서는 해병 1, 2여단이 남서쪽, 남동쪽 두 방향에서 튀어나온 에스파냐 제국 보병 2만여 명을 상대 중이었다.

해병 1, 2여단 역시 뇌격, 천뢰 5호로 적을 막아 내다가 전선이 거의 돌파당할 때쯤 은철뢰를 터트려 적을 몰아냈다.

요새 쪽 전투에선 천궁포병여단 포병이 테르시오 진형을 이룬 적을 타격해 막대한 손해를 입혔지만, 포대 후방에는 포병의 지원이 없는 데다 적의 숫자까지 많아 아직은 적을 상대로 우위를 점하지 못하는 중이었다. 그나마 백뢰를 운용하는 박격포반과 천관을 사용하는 저격 중대의 활약 덕에 전황이 어느 한쪽으로 기울어지지 않는 중이었다.

"전황을 바꾸려면 뭔가 전기(轉機)가 필요하겠군."

중얼거린 이준성은 뒤를 돌아보았다. 예비 부대를 제외하면 지금 당장 전투에 투입할 수 있는 병력이 특수 수색대대밖에 없었다. 적이 보이지 않을 땐 특수 수색대대가 필요하지만 적이 나타난 지금은 할 일이 없어 휴식을 취하는 중이었다.

이준성은 특수 수색대대장을 불렀다.

"전투에 투입할 수 있는 수색대원이 몇 명인가?"

중령 계급장을 단 중년 장교가 조금 고민한 후에 대답했다.

"군단과 여단 수색대원을 모두 합치면 600명이옵니다."

"쓸 만하군."

이준성은 경호실, 수색대를 합친 700여 명을 지휘해 전장 왼쪽으로 은밀히 이동했다. 어차피 지휘야 정충신이 도맡아 하는 중이라, 그가 꼭 포대 위에 남아 있을 필요는 없었다.

은밀히 했다곤 하지만 에스파냐 제국군 또한 눈뜬장님은 아니었던지, 바로 측면을 수비하던 보병 3,000여 명을 보내 막았다.

이준성은 뇌격에 총검을 장착하며 좌우에 명했다.

"지금부터 화력으로 적을 압도한 후에 총검 돌격을 시행한다!"

"예!"

수색대원이 소리 높여 복창하며 뇌격에 총검을 장착했다.

어떤 군대든 앞에 특수나 수색대란 단어가 붙은 병과는 엘리트이기 마련이었다. 해병대 특수 수색대 역시 마찬가지였다. 그들은 전원이 수색대에 지원한 지원자로 이루어져 있었다. 그리고 일반 해병대원보다 훨씬 기준이 높은 체력 검정 등을 통과한 후에 짧게는 6개월, 길게는 1년이 넘는 혹독한 훈련 과정을 거친 후에야 군복에 특수 수색 마크를 달 수 있었다.

이준성은 뇌격에 탄창 클립을 장전한 후에 앞으로 뛰어갔다.

"가자!"

명령이 떨어지기 무섭게 경호실과 해병대 특수 수색대원 700여 명이 함성을 지르며 적의 측면으로 돌격했다. 적과의 거리가 150미터로 줄어들었을 무렵, 이준성은 뇌격을 견착해 방아쇠를 연달아 당겼다. 파이크를 든 에스파냐 제국 보병 몇이 바닥을 굴렀다. 다른 병사들 역시 뇌격을 발사해 파이크의 숲처럼 보이는 적진 곳곳에 구멍을 뚫어 갔다.

에스파냐 제국군 역시 머스킷과 아르퀘부스를 든 총병을 내세워 한국군을 막았지만, 사거리와 명중률에서 차이가 커

2, 30분가량 교전했을 땐 이미 궤멸에 가까운 타격을 입었다.

이준성은 세 번째 탄창 클립이 팅 소리를 내며 위로 튀어오를 때, 앞으로 달려갔다. 그리고는 운룡 5호와 천뢰 5호를 던지며 적진에 뛰어들어 총검으로 적 보병을 후려갈겼다.

총검에 얼굴을 찔린 적 보병이 비명을 지르며 나자빠졌다. 그때, 파이크병 10여 명이 늘어서서 동시에 찔러 왔다. 뇌격에 총검을 장착했다곤 하지만 파이크에 비할 순 없었다.

이준성은 네 번째 탄창 클립을 끼워 둔 뇌격을 연달아 발사해 파이크병 셋을 쓰러트렸다. 그리고는 천뢰 5호를 던졌다.

펑!

천뢰 5호에 직격당한 파이크병 두 명이 더 쓰러졌다. 이준성은 그제야 앞으로 뛰어들어 그의 가슴으로 날아드는 파이크를 향해 총검을 휘둘렀다. 총검에 튕겨 나간 파이크 서너 개가 바닥에 처박혔다. 이준성은 그 틈에 안으로 뛰어들어 총검과 개머리판으로 남은 파이크병을 전부 쓰러트렸다.

이준성이 측면 공격에 동원한 병력은 700명에 불과했지만, 그 위력은 그 몇 배에 달해 순식간에 측면을 100미터 가까이 뚫고 들어갔다. 암브로시오 스피놀라는 급히 병력을 더 파견해 이준성이 이끄는 측면 돌격 부대를 저지하려 하였다.

이준성의 옆구리를 찔러 온 파이크를 가볍게 막아 낸 후에 세이버로 파이크병의 팔과 목을 거의 동시에 베어 버린 낭환이 손가락으로 왼쪽을 가리켰다. 암브로시오 스피놀라가 파견한 후속 부대가 그들이 있는 쪽으로 몰려오는 중이었다.

이준성은 바로 뒤를 향해 소리쳤다.

"지금부터 천뢰 5호를 사용해서 퇴각한다!"

이준성의 명령은 각 수색대를 지휘하는 장교들의 입을 통해 순식간에 전장 곳곳으로 전해졌다. 잠시 후, 천뢰 5호의 폭발음이 연달아 들려왔다. 그리고는 에스파냐 제국군 측면을 기습했던 수색대가 갑자기 돌아서서 퇴각하기 시작했다.

수색대는 임무 특성상 적에게 둘러싸여 있을 때가 많아 퇴각이 정찰만큼이나 중요했다. 그들은 퇴각 훈련을 입에서 단내가 날 때까지 반복 숙달한 덕에 마치 한 몸처럼 퇴각할 수 있었다. 분대 혹은 중대 단위로 나뉘어 퇴각과 엄호를 반복해 손해를 거의 보지 않으면서 적과의 거리를 벌려 나갔다.

암브로시오 스피놀라가 내린 명령은 측면을 기습한 한국군을 구축, 즉 쫓아내란 것이었다. 한데 명령을 받아들이는 장교들은 그렇게 생각하지 않았는지 퇴각하는 한국군을 뒤쫓아 왔다.

그 바람에 전선이 점점 길어졌다. 그리고 전선이 길어짐에 따라 두텁게 유지하던 종심이 같이 얇아지는 결과를 불러왔다.

5킬로미터의 전선에 1만 명을 투입하면 종심의 깊이를 3킬로미터로 유지할 수 있지만 10킬로미터의 전선에 1만 명을 투입하면 종심은 당연히 전보다 훨씬 얇아질 수밖에 없었다.

정충신은 이준성 밑에서 거의 20년 넘게 배웠기 때문에 이준성이 무슨 의도로 적의 전선을 늘여 놓았는지 바로 눈치챘다.

"지금이다! 전군 적 중앙을 향해 돌격하라!"

정충신은 바로 해병 1, 2여단에 명령해 종심이 얇아진 적 중앙을 공격하라 명령했다. 폭풍과 같은 기세로 뛰쳐나간 해병대원은 각종 화기를 총동원해 적 진형을 뚫기 시작했다.

전투는 세 시간 가까이 더 이어졌지만 사실상 승부는 거기서 난 셈이었다. 암브로시오 스피놀라는 종심이 뚫리는 모습을 보며 급히 병력을 물렸지만 이미 지휘 체계가 무너진 탓에 명령이 잘 먹히지 않아 휘하 부대가 제멋대로 움직였다.

결국, 퇴각 명령을 내린 스피놀라마저 한국군 저격수가 쏜 탄환에 전사하며 에스파냐 제국군은 5,000명이 죽고 4,000명이 다쳤으며 3,000명이 포로로 잡히는 엄청난 손실을 보았다.

보통 병력의 30퍼센트를 잃으면 대패라 보는데, 지금은 거의 80퍼센트에 해당하는 병력을 잃어 전멸이라 보는 게 타당했다.

요새에서 나온 병력은 해병 3여단을 뚫지 못해 고전하다가 스피놀라가 전사했단 소식을 듣기 무섭게 바로 도망쳤다. 그러나 후방에 맹호특수전여단이 있어 그마저도 쉽지 않았다. 결국, 목숨을 부지해 도망친 병력은 2, 300명이 넘지 않았다.

전장을 수습한 이준성은 코르트레이크로 돌아가 다른 전장의 소식을 기다렸다. 그로부터 닷새 후, 리에주에서 신성 로마 제국, 스위스 기병을 저지하던 천마기병여단이 승전보를 보내왔다.

다시 닷새 후에는 칼레로 진격한 해군이 칼레에 남아 있던 에스파냐 제국 해군 전함 100여 척을 박살 내는 전과를 올렸다. 마지막엔 프랑스 해군이 등장해 시비를 걸었지만 가볍게 따돌린 후에 벨기에 쪽 모항으로 돌아와 전열을 정비했다.

에스파냐 제국은 황실을 파산으로 몰아넣은 마지막 시도조차 실패함에 따라, 더는 저지대로 병력을 보낼 엄두를 내지 못했다. 마침내 에스파냐 제국을 완전히 굴복시킨 것이다.

펠리페 3세 역시 현실을 인정한 모양인지 은호원의 꼬임에 넘어가 축출했던 올리바레스 공작을 다시 불러들였다. 그리고는 올리바레스 공작을 음해한 카를로스 후작을 변경으로 쫓아냈다. 한데 그것만으론 화가 풀리지 않는지 카를로스 후작이 새 영지에 도착하기도 전에 자객을 보내 죽여 버렸다.

한편, 펠리페 3세의 신임을 회복한 올리바레스 공작은 황제에게 간곡히 청해 한국과 평화 협정을 맺도록 부추겼다.

목표한 성과를 다 이룬 이준성 역시 더는 에스파냐 제국과 드잡이질을 할 이유가 없는 탓에 올리바레스가 내민 손을 잡았다.

에스파냐 제국은 한국이 점유한 지브롤터와 저지대 탈환을 완전히 포기하는 대가로 평화 협정을 제안해 분쟁을 끝냈다.

은게란을 보내 에스파냐 제국과 평화 협정을 맺은 이준성은 저지대의 방어를 강화하는 한편, 스스로 대공의 지위에 올라 저지대에 있는 그의 영지에 베네룩스란 명칭을 새로 붙였다. 이를테면 그는 지금부터 베네룩스 대공이 되는 셈이었다.

7장. 종교 전쟁

　물론 완벽한 베네룩스는 아니었다. 네덜란드 북쪽, 즉 암스테르담이 있는 홀란트 쪽은 여전히 네덜란드 공화국이 통치하는 중이었다. 그리고 대공은 신성 로마 제국 황제가 아들이나 사위에게 주로 주는 작위지만 이준성은 크게 개의치 않았다. 어차피 유럽 역시 힘의 질서가 통하기 때문이었다.

　그러나 베네룩스에 사는 주민의 동향에는 촉각을 곤두세울 수밖에 없었다. 우선 주민이 행복해야 영지를 안정적으로 통치할 수 있었다. 그리고 주민의 불만이 적어야 폭동이나 반란과 같은 내부 소요가 일어나는 사태를 방지할 수 있었다.

　이준성은 은호원을 동원해 주민의 동향을 계속 살폈다.

다행히 지금까지는 불만이 크지 않은 상태였다. 아니, 불만보다는 환영하는 분위기에 더 가까웠다. 이준성은 베네룩스 주민에게 종교의 자유와 낮은 세금을 약속했다. 그리고 교육, 행정, 의료 등의 분야에서 편의를 봐주기 위해 노력했다.

이준성은 이준성대로 베네룩스를 이용해 막대한 이득을 취하는 중이었다. 베네룩스는 프랑스와 신성 로마 제국이라는 강국 사이에 있는 데다 북서쪽으로 몇십 킬로미터만 항해하면 또 다른 강국인 영국이 있었다. 즉, 유럽의 중심에 있는 것과 마찬가지여서 로테르담을 통해 들여온 세계 각 지역의 특산품과 공산품을 유럽 전역 곳곳에 공급할 수 있었다.

지금은 한국무역공사가 운영하는 무장상선의 수가 거의 1,500척에 달한 덕분에 빠르면 열흘, 늦어도 보름 안에는 10여 척으로 이루어진 무장상선 함대가 도착해 화물을 항구에 하역했다.

로테르담을 통해 유럽 전역에 팔려 나가는 상품은 아주 다양했다. 향신료, 차, 생사, 비단, 시계 등 한국무역공사가 취급하는 상품의 수만 거의 300여 가지에 달했다. 물론 거기에 한국이 생산 중인 화약, 강철, 무기와 같은 전략 품목까지 더하면 수입이 더 크게 늘 테지만 아직은 때가 아니었다.

베네룩스가 서서히 안정을 찾아갈 무렵, 이준성은 명망 있는 예술가들을 초청해 그들의 작품 활동을 지원해 주었다.

이탈리아에서는 거금을 들여 오페라의 아버지라 불리는 클라우디오 몬테베르디를 초청했다. 그리고 신성 로마 제국에서는 하인리히 쉬츠, 프랑스에서는 자크 샹피옹 드 샹보니에르 등과 같은 초기 바로크 음악을 대표하는 음악가를 다수 초청했다.

곧 그들이 만든 오페라, 기악곡 등이 브뤼셀, 헨트, 로테르담, 브레다, 뤽상부르 등에 건설한 국립 뮤직홀에서 초연되었다.

또, 이준성은 미술과 건축 분야에도 지원을 아끼지 않았는데, 미술에서는 궁정 화가인 렘브란트를 비롯해 페테르 파울 루벤스, 바로크 미술의 창시자인 이탈리아의 카라바조 등을 지원했다.

그리고 건축 분야에서는 유럽의 명망 있는 건축가들을 대거 초청해 시청과 군청은 물론이거니와 주민이 원하는 성당과 교회, 박물관, 뮤직홀, 미술관, 학교 등을 건설하였다. 유럽 역사에서 그가 어떤 평가를 받을진 아직 알 수 없으나, 예술 분야에서만큼은 어느 정도 공헌했단 평가를 받을 듯했다.

이준성은 렘브란트가 처음 개최한 개인 전시전을 응원하기 위해 케이트, 은게란 등과 브뤼셀에 있는 국립미술관을 찾았다. 미술관 안에는 렘브란트의 작품 외에도 루벤스, 카라바조 등 초기 바로크를 대표하는 작가들의 작품 역시 적지 않아 미술관을 돌아보는 내내 지루할 틈이 거의 없었다.

그 외에 레오나르도 다 빈치, 미켈란젤로, 라파엘로와 같은 르네상스 예술가들의 작품을 수집하는 중이었는데, 수량을 어느 정도 갖추면 따로 르네상스 미술관을 열 예정이었다.

렘브란트는 이준성과 케이트를 그린 거대한 초상화 앞에서 그들을 기다리는 중이었다. 저번 암살 미수 사건에서 암살범과 함께 처벌받을 뻔한 그를 이준성이 용서해 주었던지라, 이준성과 케이트 부부를 대하는 그의 태도는 극히 공경스러웠다.

이준성은 긴장한 렘브란트에게 악수를 먼저 청했다.

"첫 전시회를 축하하네."

렘브란트는 행궁을 여러 차례 드나드는 동안, 우리말을 꽤 익혔는지 생각보다 분명한 발음으로 고맙다는 인사를 해 왔다.

이준성 옆에 서 있던 케이트가 꽃다발을 건넸다. 렘브란트는 황공하단 표정으로 꽃다발을 받은 후에 두 사람을 안내했다. 빛과 어둠의 마술사란 별명답게 그의 작품은 빛의 명암을 아주 절묘하게 살린 작품이 많아 눈이 즐거웠다.

다른 전시관에선 루벤스와 카라바조가 그들을 기다리는 중이었기 때문에 잠시 만나 미술에 관한 이야기를 약간 나누었다.

루벤스는 칼뱅파답게 아주 근엄했지만, 이탈리아에서 온 카라바조는 대화를 나누는 틈틈이 케이트를 힐끔거렸다.

이를 눈치 채지 못할 이준성이 아니었기 때문에 이놈을 어떻게 혼내 줄까 고민하는 중이던 찰나, 밖에서 대기하고 있던 은게란이 안으로 들어왔다.

"전하, 다음 일정을 위해 이제 가셔야 하옵니다."

"알겠네."

이준성은 카라바조에게 등골이 서늘할 정도의 싸늘한 눈빛을 한 차례 보낸 다음, 케이트와 일어나 같이 밖으로 나왔다. 밖에선 은호원 유럽지부장 최명길과 홍염해병군단장 정충신이 그가 나오길 기다리는 중이었다.

그들에게서 심상치 않은 분위기를 읽은 이준성이 바로 물었다.

"무슨 일인가?"

은게란이 신하들을 대표해 대답했다.

"조금 전에 네덜란드 공화국의 원수 프레데릭 헨리가 파견한 사신이 브뤼셀 행궁에 도착했는데, 아주 급한 일이라며 지금 당장 전하를 알현해야 한다고 고집을 피우는 중이옵니다."

이준성은 팔두마차가 끄는 강철 마차의 문을 열어 케이트를 먼저 태운 다음, 고개를 돌려 뒤에 있는 은게란에게 물었다.

"사신으론 누가 왔는가? 레이덴 백작이 왔는가?"

"아니옵니다."

이준성은 고개를 살짝 저으며 케이트 옆자리에 올라탔다.

이준성이 내건 종교 자유 정책에 불만을 품은 구교도가 저격할 수 있어 시내에 있을 때도 특수 강철로 제작한 차체와 개폐식 지붕이 달린 마차를 타고 움직였다. 그리고 야외에 있을 땐 몇 겹으로 이뤄진 인간 방패를 달고 다녀야 했다.

마차가 6인승이었기 때문에 마차 앞쪽 의자엔 은계란과 최명길, 정충신이 앉아 자연스레 서로 마주 보는 자세가 되었다.

쿵!

경호원 두 명이 두꺼운 강철로 제작한 단단한 문을 닫는 순간, 마부석에 앉은 경호원 세 명이 즉시 마차를 출발시켰다.

이준성은 그 앞에 앉은 은계란에게 물었다.

"그럼 레이덴 백작 대신 누가 온 건가?"

"알크마르 남작이란 자가 대신 왔사옵니다."

"무슨 일로 왔다던가?"

"전하를 뵙기 전에는 말씀드릴 수 없다고 하였사옵니다."

고개를 끄덕인 이준성은 고개를 돌려 최명길에게 질문했다.

"네덜란드 공화국은 요즘 상황이 좀 어떤가?"

"신성 로마 제국과 사이가 좋지 않사옵니다."

"종교 문제로?"

"종교보다는 외부에서 온 손님 때문에 그럴 것이옵니다."

이준성은 흥미가 도는 표정으로 물었다.

"자세히 말해 보게."

최명길은 은호원 유럽지부가 조사한 신성 로마 제국의 문제부터 짚어 나갔다. 신성 로마 제국은 말만 제국이지 수백 개의 영지와 수백 개의 자유 도시로 이뤄진 연합체에 가까웠다.

심지어 황제마저 선출권을 지닌 유력 영주의 투표로 정해질 정도였는데, 이 선출권을 지닌 영주를 따로 선제후라 불렀다.

이 선제후는 7명으로 이루어져 있었다. 즉, 선제후 4명 이상이 미는 후보가 신성 로마 제국의 황제에 즉위하는 것이다. 신성 로마란 제국의 국호에서 알 수 있듯이 선제후 7인은 마인츠 대주교, 쾰른 대주교, 트리어 대주교와 같은 성직 선제후 세 명과 작센 공작, 팔츠 궁중백, 보헤미아 국왕, 브란덴부르크 변경백과 같은 세속 선제후 네 명으로 이루어져 있었다.

유럽에서는 대주교나 추기경 같은 고위 성직자가 영지를 소유하는 게 이상한 일이 아니었다. 즉, 이들 7명은 그 자리까지 올라간 방법만 다를 뿐, 실질적인 대영주인 셈이었다.

최명길이 몇 해 전 유럽을 떠들썩하게 만든 사건을 설명했다.

"몇 해 전에 신성 로마 제국에 새로운 황제가 등극했단 사실을 아실 것이옵니다. 그 황제가 바로 페르디난트 2세인데, 그가 황제로 등극할 때 사고가 좀 있었습니다. 페르디난트

2세는 원래 황제 선출권을 가진 보헤미아의 국왕으로 낙점받은 사람이었는데, 황제 본인이 독실한 가톨릭 신자인 탓에 보헤미아에 강력한 신교 탄압 정책을 펼치려 들었사옵니다."

이준성이야 아는 얘기라 별로 관심이 가지 않았지만, 케이트는 이런 얘기를 처음 듣는지 눈을 크게 뜨고 관심을 보였다.

케이트가 물었다.

"페르디난트 2세의 신교 탄압 정책 때문에 문제가 생긴 건가요?"

최명길이 고개를 끄덕이며 대답했다.

"그렇사옵니다, 서빈마마."

케이틀린 나사우는 작게 봤을 때 베네룩스 대공의 부인인 베네룩스 대공부인이지만, 크게 봤을 때는 한국 국왕이 거느린 후궁 중 하나이기 때문에 얼마 전에 서빈의 직첩을 받았다. 즉, 한국에서 그녀는 내명부 정 1품인 서빈마마인 것이다.

최명길이 설명을 이어 갔다.

"한데 문제는 보헤미아의 귀족 상당수가 신교도라는 점에 있었사옵니다. 당연히 보헤미아의 귀족들은 페르디난트 2세의 신교 탄압에 반발하여 반란을 일으킨 다음 새로운 국왕을 추대하였는데, 그 사람이 바로 황제 선출권을 가진 또 다른 선제후 중 한 명인 팔츠 궁중백 프리드리히 5세였사옵니다. 물론 프리드리히 5세는 대표적인 칼뱅파 신도이옵니다."

케이트가 한숨을 내쉬었다.

"상황이 점점 더 복잡해지네요."

"한데 진짜 복잡해진 것은 오히려 그다음이었사옵니다. 신성 로마 제국 황제 마티아스가 승하함에 따라 선제후 7명이 모여 새로운 황제를 선출해야 했는데, 공교롭게도 성직자인 마인츠 대주교와 쾰른 대주교, 트리어 대주교는 당연히 가톨릭을, 작센 공작과 팔츠 궁중백, 브란덴부르크 변경백은 신교를 지지하는 쪽이기 때문에 표가 3 대 3으로 갈린 상황이었사옵니다. 즉, 마지막 선제후인 보헤미아 국왕이 누구의 손을 들어주느냐에 따라 종교 문제에 강경한 황제가 뽑히느냐 관용적인 황제가 뽑히느냐가 가려지게 되는 것이었사옵니다."

케이트가 아름다운 입술을 약간 벌리며 탄성을 토했다.

"방금 지부장님께선 그 보헤미아 왕국의 국왕을 뽑는 데 문제가 있다고 하지 않으셨나요? 페르디난트 2세의 신교 탄압 정책에 반발해 보헤미아 왕국의 신교도 귀족이 팔츠 궁중백인 프리드리히 5세를 새 국왕으로 옹립하려는 중이라 하셨는데."

"그렇사옵니다. 공교롭게도 선제후 팔츠 궁중백 프리드리히 5세가 귀족들의 추대를 받아 보헤미아 왕국으로 향하는 중일 때, 제국 수도에서는 다음 대 황제를 선출하기 위한 선제후 회의가 열렸사옵니다. 그리고 당시 아직 보헤미아 국왕의 자격을 가지고 있던 페르디난트 2세가 선제후 자격으로 참석했지요. 물론 팔츠 궁중백 프리드리히 5세는 몸을 둘로 나눌 수 없는 탓에 선제후 회의에 대리인을 보냈사옵니다."

케이트가 눈을 반짝이며 물었다.

"보헤미아 국왕의 자격으로 선제후 회의에 참석한 페르디난트 2세는 당연히 자기에게 유리한 쪽으로 투표를 했겠군요?"

"그렇사옵니다. 페르디난트 2세는 가톨릭 대주교 세 명의 표와 자기 자신의 표 등을 합쳐 넉넉한 차이로 경쟁자들을 물리치고 신성 로마 제국의 다음 대 황제에 선출되었사옵니다."

"아, 그럼 팔츠 궁중백인 프리드리히 5세는 어떻게 되는 건가요?"

"당연히 황제에 즉위한 페르디난트 2세의 영지인 보헤미아 왕국을 빼앗으려는 제국 반란군의 수괴로 전락하고 말았지요."

최명길의 이어진 설명에 따르면, 페르디난트 2세는 제국 내의 구교 세력과 합스부르크 가문의 또 다른 축인 에스파냐 제국의 도움을 받아 반란을 일으킨 프리드리히 5세를 쫓아냈다.

한데 문제는 프리드리히 5세가 페르디난트 2세의 추격을 피해 망명한 나라가 바로 네덜란드 공화국이라는 사실이었다.

또한 프리드리히 5세의 상속 영지인 팔츠 역시 페르디난트 2세를 지지하는 바이에른 공국의 군대와 에스파냐 제국군의 협공에 결국 빼앗기고 마는데, 이때 에스파냐 제국군에서 활약한 사람이 바로 얼마 전에 죽은 암브로시오 스피놀라였다.

내전에서 승리를 거둔 페르디난트 2세는 프리드리히 5세가 가진 선제후 권리를 빼앗은 다음, 이번 전쟁에서 혁혁한 공을 세운 바이에른 공국의 막시밀리안 1세에게 주려 들었다.

신교 측 선제후들은 당연히 이 조치에 크게 반발했다. 페르디난트 2세가 차지한 보헤미아 왕국의 선제후 권리에 팔츠 궁중백이 가진 선제후 권리까지 가져가면 독실한 가톨릭 신자인 페르디난트 2세에게 우호적인 표가 5표로 늘어났다.

반면, 신교 쪽 선제후 측 입장에서는 구교, 신교의 대립에서 중립에 가깝던 보헤미아 선제후 권리에 이어 신교 측 권리였던 팔츠 궁중백까지 넘어갈 경우, 표가 2표로 확 줄어들었다.

그러나 페르디난트 2세는 기어이 교황의 도움까지 받아 대학 동창이며 팔츠를 빼앗는 데 큰 공을 세운 바이에른 공국의 막시밀리안 1세에게 팔츠 궁중백을 물려주는 데 성공했다.

그리고 이러한 조치에 대항하여 신성 로마 제국 내의 강경한 신교파인 브라운슈바이크 공작의 동생 크리스티안과 바덴 변경백 게오르크 프리드리히 등이 네덜란드 공화국으로 망명한 프리드리히 5세를 도와 팔츠를 수복하기 위해 봉기했다.

이것이 바로 그 유명한 30년 전쟁의 서막이었다.

이준성은 최명길의 설명이 끝나기 무섭게 물었다.

"지부장은 그럼 이번 사신 파견이 네덜란드 공화국으로 망명해 왔다는 프리드리히 5세 때문이란 사실을 확신하는 중인가?"

"그렇사옵니다."

"그럼 십중팔구 팔츠를 수복하는 데 한 팔 거들어 달라는 것이겠군."

"그럴 것이옵니다."

그들이 대책을 상의하는 동안, 강철 마차는 브뤼셀 중심가에 있는 행궁에 도착했다. 이준성은 바로 오라녜 공작이자 네덜란드 공화국의 원수인 프레데릭 헨리가 보낸 사신인 알크마르 남작을 만났다. 알크마르 남작에 따르면 레이덴 백작은 신성 로마 제국 쪽에 출장 중이라 그가 대신 왔다고 하였다.

외교적인 수사가 잠시 오간 후에 알크마르 남작이 방문한 이유를 설명했다. 최명길의 예상대로 프리드리히 5세가 빼앗긴 팔츠를 제국군으로부터 수복하는 데 도와 달란 요청이었다.

프리드리히 5세는 팔츠에 있는 재산과 영국, 프랑스, 스웨덴, 그리고 신성 로마 제국에 있는 신교도 제후로부터 지원받은 군자금이 꽤 넉넉한지 상당한 양의 보상금을 약속했다.

이준성은 그 외에 몇 가지 이권을 약속받고 도움을 주기로 약속했다. 물론 보상금과 이권 때문만은 아니었다. 지금의 유럽 질서로는 프랑스의 팽창을 막을 수가 없었다. 루이 14세와 나폴레옹의 등장을 막을 길이 없기 때문이었다. 그렇다면 후세를 위해 선제 조치가 필요했다. 그리고 선제 조치의 일환이 바로 신성 로마 제국을 멸망시키는 것이었다.

이준성은 보름 후, 약속한 대로 천마기동여단과 그 지원 부대를 합친 5,000여 명의 병력을 직접 지휘해 북쪽으로 향했다.

◆ ◈ ◆

암스테르담에 도착한 한국의 국왕과 한국군을 구경하기 위해 갑자기 많은 사람이 몰려드는 바람에 치안을 담당하는 네덜란드 공화국 병사들은 창 등으로 바리케이드를 쳐야 했다.

요즘 저지대, 아니 유럽 전역에서 가장 뜨거운 화제는 단연코 에스파냐 제국을 빈사 상태로 만들어 버린 한국군이었다.

한국군은 저지대에 들어와 치른 모든 전투에서 상대보다 많은 병력으로 상대했던 적이 단 한 번도 없었다. 적을 땐 1 대 3, 많을 땐 1 대 5에 이를 정도로 언제나 수적 열세였다. 그러나 항상 승자는 병력이 많은 에스파냐 제국군이 아니었다. 훨씬 적은 한국군이었다.

여기까지만 보면 한국군이 강한 게 아니라 에스파냐 제국군이 형편없이 약해진 것으로 보일 수도 있었다. 실제로 유럽의 내로라하는 신교 측 제후 대다수가 한국군에 무참히 깨진 에스파냐 제국군을 비웃느라 굽혀진 허리를 펴지 못할 정도였다.

그러나 그 뒤에 들려온 소식이 그들의 입가에 걸린 미소를 싹 사라지게 하였다. 한국 해군은 프랑스 칼레 앞바다에서 불과 30여 척의 전함으로 에스파냐가 박박 긁어모아 온 100여 척의 전함을 전멸시켰다. 심지어 프랑스가 급히 내보낸 신형 전함을 유유히 따돌리는 위엄까지 보여 주었다.

그리고 리에주에서는 유럽에서 몸값이 가장 비싸기로 유명한 신성 로마 제국, 스위스 용병 기병대 1만여 기가 불과 3,000여 기로 이루어진 한국군 기병대에 거의 학살을 당했다.

한국에 대해 잘 모르던 유럽인들은 그제야 한국이 저지대를 차지한 게 요행이 아니라 실력 덕분이었음을 깨달았다. 한국이 보여 준 광폭 행보에 유럽인은 두 가지 반응을 보였다.

첫 번째는 의심과 경계, 그리고 두려움이었다. 그리고 두 번째는 호기심이었다. 대체 한국이란 나라는 어떻게 해서 그런 강군을 육성한 것인지 궁금해하는 유럽인이 많았다.

한국군을 구경하기 위해 거리로 몰려나온 암스테르담 시민들이 수군거렸다. 한국군은 확실히 유럽 군인과 비교해 복색이 특이했다. 청록색, 자주색, 연두색, 검은색 패턴이 들어가 있는 녹색 위장복 상하의를 입은 그들은 바가지를 반으로 잘라 만든 것 같은 이상한 형태의 철모를 뒤집어쓰고 있었다.

또한 위장복 상의 위에는 조끼처럼 생긴 두꺼운 덧옷을 걸쳤는데, 덧옷 위에 달린 주머니 안이 빵빵한 게 안에 무언가를 잔뜩 집어넣은 것처럼 보였다. 그리고 허리에는 두꺼운 벨트를 착용했는데, 벨트에 권총집과 칼집, 수통, 야전삽, 우의, 입과 코를 가려 주는 간단한 방독면 등이 달려 있었다.

마지막으로 가죽으로 만든 군화를 신었는데, 밑창이 아주 두꺼운 데다 부츠처럼 목이 무릎 밑까지 길게 올라와 있었다.

한편, 한국군 기병 부대 가운데엔 팔두마차가 끄는 대형 마차가 있었는데, 커튼으로 유리창을 죄다 가려 놓아 누가 탔는지 알 수 없었지만 다들 그곳에 이준성이 있으리라 예상했다.

요즘 유럽에선 신교 측 제후를 노리는 구교 측 암살자가 많이 활동해 미리 조심해야 했다. 네덜란드 공화국의 국부라 할 수 있는 빌럼 1세는 물론이거니와 낭트 칙령을 발표한 앙리 4세 또한 가톨릭 광신도에게 암살당하는 비운을 겪은 적이 있었기 때문이다.

그 탓에 시민들의 호기심 어린 눈길을 받으며 암스테르담에 도착한 천마기동여단과 그 지원 부대는 철통같은 경계를 펼치며 시내를 통과해 네덜란드 공화국 정부 청사 앞에 도착했다.

한국군을 기다리던 네덜란드 공화국 주요 인사들은 당연히 마차에 이준성이 있을 거로 생각해 그 앞에서 기다렸는데, 마차에서 내린 사람은 이준성이 아니라 김덕령이었다. 예상치 못한 상황에 네덜란드 공화국 주요 인사들이 놀라던 그때, 기병 부대의 후미에서 마왕에 올라탄 이준성이 유유히 모습을 드러냈다.

혹시 있을지 모르는 암살자에게 혼란을 줄 목적으로 마차가 아니라 군마를 타고 일반 병사처럼 조용히 움직인 것이다.

이준성은 곧 오라녜 공작 프레데릭과 이번 소동의 주인공인 전 팔츠 궁중백 프리드리히 5세 등과 만나 대책을 상의했다.

프리드리히 5세는 그의 군대를 지휘할 장군을 이준성에게 소개했는데, 다소 퉁명스러워 보이는 인상의 중년 거한이었다.

프리드리히 5세에 따르면 중년 거한의 이름은 에른스트 폰 만스펠트로 귀족 출신 용병대장이었다. 만스펠트는 원래 신성 로마 제국 황제 후보 중 하나인 사보이 공국 공작 밑에서 군대를 이끌던 용병 지휘관이었다. 한데 병력이 부족한 프리드리히 5세가 페르디난트 2세에게 빼앗긴 팔츠를 수복하기 위해 빌리는 바람에 지금은 네덜란드 공화국에 와 있었다.

물론 사보이 공작이 프리드리히 5세에게 공짜로 자기 용병 부대를 빌려준 것은 아니었다. 프리드리히 5세는 용병 부대를 빌려주면 자기가 가진 팔츠 궁중백 선제후 권한을 이용해 황제 선출 회의에서 사보이 공작을 밀어주겠단 약속을 하였다.

그러나 팔츠에 이어 팔츠 궁중백 자리까지 페르디난트 2세와 바이에른 공국의 막시밀리안 1세에게 빼앗긴 프리드리히 5세는 약속을 지킬 방법이 없어 사보이 공작을 분노케 하였다.

만스펠트와 그가 지휘하는 용병 부대가 얼마나 용맹한지 주절주절 떠들어 대던 프리드리히 5세가 자신감이 넘쳐 단언했다.

"만스펠트 용병 부대 외에도 제국 안에서 브라운슈바이크 공작의 동생인 크리스티안과 바덴 변경백인 게오르크 프리드리히 백작까지 우릴 도와주기로 하였소. 만약 거기에 강하기로 이름난 한국군이 도와준다면, 패하기가 더 어려울 것이오."

통역을 들은 이준성은 미간을 살짝 찌푸렸다.

"세 부대를 합치면 제국군과 맞서 싸워 볼 수 있을 것이오. 그러나 만스펠트 용병 부대는 네덜란드에서, 브라운슈바이크 공작의 동생 크리스티안이 지휘하는 군대는 북쪽 니더작센에서, 게오르크 프리드리히 백작의 군대는 남쪽 국경 지대에 있는 바덴에서 올라올 텐데 먼저 각개 격파당하지 않겠소?"

이준성의 걱정은 기우가 아니었다. 실제로 제국군의 명장인 요한 체르클라에스 폰 틸리 장군은 우선 남쪽 국경에서 올라오는 게오르크 프리드리히 백작의 군대부터 섬멸시켰다. 그리곤 바로 북상해 만스펠트 용병 부대와 합류하려는 크리스티안의 부대를 따라잡아 격파하는 기동전을 선보였다.

틸리 장군의 제국군이 제국 곳곳에 흩어져 있는 신교 측 군대를 각개 격파해 프리드리히 5세의 복수를 좌절시킨 것이다.

프리드리히 5세는 잠시 고민해 본 후에 이준성의 말이 옳다고 여겼는지 만슈펠트와 귓속말을 나누며 한참을 상의했다.

잠시 후, 프리드리히 5세가 고개를 끄덕이며 물었다.

"제국군의 각개 격파 계책을 타개할 고견이 있으시오?"

"내가 당신이라면 이렇게 할 것이오. 우선 게오르크 프리드리히 백작에게 견고한 요새나 성에 들어가 농성하며 제국군의 발을 잠시 붙잡아 두어 달라 부탁하겠소. 그리고 그사이 용병 부대와 니더작센에서 내려오는 크리스티안의 부대가 재빨리 합류한 다음, 팔츠를 수복하기 위해 남진하는 거요. 아마 그 소식을 들은 제국군은 당황하여 급히 용병 부대와 크리스티안의 부대를 저지하기 위해 북상할 테지만 게오르크 프리드리히 백작의 바덴 병력이 남쪽 국경에 남아 있는 탓에 전 병력을 데리고 올라오기는 어려울 것이오. 그때, 일제히 쳐 내려가 붙으면 5할쯤 승산이 있을 것이오."

프리드리히 5세와 동석해 있던 오라녜 공작 프레데릭은 그의 제안이 마음에 드는 눈치였다. 그러나 만스펠트는 촌구석에서 온 동양인의 제안을 별로 탐탁지 않아 하는 눈치였다.

만스펠트가 거침없이 불만을 토로했다.

"제국군이 만약 게오르크 프리드리히 백작의 바덴 병력 대신에 우리 용병 부대와 크리스티안의 부대를 노리고 북진해 오면 당신이 세운 계획은 초장부터 어긋나는 것이 아닙니까?"

이준성은 피식 웃으며 물었다.

"황제가 모을 수 있는 제국군이 얼마나 될 것 같소?"

만스펠트가 떨떠름한 표정으로 대꾸했다.

"많진 않겠지요."

"현재 황제의 가장 큰 후원자는 바이에른 공국의 막시밀리안 1세요. 당연히 제국군 역시 그 사람이 내놓은 자금과 병력을 이용해 만들어질 텐데 그들이 바덴군을 그냥 둘 것 같소?"

만스펠트는 쓴웃음을 지었다. 그러나 이준성이 말이 옳단 사실을 인정하지 않을 도리가 없었다. 바이에른 공국 아래쪽에 바덴이 있었다. 그렇다면 제국군의 첫 번째 목표는 서쪽에 있는 만스펠트의 용병 부대나 북쪽에 있는 크리스티안의 니더작센군이 아니라, 남쪽에 있는 게오르크 프리드리히 백작의 바덴군이 될 터였다. 게오르크 프리드리히 백작의 바덴군을 치지 않고서는 후방이 불안해 북쪽으로 올라오기 쉽지 않았기 때문이다.

그러나 만스펠트는 곧바로 딴죽을 걸 다른 부분을 찾아냈다.

"크리스티안의 니더작센군이 우리 쪽으로 와서 합류한다는 겁니까? 아니면 우리가 그쪽으로 먼저 이동하는 겁니까? 만약 후자라면 난 따를 수 없습니다. 도중에 요격당하면 니더작센에 도착하기도 전에 부대가 끝장나 버릴 수 있습니다."

그때, 프리드리히 5세가 얼른 웃으며 끼어들었다.

"하하, 그쪽이 오면 어떻고 이쪽이 가면 또 어떻소? 물론 그쪽이 오는 게 편하지만, 그거야 상황을 봐 가며 정할 수도 있지 않겠소? 우선 니더작센에 사람을 보내 크리스티안의 의향을 물어보는 게 좋을 듯한데, 다른 분들의 생각은 어떻소?"

만스펠트와 프레데릭이 모두 찬성했기 때문에 이준성 역시 고개를 끄덕일 수밖에 없었다. 프리드리히 5세는 바로 니더작센에 사람을 보내 크리스티안의 의향을 물었다. 그러나 크리스티안 역시 네덜란드로 먼저 합류하는 것에 반대했기 때문에 양측 이견을 조율하는 데 거의 한 달이 걸렸다.

반면, 바이에른 공작 막시밀리안 1세에게 가톨릭 동맹군 수장으로 임명받은 틸리는 신속한 움직임을 보였다. 그는 먼저 게오르크 프리드리히 백작의 바덴군이 요새에 틀어박히기 전에 재빨리 기습해 바덴군을 빈사 상태로 만들어 놓았다. 북쪽으로 진군하기 전에 후방부터 깨끗이 정리를 마친 셈이었다.

틸리는 보헤미아와 팔츠, 그리고 이번 바덴 전투에서의 공적 덕에 백작 작위를 받았다. 이제부터는 틸리 백작인 것이다.

바덴군이 전멸했다는 소식을 듣고 소스라치게 놀란 프리드리히 5세는 만스펠트와 크리스티안을 재촉해 양측이 제국 내에 있는 도르트문트에서 합류하도록 만들었다. 상황이 좋지 않단 사실을 눈치 챈 만스펠트와 크리스티안 역시 더는 고집을 피우지 않고 도르트문트를 향해 빠르게 진격했다.

이준성이 이끄는 한국군은 만스펠트 용병 부대 후방에서 보조를 맞추며 천천히 이동했다. 만스펠트 역시 한국군이 유럽 최강의 군대 중 하나인 에스파냐 제국군을 연달아 무찔렀을 뿐 아니라 마지막엔 보헤미아–팔츠 전역에서 혁혁한 공적을 세운 에스파냐 제국의 명장 암브로시오 스피놀라까지 전사케 했단 소식을 접했지만, 질투심인지 경계심인지 모를 애매한 감정만 내세워 한국군을 중요하게 여기지 않았다.

마사카츠가 화를 내며 소리쳤다.

"만스펠트란 놈이 너무 오만하지 않사옵니까?"

경호원에 둘러싸여 움직이던 이준성은 오히려 미소를 지었다.

"우리에겐 이편이 더 좋네."

"어째서 그렇사옵니까?"

"선봉을 맡아 방패 노릇을 하는 것보단 이게 더 낫지 않겠는가?"

마사카츠는 금세 시무룩해져 대답했다.

"그야 그렇지요."

"걱정하지 말게. 이번 전쟁은 아주 길어서 우리가 활약하기 싫더라도 활약할 수밖에 없는 상황이 자주 펼쳐질 것이야."

그러나 마사카츠는 뾰로통한 표정을 풀지 않았다.

며칠 후, 도르트문트 근처에 도착한 만스펠트 용병 부대는 진채를 세우고 북쪽에서 내려올 크리스티안의 니더작센군을 기다렸다. 한데 니더작센군보다 한발 먼저 도착한 게 있었는데, 그건 바로 니더작센군에 대한 좋지 않은 소문이었다.

소문에 따르면 니더작센군은 신교, 구교, 자유 도시 할 것 없이 지나는 경로에 있는 모든 도시를 약탈하며 내려오는 중이었다. 군량을 현지에서 보급하는 전형적인 수법이었다.

그리고 그런 니더작센군을 이끄는 크리스티안에겐 벌써 광인이라는 악명이 따라다니는 중이었다. 그가 보여 주는 난폭한 행보에 어울리는 별명이었다. 한국군은 원래 약탈을 안 하기로 유명했다. 한국군이 저지대를 점령할 때, 현지 주민의 저항에 부딪히지 않은 이유 역시 약탈하지 않았기 때문이었다. 심지어 현지 주민의 재산을 침해한 병사는 계급에 상관없이 군법 회의에 넘겨져 엄한 처벌을 받을 정도였다.

이는 만스펠트가 이끄는 용병 부대 역시 크게 다르지 않았다. 물론 어느 정도 약탈을 하긴 했지만, 메뚜기 떼가 지나간 것처럼 도시 하나를 초토화하는 수준의 약탈은 아니었다.

한데 니더작센군은 정규군 주제에 약탈을 서슴지 않았다. 이는 니더작센군의 특성이라기보단 크리스티안의 특성일 가능성이 컸다. 이준성은 니더작센군과 관련한 소문을 듣고 눈살을 찌푸렸다. 그러나 약탈한단 소문 때문이 아니라 약탈하는 데 정신이 팔려 굼벵이처럼 기어오기 때문이었다.

그리고 결국 그게 끔찍한 사달을 불러왔다. 바덴군을 무력화시킨 틸리 백작이 바람처럼 북쪽으로 진군해 약탈하며 내려가던 니더작센군 정면과 측면을 제대로 들이받아 버린 것이다.

만약 크리스티안이 거기서 군대를 재빨리 네덜란드나 작센 방향으로 뺐다면 피해를 어느 정도 줄일 수 있었을 테지만, 혈기까지 넘치는 크리스티안은 부하들을 계속 밀어붙였다.

그 결과 1만 5,000명이 넘던 병력이 반으로 줄어 버렸다. 더구나 퇴로까지 막히는 바람에 꼬리에 틸리 백작의 제국군을 매단 상태에서 살려 달라며 도르트문트로 도망쳐 오는 중이었다.

문제는 거기서 끝나지 않았다. 만스펠트가 우유부단한 탓에 결정을 빨리 내리지 못한 것이다. 이미 바덴군과 니더작센군이 깨져 그 혼자서는 제국군을 막을 방법이 거의 없었다. 즉, 지금은 네덜란드로 다시 퇴각하는 게 최선의 수였다.

한데 그는 네덜란드에 있는 프리드리히 5세의 의향을 물어본 후에 진퇴를 결정하겠다며 결정을 미루는 모습을 보였다.

사령부 막사에서 걸어 나온 이준성은 한숨을 내쉬며 고개를 절레절레 저었다.

"한심한 작자로군."

천마기동여단장 김덕령이 걱정스러운 표정으로 물었다.

"만스펠트가 결정을 또 못 내린 것이옵니까?"

"그렇네. 자기는 돈 받고 싸우는 몸이라 고용주 허락 없이 퇴각하면 다음엔 자길 고용해 줄 사람이 없을 거라 걱정하더군."

비서실이 이번 전쟁에 파견 보낸 랭커스터가 물었다.

"전하께선 어떻게 하실 생각이옵니까?"

"뭘 어떻게 해. 우리도 여기서 기다려야지."

이준성은 천마기동여단 기병들에게 말에서 내려 적을 막을 고지를 구축하라 명령했다. 기병 역시 병사이기 때문에 보병이 받는 기초 군사 훈련을 똑같이 받았다. 천마기동여단 기병은 참호를 파고 철조망을 친 다음, 지뢰 5호와 천왕뢰, 은철뢰 등으로 부비트랩을 깔아 고지를 지킬 준비를 하였다.

준비를 마쳤을 때 형편없이 깨진 크리스티안의 니더작센군 패잔병이 도르트문트에 도착했다. 그리고 그 바로 뒤에서 한껏 기세가 오른 틸리 백작의 제국군 4만여 명이 나타났다.

크리스티안이 살려 데려온 니더작센군은 7, 8,000에 불과한 듯 보였다. 더욱이 그중 태반이 다친 상태라 싸울 수 있는 병력은 4, 5,000이 넘지 않았다. 만스펠트의 용병 부대가 1만 명 안팎이란 점을 고려하면 한국군까지 합쳤을 땐 2만 명의 병력으로 4만 명이 넘는 적을 상대해야 한단 의미였다.

만스펠트는 물먹은 솜처럼 잔뜩 지쳐 있는 크리스티안의 니더작센군을 한국군의 반대 위치인 진형 우익에 배치했다.

만스펠트가 니더작센군을 한국군에 합류시키지 않은 것은

그나마 다행이라 할 수 있었다. 니더작센군과 같이 싸웠으면 서로 손발이 맞지 않아 고생할 뿐만 아니라 그들을 돕기 위해 쓸데없는 낭비까지 해야 할 뻔했다. 크리스티안의 니더작센군이 좋아서 그들을 돕는 게 아니라 그들이 생각보다 빨리 무너지면 한국군 측면이 노출되기 때문이었다.

3, 4킬로미터 앞에 있는 황량한 언덕 위에 진채를 내린 제국군 안에서 눈처럼 흰 백마를 탄 장군 하나가 호위 기병 수백의 호위를 받으며 달려 나와 전선 전체를 순시하였다. 바로 적진을 정찰하러 나온 제국군의 명장 틸리 백작이었다.

전선을 시찰한 틸리 백작은 진채로 돌아가기 무섭게 가져온 야포 대부분을 만스펠트가 있는 중군 쪽에 배치했다. 그리고는 기병 3,000여 기를 한국군이 있는 좌익 앞으로, 기병 5,000기를 니더작센군이 있는 우익 앞으로 각각 내보냈다.

즉, 보병과 야포로 중군을 형성한 만스펠트의 용병 부대를 밀어붙임과 동시에 좌우에 배치한 기병으로 한국군과 니더작센군을 빨리 처리한 다음, 삼면에서 에워싸겠단 의도였다. 병력이 적보다 많기에 할 수 있는 효과적인 전술이었다.

이에 신교 측 사령관에 해당하는 만스펠트는 용병 부대가 가진 기병 3,000기를 반으로 갈라 좌우익을 지원케 하였다.

곧 한국군이 형성한 진형 좌익으로 만스펠트가 보낸 기병 1,500기가 도착했다. 기병을 지휘하는 기병대장은 전형적인 독일인이었다. 그는 금발 머리카락에 커다란 체구를 지닌 30

대의 젊은 사내였는데, 이름은 한스 폰 브란덴부르크였다.

브란덴부르크란 성에서 알 수 있듯 그는 신성 로마 제국의 신교 제후국인 브란덴부르크-프로이센 공국의 통치자인 게오르크 빌헬름 폰 브란덴부르크 선제후의 동생이었다. 다만, 어머니가 평민인 탓에 일찍 가문을 나와 용병으로 떠돌다가 지금은 만스펠트 휘하에서 기병 지휘관을 맡고 있었다.

브란덴부르크는 최명길이 일전에 케이트에게 설명해 준 적 있는 선제후 7인 중 브란덴부르크 변경백이 통치하는 영지였다.

원래 브란덴부르크는 아슈카니아 가문이 세운 제후국이지만, 아슈카니아 가문의 맥이 끊기면서 비텔스바흐 가문, 룩셈부르크 가문이 이어 통치하다가 뉘른베르크 백작인 프리드리히 폰 호엔촐레른의 손에 떨어지며 호엔촐레른 가문이 브란덴부르크 변경백과 선제후의 권한을 대대로 물려받기 시작했다.

그리고 프로이센, 정확히 말하면 프로이센 공국은 튜턴 기사단이 독일 북부에 세운 기사단 영지를 기반으로 성장한 독특한 형태의 공국이었다. 튜턴 기사단장 알브레히트 폰 호엔촐레른은 어느 날 루터파를 창시한 마르틴 루터를 만나 깨달음을 얻은 후에 가톨릭에서 신교로 개종했다. 그리곤 튜턴 기사단이 모시던 폴란드 국왕의 승인을 받아 튜턴 기사단을 세속화한 다음, 지금의 프로이센 공국을 세웠다.

앞에서 말한 브란덴부르크 변경백은 프리드리히 폰 호엔촐레른이었고 뒤에서 말한 프로이센 공국의 초대 공작은 알브레히트 폰 호엔촐레른이었다. 즉, 두 가문은 같은 조상을 두고 있다는 뜻이었다.

거기다 영지가 있는 위치까지 아주 가까웠기 때문에 두 가문은 만약 두 가문 중 한 가문의 맥이 끊기면 다른 쪽 가문이 맥이 끊긴 가문의 영지까지 흡수한다는 계승 조약을 맺었다.

그리고 1,618년에 프로이센 공작 알베르트 프리드리히가 남자 후사 없이 사망함에 따라 브란덴부르크 변경백인 요한 지기스문트가 프로이센 공국까지 흡수해 지금의 브란덴부르크-프로이센 동군 연합이 만들어졌다. 요한 지기스문트는 프로이센 공국을 처음 세운 알브레히트 폰 호엔촐레른의 외증손자인 데다 프로이센 공작 알베르트 프리드리히의 사위였다.

즉, 요한 지기스문트와 알베르트 프리드리히는 사위와 장인의 관계였기 때문에 두 가문이 연합을 이루는 데 걸림돌이 없었다. 겉으론 프로이센 공국이 브란덴부르크 쪽으로 흡수당한 것처럼 보이지만 실제로는 브란덴부르크 변경백인 요한 지기스문트가 이미 알브레히트 폰 호엔촐레른의 피가 흐르는 후손인 데다 자기 부인마저 프로이센 공국의 공녀였기 때문에 합쳐질 가문들이 합쳐졌단 평이 대세에 가까웠다.

이리하여 제국 북부에 신교를 후원하는 강력한 세력이 생긴 셈이었는데, 이 세력이 몇백 년 후에 독일 통일을 주도했다.

브란덴부르크 선제후이며 프로이센 공작인 게오르크 빌헬름 폰 브란덴부르크는 브란덴부르크 선제후 요한 지기스문트와 프로이센 공국의 공녀 안나 폰 호엔촐레른의 자식이었다.

그리고 기병 1,500기를 이끌고 온 금발의 기병대장인 한스 폰 브란덴부르크는 바로 그 빌헬름의 배다른 동생인 것이다.

이준성은 자신을 소개하는 한스를 보며 미소를 지었다.

총명해 보이는 눈빛을 가진 한스가 당황한 표정으로 물었다.

"뭐가 이상합니까?"

이준성은 고개를 저었다.

"아니, 운명이란 게 참 재밌단 생각이 들어서 말이야."

한스는 이준성을 약간 경계하는 눈빛을 보내다가 주변을 둘러보았다. 그가 오기 전에 만스펠트에게 들렀을 때, 만스펠트는 분명 한국군이 기병 위주란 말을 했었다. 한스 역시 기병 지휘관이었기 때문에 한국군 기병에 관심이 많았다.

한스는 한국군 기병 부대가 격파한 에스파냐 제국 용병 기병 부대에 친한 이들이 꽤 있어 그들의 실력이 어느 정도인지 잘 알았다. 한데 한국군 기병 부대는 그런 용병 기병 부대 1만 기를 3,000여 기로 학살하는 놀라운 능력을 선보였다.

한데 기대했던 기병 부대는 보이지 않고 참호 안에 들어가 있는 보병만 보였기 때문에 한스가 이상하게 생각한 것이다.

한스가 고개를 갸웃거리며 물었다.

"기병 부대는 어디 있는 겁니까?"

이준성은 피식 웃으며 참호를 가리켰다.

"다들 저 안에 들어가 있네."

한스가 놀란 표정을 숨기지 않으며 물었다.

"기병이 보병의 역할까지 한단 말입니까?"

"우리 한국군은 보병 기초 군사 훈련을 마친 후에야 그 훈련 성적에 따라 보직이 정해지네. 기병 역시 마찬가지일세. 기병이라고 해서 땅에서 싸우는 방법을 모르진 않는단 뜻이지."

이준성의 말대로 고지를 둘러싼 참호 한편에는 기병 부대가 쓰는 군마 수천 마리와 지원 부대 3,000명이 자리해 있었다.

한스가 잠시 고민한 후에 물었다.

"만스펠트 대장은 제게 전권을 줬습니다. 그러나 이곳 지휘관은 대공이시고 전 도우러 온 사람에 불과한 관계로 대공의 군령을 받들도록 하겠습니다. 어떤 명령이든 수행할 자신이 있는데, 대공께서는 우리가 어떻게 하길 바라십니까?"

이준성은 팔짱을 끼며 묘한 미소를 지었다.

"정말 어떤 명령이든 수행할 자신이 있는가?"

한스는 자신감 넘치는 태도로 대답했다.

"그렇습니다. 어떤 임무든 맡겨만 주십시오."

"좋아."

이준성은 한스에게 그가 이끄는 기병 부대 1,500기가 해야 할 임무를 알려주었다. 한스는 자기가 한 장담을 지킬 생각인지 별말 없이 부하들을 이끌고 맡은 위치에 가서 기다렸다.

그때, 중군 쪽 방향에서 포성이 울렸다.

이준성은 중군이 보이는 방향으로 이동해 살펴보았다. 먼저 포격을 가한 쪽은 틸리 백작이 이끄는 제국군이었다. 제국군은 포병대를 내보내 고지에 진채를 세운 만스펠트의 중앙군을 공격했다. 이 시기 유럽에서는 바퀴가 엄청나게 크고 포구경은 전보다 훨씬 작아진 소형 야포가 유행 중이었다.

당연히 포의 구경이 클수록 포탄의 위력 역시 강해지지만, 반대로 포의 구경이 커지면 커질수록 전체적인 무게 역시 자연스레 늘어날 수밖에 없었다. 그런 점을 고려하면 위력보다는 이동에 더 방점이 찍힌 변화인 것이다.

제국군이 발사한 쇳덩어리 포탄이 횡대로 길게 늘어선 만스펠트 용병 부대 사이를 가를 때마다 구멍이 뻥뻥 뚫려 나갔다.

말을 탄 용병 부대 장교들이 세이버를 휘두르며 병사들의 동요를 가라앉히기 위해 애를 썼지만, 효과가 크지 않았다.

그때, 틸리 백작이 중앙에 배치한 정예 보병에게 진격을 명했다. 곧 머스킷 등으로 무장한 총병이 일종의 선을 형성하는 선형진의 형태를 갖춘 다음, 용병 부대 방향으로 진격했다.

지금은 죽은 마우리츠 판 나사우가 거의 처음 꺼내 든 총병 위주의 선형진은 금세 유럽 전역으로 퍼져 나가 대세로 자리 잡았는데, 틸리 백작의 제국군 역시 총병 비율이 높았다.

역시 유럽답게 그냥 진격하지는 않았다. 곳곳에 깃발을 높이 든 보병이 행군하고 중대 규모의 병력 사이에선 북을 치며 병사들의 행군 속도를 조절하는 군악대가 같이 따라다녔다.

또한 귀족으로 보이는 장교들은 말을 탄 상태에서 부하들을 이끌었는데, 현대인의 시선으로 보면 어이가 없는 행동이지만 17세기 유럽 전장에서는 아주 당연한 행동 중 하나였다.

이에 만스펠트 역시 용병 부대가 가진 포병을 동원해 반격을 가했다. 원래 보유한 야포 수만 따지면 구교보단 신교가 더 많았다. 그러나 야포 상당수를 책임지기로 한 크리스티안이 틸리 백작에게 쫓길 때 무게를 가볍게 할 목적으로 야포 대부분을 버려 버린 탓에 현재는 턱없이 부족한 상황이었다.

용병 부대 포병이 얼마 없는 야포로 발사한 포탄이 선형진을 이루며 행군하는 제국군 사이에 떨어졌다. 쇳덩어리 포탄은 말 그대로 쇳덩어리가 가진 물리력으로 상대를 공격했다.

빠른 속도로 날아드는 포탄에 직격당하면 몸이 그야말로 찢겨 나갔다. 팔, 다리, 머리가 그대로 떨어져 나가기 일쑤였다.

심지어는 포탄에 맞은 병사가 포탄과 함께 뒤로 날아가기까지 하였다. 그리고 그중 최악은 물수제비처럼 바닥을 퉁퉁 튀기며 날아드는 포탄이었다. 그런 포탄은 선형진 서너 개를 연달아 돌파하며 막대한 손해를 입히곤 하였다.

그러나 제국군은 옆의 동료가 포탄에 피떡이 되어 나가떨어져도 시선을 옆으로 돌리지 않고 앞을 향해 꿋꿋이 계속 전진했다.

신교 측 병사들은 종교의 자유, 보상금, 명성 등의 이유로 군에 입대하였지만, 구교 측 병사들에게 있어 신교도와의 전쟁은 위기에 처한 가톨릭을 구원하기 위한 성전에 더 가까웠기 때문이다.

서로 포탄을 맞아 가며 천천히 전진하던 양측의 군대는 머스킷 사정거리 안에 들어가기 무섭게 일제 사격을 주고받았다. 일제 사격에서 더 많은 병사가 살아남는 쪽이 이기는 말 그대로 뒤가 없는 극한의 소모전인 것이다. 흑색화약이 만든 푸르스름한 연기가 허공을 맴돌 때마다 몇십 명이 쓰러졌다.

숫자는 제국군이 더 많았지만, 무기의 질은 신교 측이 좋았다. 현재 유럽의 기술 발전은 신교의 세가 강한 저지대, 라인강 유역의 자유 도시에서 주로 이루어지는 상황이었다. 당연히 신교도 군대 쪽에 더 좋은 무기가 있을 수밖에 없었다.

한쪽에선 머스킷 등의 총이 불을 뿜는 동안, 칼과 방패, 파이크 등을 든 양측 보병이 뛰쳐나와 본격적인 전투를 벌였다.

양측 주력 부대끼리의 교전이 한창 진행 중일 때, 한국군이 있는 좌익 방향으로 제국군 기병 부대 3,000여 기가 달려왔다.

이를 무심한 눈길로 지켜보던 이준성은 바로 왼팔을 들었다.

잠시 후, 뒤쪽에 대기하던 한스의 기병 1,500기가 앞으로 뛰쳐나가 제국군 기병 부대 3,000기 앞을 용감히 막아섰다. 그러나 병력이 반절에 불과한지라, 한스의 기병 1,500기는 10여 분을 채 버티지 못하고 후퇴해 좌익 쪽으로 크게 돌며 도망쳤다. 이에 제국군 기병 부대는 바로 뒤를 추격했다.

한스의 기병이 참호 앞을 지나가길 기다리던 이준성은 제국군 기병 부대가 나타나는 순간, 오른팔을 들어 공격을 명했다.

이에 참호에 대기하던 천마기동여단 병사들이 뇌반을 발사했다. 뇌격보다 사거리가 짧긴 하지만 적이 가진 그 어떤 화기보다 사거리와 명중률이 높아 단숨에 큰 손해를 입혔다.

마치 참호 앞을 횡으로 지나가는 거대한 표적을 향해 사격 훈련을 하는 것 같은 상황이었다. 심지어 어떤 병사는 한 발로 적 기병 두 명을 쓰러트리는 기이한 경험까지 하였다.

그제야 적의 유인 작전에 걸려들었음을 깨달은 제국군 기병 부대는 도망치는 한스의 기병 부대 대신에 참호에 들어앉아 뇌반을 쏘아 대는 천마기동여단 병사들을 향해 돌격했다.

이준성은 제국군 기병 부대가 80미터 안으로 접근해 들어
왔을 때, 다시 오른팔을 들어 올려 두 번째 공격을 지시했다.

이에 천마기동여단 병사들은 즉각 미리 밧줄로 묶어 둔 철
조망을 땅 위로 끌어올려 제국군 기병 부대 앞을 막아 버렸
다.

한국군은 조립한 철조망을 야간에 땅속에 설치하여 적이
보지 못하게 하였다. 그리고는 제국군 기병 부대가 참호를 향
해 돌격할 때 철조망에 매단 밧줄을 당겨 끌어올린 것이다.

곧 철조망에 막힌 제국군 기병 부대가 우왕좌왕하다가 천
마기동여단 병사들이 발사한 뇌반의 탄환에 맞아 쓰러졌다.

결국, 제국군 기병 부대는 비처럼 쏟아지는 탄환을 맞아 가
며 철조망에 구멍을 뚫는 방식으로 그들 앞을 막아선 장애물
을 통과했다. 그러나 철조망을 뚫고 참호 앞 30미터 지점에
도착했을 땐 밑에서 대기병 지뢰인 지뢰 5호가 그들을 기다
리고 있었다.

흙덩이와 함께 솟구친 지뢰 5호의 쇠 구슬 수천 개가 인마
에 틀어박혀 막대한 손해를 입혔다. 이준성은 여기서 아예 끝
장을 낼 생각으로 아껴 둔 은철뢰까지 전부 터트려 버렸다.

콰콰콰콰쾅!

은철뢰가 만든 빛과 화염의 돌풍이 일대를 뒤집어 놓았다.
제국군 기병 부대는 그제야 자신들이 사지에 발을 들여놓았음
을 깨닫곤 급히 기수를 돌려 진채 방향으로 도망쳤다. 그러나

이를 그냥 지켜볼 리 없는 천마기동여단 병사들은 악착같이 뇌반을 조준 사격해 제국군 기병을 섬멸했다.

한편, 적을 유인해 오란 이준성의 명령을 착실히 수행한 한스는 그 모습을 보고 벌린 입을 다물지 못했다. 한국군은 그가 전혀 생각하지 못한 방법으로 제국군 기병을 짓밟았다.

철조망, 지뢰를 이용한 이런 식의 전술이 있단 말은 들어 보지 못했을뿐더러 한국군이 사용하는 총기 역시 대단해 재장전에 몇십 초가 걸리는 머스킷과는 차원이 달랐다.

그때, 랭커스터가 가져온 마왕에 올라탄 이준성은 참호에 있던 천마기동여단 병력 2,000명에게 군마에 오르란 명령을 내렸다. 그리고는 한스를 슬쩍 쳐다본 다음, 진채 왼쪽을 크게 우회해 적진을 향해 달려갔다. 쓴웃음을 지은 한스는 거친 숨을 토해 내는 부하들을 다독여 그 뒤를 쫓아갔다.

기병 2,000기와 함께 적진으로 돌격한 이준성은 남아 있는 제국군 기병을 마저 섬멸한 다음, 더 크게 돌아 거의 전장을 벗어났다. 그리고는 적진 중앙 뒤에 나타나 그곳을 지키던 병력을 제거하고는 제국군 포병이 있는 방향으로 향했다.

8장. 전략적 결정

　제국군 포병은 유령처럼 뒤에서 나타난 한국군 기병 부대에 손써 볼 틈도 없이 쓸려 나갔다. 뒤이어 한스의 기병 부대마저 나타나 제국군이 고지 위에 세운 진채마저 빼앗았다.

　이에 제국군은 급히 진채를 버리고 다른 쪽으로 후퇴했는데, 바로 크리스티안의 니더작센군이 지키던 우익 방향이었다.

　이준성은 천마기동여단 기병이 제국군 야포 포신에 다이너마이트, 천뢰 5호 등을 집어넣어 터트리는 모습을 지켜보다가 고개를 돌려 제국군이 도망친 우익 방향을 바라보았다.

틸리 백작은 처음에 그들이 데려온 기병 8,000여 기를 나눠 5,000여 기는 니더작센군이 지키는 우익 쪽으로, 3,000여 기는 한국군이 있는 좌익 쪽으로 보냈다. 한데 한국군이 있는 좌익 쪽으로 보낸 기병은 강력한 반격을 받아 섬멸당했지만 니더작센군이 지키는 우익으로 보낸 기병 부대는 오히려 상대를 몰아내는 데 성공해 진형 우익을 점령하는 데 성공했다.

크리스티안은 친위대 몇백 명의 도움으로 사지에서 간신히 빠져나와 만스펠트가 있는 중군 쪽으로 도망친 상태였다.

이준성은 쓴웃음을 지었다.

"이길 수가 없는 형태로군."

한국군의 활약으로 제국군 진채를 점령하는 데 성공했지만, 제국군 역시 그 틈에 신교군 우익을 점거하는 데 성공했다.

그리고 만스펠트의 용병 부대와 제국군 주력 부대 간에 이루어지는 중군 간의 전투 또한 용병 부대 쪽이 밀리는 중이었다.

결국, 세 시간이 채 지나지 않아 만스펠트와 크리스티안이 살아남은 병력을 이끌고 이준성이 지키는 제국군 진채 방향으로 퇴각했다. 그리고 틸리 백작의 제국군은 만스펠트와 크리스티안이 버린 신교 측 중군과 우익 진채를 점거하였다.

말 그대로 서로 진채를 맞바꾼 셈이었다.

씩씩대며 이준성을 찾은 만스펠트가 삿대질을 하며 소리 쳤다.

"제국군 진채를 점령한 후에 왜 가만히 있었습니까? 한국 군이 제국군 후방을 견제해 줬다면 중군 전투에서 이겼을 겁 니다!"

만스펠트 뒤쪽에 서 있던 크리스티안 역시 같은 생각인지 얼굴이 붉으락푸르락했다. 다만, 그는 변명할 거리가 없는 패 장이라 만스펠트처럼 대놓고 불만을 토로하지는 못했다.

그동안 틸리 백작의 제국군에 엄청나게 두들겨 맞았는지 크리스티안의 꼴은 말이 아니었다. 머리카락은 산발한 상태 였고 군복 여기저기에 핏자국과 검댕이 묻어 행색이 추레하 기 그지없었다.

이준성은 서늘한 표정으로 물었다.

"우리가 제국군 후방을 쳤으면 이겼을 것 같소?"

만스펠트가 험악한 표정으로 대꾸했다.

"흥, 그걸 말이라고 하십니까? 당연히 이겼을 겁니다."

이준성은 팔짱을 끼며 냉소했다.

"우리가 당신을 돕기 위해 제국군 후방을 들이쳤을 때, 진 형 우익을 점거한 제국군 기병 부대가 급히 돌아와 이곳을 다 시 탈환하면 완전히 포위당할 수 있다는 생각은 안 해 봤소? 그땐 도망칠 곳조차 없어 여기서 뼈를 묻었을 것이오."

이준성이 말한 이유가 꽤 합당했던지 만스펠트는 선불

맞은 멧돼지처럼 씩씩대기만 할 뿐, 더는 비난을 이어 가지 못했다.

반나절 만에 전투를 끝낸 양군은 지루한 대치를 이어 갔다. 신교 측은 병력이 부족해 제국군을 어찌하지 못했다. 더구나 만스펠트가 여전히 프리드리히 5세의 회신을 받은 후에 움직이겠노라 고집을 피우는 바람에 퇴각조차 하지 못했다.

반면, 틸리 백작의 제국군은 가져온 야포와 군량, 화약 상당수를 한국군 기병 부대에 빼앗긴 데다 한국군 기병 부대의 엄청난 활약에 겁을 먹어 쉽사리 병력을 움직이지 못하였다.

그때, 프리드리히 5세의 회신이 도착했는데 놀랍게도 팔츠를 수복하기 전에는 돌아와선 안 된다는 내용이었다. 이번 전쟁마저 실패로 돌아가면 프리드리히 5세로선 팔츠를 수복할 희망이 사라지는 것이나 마찬가지였기 때문에 계속 밀어붙이길 원했다.

그러나 만스펠트는 승산이 없단 생각을 했는지 그 명령을 무시하고 퇴각을 결정했다. 그 소식을 접한 프리드리히 5세는 노발대발해 만스펠트와 맺은 용병 계약을 즉시 파기했다.

그러나 만스펠트는 의견을 굽히지 않고 네덜란드 공화국 쪽으로 퇴각했다. 그리고 병력을 거의 다 잃은 크리스티안 역시 형 브라운슈바이크 공작이 있는 니더작센 쪽으로 탈출했다.

다행히 틸리 백작이 한국군을 의식해 추격하지 않은 덕에 신교 측 군대는 무사히 네덜란드 공화국 땅을 밟을 수 있었다.

프리드리히 5세의 마지막 희망이었던 팔츠 수복 전쟁이 처절한 실패로 끝나는 순간이었다. 이 전투로 틸리 백작의 명성은 더 높아졌고 제국군의 사기는 하늘을 뚫을 듯이 치솟았다.

반대로 신교 측 만스펠트는 용병왕이란 명성에 흠집이 갔다. 그리고 크리스티안은 광인이란 별명과 함께 악명을 떨쳤다.

신교 측 지휘관 중에서는 제국군 포병을 섬멸해 신교 측의 대패를 막아 준 이준성과 한국군만이 높은 평가를 받았다.

만스펠트의 용병 부대와 찢어진 이준성은 네덜란드 공화국으로 가지 않고 그의 영지가 있는 베네룩스 브뤼셀로 향했다.

돌아가던 길에 랭커스터가 갑자기 물었다.

"이번 전쟁은 이렇게 끝나는 것이옵니까?"

"왜?"

"뭔가 허무해서 그렇사옵니다."

이준성은 미소를 지었다.

"걱정하지 말게. 종교만큼 사람을 미치게 만드는 건 없으니까. 더욱이 막대한 이권까지 잔뜩 걸려 있으면 옆에서 다른 사람이 뜯어말려도 전쟁을 하겠단 제후들이 줄을 설 것이네."

랭커스터가 놀란 목소리로 물었다.

"이번 전쟁에 막대한 이권이 걸려 있단 뜻이옵니까?"

"그렇네. 구교는 신교가 그들 교회의 재산을 강탈해 갔다고 주장하며 재산을 다시 찾으려 들 것이고, 신교는 자유 도시처럼 물산이 풍부한 도시를 구교 측에 빼앗기기가 싫을 테니까."

랭커스터가 눈을 가늘게 뜨며 그의 대답을 한동안 곱씹었다.

그때, 이준성은 제국 방향을 돌아본 후에 나직이 중얼거렸다.

"거기다 이번 전쟁의 진짜 주역들이 이제야 등장한 상황이네."

랭커스터가 눈을 번쩍 뜨며 물었다.

"그 주역들이 대체 누구이옵니까?"

"바이킹의 후손들과 프랑스, 영국 등이 슬슬 움직일 것이네."

"바이킹의 후손이라면 덴마크와 스웨덴을 말하는 것이옵니까?"

"그렇네. 그 두 국가는 대표적인 신교도 국가인 데다, 신성로마 제국과 국경이 붙어 있어 영토 분쟁을 자주 겪는 나라들이지. 즉, 이참에 끼어들어 제국 영토를 뜯어먹으려 들 것이야."

랭커스터가 고개를 살짝 저었다.

"덴마크는 몰라도 스웨덴은 지금 폴란드-리투아니아 연방과 정신없이 치고받는 중일 텐데 그럴 여유가 있겠사옵니까?"

이준성은 랭커스터를 바라보며 의미심장한 미소를 지어 보였다.

"두고 보면 아네. 스웨덴 국왕은 북방의 사자일세. 폴란드-리투아니아랑 투덕거리기보단 중부로 들어와 신성 로마 제국의 구교 측 세력과 한판 크게 붙는 쪽을 더 선호할 사내이지."

이준성의 예상이 지금까지 거의 다 들어맞았단 사실을 아는 랭커스터는 스웨덴의 행보에 관해서는 더는 질문하지 않았다.

그러나 랭커스터가 가진 모든 의문이 다 풀린 것은 아니었다.

"프랑스는 앙리 4세가 공표한 낭트 칙령 덕에 종교의 자유를 획득하긴 했지만, 구교의 비율이 압도적으로 높은 구교 국가가 아닙니까? 한데 그들은 어찌하여 구교를 대표하는 세력인 합스부르크 가문을 그렇게까지 증오하는 것이옵니까?"

"거기엔 두 가지 이유가 있네."

"경청하겠사옵니다."

"첫 번째 이유는 합스부르크 가문이 프랑스를 포위했기 때문이지."

랭커스터 역시 이준성을 따라다니며 들었던 게 많았던지라 바로 이해했다. 프랑스는 얼마 전까지 합스부르크의 두 축인 에스파냐 합스부르크와 신성 로마 제국 합스부르크에게 남북 양쪽으로 포위를 당한 상태였다. 심지어 그들의 턱밑이라 할 수 있는 저지대 지역까지 에스파냐 제국이 진출함에 따라 합스부르크 가문에 포위당했다는 말이 과장이 아니었다.

그나마 한국이 에스파냐 제국으로부터 저지대 지역을 빼앗아서 포위는 일단 풀린 셈이지만, 한국과의 교류가 거의 없는 프랑스로서는 한국 역시 잠재적인 적국이라 할 수 있었다.

랭커스터가 고개를 끄덕였다.

"프랑스로서는 합스부르크 가문을 무너트리든, 아니면 그들이 가진 영향력을 줄이든지 해야 안보에 위협을 받지 않겠군요."

"바로 그렇네."

"그럼 두 번째 이유는 무엇이옵니까?"

"신성 로마 제국이 지금처럼 영방국가(領邦國家)로 남길 원하기 때문일세. 신성 로마 제국은 말만 제국이지 실상은 300개가 넘는 제후국과 자유 도시로 이루어진 연합체인데, 만약 어떤 강력한 제후국이 통일에 성공해 프랑스와 비슷한 중앙집권적인 국가로 발전한다면 프랑스는 그들 머리 위에 강력한 통일 국가를 두게 되는 셈이네. 가슴이 떨릴 만하지."

랭커스터가 의문을 표했다.

"신성 로마 제국이 중앙 집권화에 성공한다고 해서 꼭 프랑스와 척을 질 거라 예상할 수는 없는 게 아니겠사옵니까? 오히려 두 나라가 잘 지낼 수 있을 가능성은 없는 것이옵니까?"

이준성은 랭커스터를 바라보며 단호하게 대답했다.

"없네. 우리 한국 속담에 한 산에 두 마리의 호랑이가 살 수 없단 말이 있는데, 우리말을 공부할 때 들어 본 적 있는가?"

랭커스터가 바로 대답했다.

"들어 본 적이 몇 번 있사옵니다. 심지어 몇 번 써 보기도 했지요."

"그 속담처럼 비옥한 농지를 가진 프랑스는 대국으로 성장할 가능성이 아주 큰 나라일세. 농지가 비옥할수록 부양할 수 있는 인구가 늘어난다는 것은 아주 당연한 상식이니까 말이야. 그리고 신성 로마 제국이 차지한 땅은 자원이 풍부한 데다 자유 도시가 많은 덕에 좋은 기술을 가진 장인들이 많지. 어떤 제후국이 신성 로마 제국을 통일할 수 있을진 모르지만, 그 나라 역시 프랑스처럼 강대국으로 성장할 것이네."

"결국, 호랑이가 두 마리니까 싸울 수밖에 없다는 뜻이군요."

"아니, 크게 보면 호랑이가 네 마리지."

랭커스터가 약간 희색을 드러내며 물었다.

"아, 제 조국인 영국을 거론하시는 것이옵니까?"

"그렇다네. 영국 역시 호랑이로 성장할 잠재력이 있는 나라지."

이준성은 그 모습에 피식 웃으며 반대로 질문을 던졌다.

"그럼 자네 생각에 네 번째 호랑이는 어느 나라일 것 같은가?"

질문을 받은 랭커스터가 한참을 고민한 후에 되물었다.

"왠지 에스파냐 제국은 후보에서 탈락한 것 같은데, 맞사옵니까?"

"맞네. 에스파냐 제국은 이제 추락할 일만 남았네."

"그럼 합스부르크의 뿌리인 오스트리아이옵니까?"

"신성 로마 제국을 누군가 통일하면 오스트리아는 인종과 문화, 역사적인 관계 때문에 그 밑으로 들어갈 수밖에 없다네. 신성 로마 제국의 국력과 인구가 오스트리아보다 월등하니까."

랭커스터가 확신하지 못하는 표정으로 물었다.

"그럼 스웨덴이나 덴마크 같은 북방 세력이옵니까?"

"아닐세. 그들은 위치가 좋지 않아 한때 세력을 크게 떨칠 수는 있지만, 그 세력을 오래 유지하기가 쉽지 않을 것이네."

"그럼 설마 이탈리아를 통일하는 도시 국가 중 하나이옵니까?"

"갈가리 찢어져 있는 이탈리아는 신성 로마 제국보다 더 통일이 어려울 것이네. 물론 누군가 통일하는 데 성공하면 호랑이는 못 되어도 늑대 정도는 될 수 있는 잠재력을 지녔지."

"폴란드는 왠지 아닐 것 같고 전 잘 모르겠사옵니다."

이준성은 씩 웃으며 그제야 답을 알려 주었다.

"바로 러시아일세."

랭커스터가 눈을 번쩍 뜨며 물었다.

"러시아면 스웨덴 동쪽에 있는 로마노프의 러시아 말이옵니까?"

"그렇다네."

"어떻게 러시아가?"

"우선 위치가 좋기 때문이지. 그들은 강국들이 몰려 있는 서쪽으론 진출할 수 없지만, 동쪽으로는 거의 무한대에 가까운 땅이 펼쳐져 있네. 그리고 오스만 제국과 유럽 중부 사이에 있는 작은 왕국에 쳐들어가기도 수월한 편이고 말이야."

랭커스터가 한탄 섞인 한숨을 길게 내쉬었다.

"그럼 앞으로 유럽은 영국, 프랑스, 신성 로마 제국, 러시아란 네 호랑이가 치고받고 싸우는 통에 바람 잘 날이 없겠군요."

이준성은 어깨를 으쓱거렸다.

"좁은 땅에 언어와 역사, 종교가 다른 나라들이 모여 있으니 어쩔 수 없는 일이지. 아마 유럽은 지금보다 더 시끄러우면 시끄러웠지 절대 조용해질 날이 없을 것이네. 물론 서로 죽고 죽이다 보면 언젠가는 그만하는 게 좋겠단 의견을 가진 사람이 나타날 테지만, 아직 먼 미래의 이야기일 것이야."

이준성은 랭커스터에게 천기를 누설한 셈이었다. 이준성이 방금 말한 대로 영국, 프랑스, 독일, 러시아는 수백 년 동안 치열하게 싸우며 온 유럽을 전화의 소용돌이에 몰아넣었다.

프랑스에 루이 14세와 나폴레옹이 등장했을 땐 전 유럽이 똘똘 뭉쳐 프랑스에 대항했다. 그리고 러시아 제국이 서쪽으로 세력을 확장할 땐 스칸디나비아반도와 폴란드, 리투아니아, 북독일 전체가 전란에 휩쓸렸다. 마지막으로 마침내 통일을 이뤄 낸 독일이 역사 전면에 등장했을 때부턴 1차와 2차 세계 대전이라는 어마어마한 전쟁이 연달아 벌어졌다.

물론 섬나라인 영국은 몇몇 경우를 제외하곤 본토 피해를 거의 보지 않았지만, 유럽 대륙의 판도를 그들에게 유리한 방향으로 유도하기 위해 수많은 전쟁에 단골로 참전했다.

한편, 브뤼셀에 도착한 이준성은 그다음 해에 신교 측 세력으로부터 막대한 보상금을 받은 후에 전쟁에 다시 참전했다.

이번 전쟁은 신성 로마 제국 황제 페르디난트 2세가 제국 내에 있는 신교도를 압박하는 정책을 연달아 발표하며 일어났다.

제국의 영토와 이권에 욕심 난 신교도 국가들, 즉 덴마크와 네덜란드 공화국, 스웨덴이 제국 내의 신교 측 제후를 보호한다는 명목을 앞세워 제국으로 일제히 쳐들어갔다. 그리고 영국과 프랑스는 직접 개입하진 않았지만, 물자와 자금을 대 이번에야말로 제국 내 구교 세력을 찍어 누르려 들었다.

마침내 30년 전쟁이 서막을 지나 절정으로 치닫기 시작한 것이다. 이준성은 해병 1여단 3,000명과 천마기동여단 기병 3,000기, 지원병력 2,000명을 합친 8,000의 병력을 동원했다.

신성 로마 제국 황제 페르디난트 2세는 그가 이룩한 성과에 고무된 게 확실했다. 엄밀히 말하면 그가 이뤄 낸 성과라기보단 바이에른 공작 막시밀리안 1세와 틸리 백작의 제국군이 이뤄 낸 성과였지만, 보헤미아 왕국의 반란 진압과 더불어 반란군 수괴인 프리드리히 5세 축출, 팔츠 점령에 이어 프리드리히 5세가 시도한 마지막 시도마저 분쇄한 지금, 제국에서 페르디난트 2세에게 감히 도전장을 내밀어 볼 제후는 거의 없었다.

이에 고무된 페르디난트 2세는 독실한 가톨릭 신자답게 제국 내 신교 세력을 압박하는 조치를 단행했다. 우선 프리드리히 5세가 가진 팔츠와 팔츠 궁중백 선제후 권리를 이번 반란

진압에서 혁혁한 공적을 세운 막시밀리안 1세에게 양도했다.

 팔츠 궁중백 선제후 권리마저 구교 세력에 넘어가면 황제를 선출하는 7명의 선제후 중에 무려 다섯 명이 구교로 채워지는 탓에 제국 내 신교 세력의 엄청난 반발을 불러일으켰다.

 이 조치는 제국 내부에서뿐만 아니라 제국 밖에서도 반발을 불러오는데, 우선 프리드리히 5세의 장인인 영국 국왕 제임스 1세는 사위가 팔츠 궁중백으로 다시 복귀하기를 원했다.

 프랑스의 사정은 영국보다 더 급했다. 막시밀리안 1세가 팔츠까지 점령하면 프랑스와 신성 로마 제국의 국경 지대에 합스부르크를 지지하는 거대한 세력이 새로 생겨나기 때문이었다.

 이를 지켜보고만 있을 수 없었던 프랑스의 재상 리슐리외는 바로 제국을 장악한 구교를 몰아내기 위한 행동에 착수했다. 그리하여 스웨덴, 덴마크, 네덜란드 공화국이 1선에서 쳐들어가고 영국과 프랑스가 이를 지원하는 대전략이 탄생하였다.

 스웨덴에서는 구스타프 2세 아돌프가 전쟁을 벌이던 폴란드-리투아니아 연방과 화의까지 맺어 가며 직접 참전했다. 또, 덴마크에선 국왕 크리스티안 4세가 군을 이끌고 직접 나섰다.

그리고 네덜란드에선 영국, 프랑스의 자금 지원을 받은 만스펠트가 용병 부대와 한국군을 이끌고 참전하였으며, 제국 안에선 브라운슈바이크 공작의 동생 크리스티안이 다시 나섰다.

　반대로 제국에선 두 개의 군대가 신교 군대를 막기 위해 나섰는데, 하나는 막시밀리안 1세의 후원을 받는 틸리 백작의 제국군이었다. 틸리 백작은 이미 여러 차례 공적을 세운 명장이기 때문에 그가 이끄는 제국군을 모두가 두려워했다.

　그리고 다른 하나는 알브레히트 폰 발렌슈타인이 이끄는 황제군이었다. 알브레히트 폰 발렌슈타인은 특이한 이력의 소유자였다. 체코 출신의 하급 귀족이던 발렌슈타인은 부유한 미망인과 결혼하여 약간의 재산을 상속받는 데 성공했다.

　발렌슈타인의 욕심은 거기서 그치지 않았다. 당시 그가 활동하던 보헤미아에서 국왕으로 낙점받은 페르디난트 2세에게 반발한 신교 측 귀족들이 반란을 일으키는 일이 일어났다.

　그리고 그 귀족들이 페르디난트 2세를 대신할 새 국왕으로 추대한 자가 바로 팔츠 궁중백 선제후인 프리드리히 5세였다.

　물론, 앞서 보았듯이 보헤미아 반란은 틸리 백작이 이끄는 제국군에 의해 진작 진압당했다. 그리고 반란을 일으킨 귀족이 추대하려던 프리드리히 5세는 보헤미아 국왕은커녕 그가 가지고 있던 팔츠와 궁중백 선제후까지 같이 빼앗겼다.

신성 로마 제국 황제로 즉위하는 데 성공한 페르디난트 2세는 반란을 일으킨 보헤미아 신교도 귀족의 영지를 전부 몰수한 다음, 그를 지지하는 구교 세력에게 헐값에 팔아 버렸다.

　이때 떼돈을 번 사람이 바로 발렌슈타인이었다. 발렌슈타인은 상속받은 재산을 이용해 페르디난트 2세가 헐값에 팔아 버린 영지를 엄청나게 사들여 단숨에 막대한 부를 일구었다.

　이를테면 미망인을 유혹해 재산을 모은 졸부가 시대 상황을 재빨리 파악한 덕에 유럽 제일의 거부로까지 성장한 것이다.

　발렌슈타인은 그가 모은 엄청난 재산으로 용병을 모집해 용병 부대를 만들었는데, 그 수가 무려 수만에 이를 정도였다.

　그러나 발렌슈타인의 욕심은 거기서 그치지 않았다. 황제를 등에 업고 자유 도시를 차지하면 더 많은 돈을 벌 수 있을 거라 짐작한 그는 황제를 찾아가 자신을 고용해 달라 청했다.

　머리가 아주 잘 돌아가던 발렌슈타인은 페르디난트 2세가 전쟁을 수행할 자금이 넉넉하지 않다는 사실을 눈치 채기 무섭게 황제에게 자기가 모은 재산만을 써서 군대를 이끌고 신교 측 세력과 사생결단을 내겠다는 통 큰 제안을 하였다.

페르디난트 2세는 당연히 발렌슈타인의 요청을 수락했다. 발렌슈타인이 자기 재산으로 모든 용병 부대를 이용해 눈엣가시와 같은 신교와 대신 싸워 준다는데 마다할 턱이 없었다.

그렇게 해서 탄생한 군대가 바로 기존의 제국군과는 결이 약간 다른 알브레히트 폰 발렌슈타인의 황제군이었다. 틸리 백작의 제국군이 종교적 성향이 강하다면, 발렌슈타인의 황제군은 종교보다 이권에 더 지대한 관심을 가진 군대였다.

그런 발렌슈타인을 바라보는 제국 측 시선이 고울 리가 없었다. 구교 측 인사들이 바라보는 발렌슈타인은 전쟁을 이용해 부를 축적한 악덕 상인과 진배없었다. 심지어 그 악덕 상인이 황제를 꼬드겨 일군의 수장에까지 오른 상황인지라, 막시밀리안 1세 등은 대놓고 발렌슈타인을 적대시했다.

구교가 그럴진대 신교 쪽이야 더 말할 것도 없었다. 신교 지휘관의 눈에 비친 발렌슈타인은 지휘관이 아니라 상인이었다. 실제로 발렌슈타인은 전투 경험이 없었다. 자연히 신교 측에선 발렌슈타인의 황제군을 무시하는 풍조가 생겨났다. 심지어 황제군과 싸우는 것을 불명예로 여기기까지 하였다.

그렇다고 신교 측 단합이 잘 이뤄졌느냐 묻는다면 그건 또 아니었다. 스웨덴의 구스타프 2세와 덴마크의 크리스티안 4세는 북방의 경쟁자답게 신교 측 주장 자리를 놓고 다퉜다. 서로 자기가 총사령관을 맡아야 한다며 나선 것이다.

신교 측 군대가 초장부터 어긋날 조짐을 보일 때, 프랑스의 리슐리외와 영국의 제임스 1세가 보다 못해 중재안을 내놨다.

　구교 군대가 두 개로 나뉜 것처럼 덴마크와 스웨덴 역시 군대를 나눠 적을 상대하는 게 어떻겠느냐는 중재안이었다.

　한데 스웨덴과 덴마크는 영국과 프랑스가 내놓은 중재안을 놓고 또 투덕거렸다. 지난 전쟁에서 엄청난 명성을 얻은 틸리 백작의 제국군을 자신이 상대하겠다며 서로 나선 것이다.

　결국, 스웨덴의 구스타프 2세가 자기 요청대로 따라 주지 않으면 본국으로 돌아가 버리겠다고 엄포를 놓는 바람에 영국의 제임스 1세와 프랑스의 리슐리외 역시 다른 방법이 없어 스웨덴군이 틸리 백작의 제국군을 맡는 것으로 해결을 보았다.

　덴마크의 크리스티안 4세는 영국과 프랑스의 결정이 마음에 들지 않았지만 그들의 지원 없이 제국에 단독으로 쳐들어가는 것은 부담스러웠던지 못 이기는 척 결정에 승복했다.

　즉, 구스타프 2세의 스웨덴군은 틸리 백작의 제국군을, 크리스티안 4세의 덴마크군은 발렌슈타인의 황제군을 맡은 것이다.

　그 외 자잘한 세력들, 즉 만스펠트의 용병 부대와 한국군, 그리고 크리스티안의 니더작센군은 가까운 쪽에 붙기로 합의를 보아 만스펠트의 용병 부대와 한국군은 크리스티안 4세의 덴마크군에, 크리스티안의 니더작센군은 구스타프 2세의 스웨덴군에 각각 합류해 두 방향에서 제국으로 쳐들어갔다.

곧 신교, 구교 양측의 군대가 두 개의 독립된 전장에서 적과 마주하였다. 덴마크군, 한국군, 만스펠트의 용병 부대는 하노버 인근에서 발렌슈타인이 지휘하는 황제군과 대치했다.

또, 구스타프 2세의 스웨덴군과 니더작센군은 베를린 남서쪽에 있는 포츠담에서 틸리 백작이 지휘하는 제국군과 맞붙었다.

크리스티안 4세는 경쟁자인 구스타프 2세보다 먼저 승전고를 울리고 싶은지 전투를 서두르는 기색이 보였다. 그럴 수밖에 없는 게 그 앞을 막아선 발렌슈타인은 상인 나부랭이에 불과했다. 어렸을 때부터 전쟁터를 떠돈 크리스티안 4세에게 발렌슈타인 같은 자는 성에 차지 않는 상대였다.

한데 그런 발렌슈타인의 황제군을 빨리 처리 못 해 미적거리다가 구스타프 2세가 틸리 백작의 제국군을 상대로 승리하기라도 하는 날에는 그보다 창피한 일이 없다고 생각했다.

크리스티안 4세는 만스펠트의 용병 부대를 좌익에, 한국군을 우익에 배치한 다음, 덴마크군으로 중군을 형성해 아직 움직일 기미가 없는 발렌슈타인의 황제군을 향해 진격했다.

한편, 신교 측 우익을 맡은 이준성은 천마기동여단장 김덕령에게 우익 측면을 방어하란 지시를 내린 다음, 해병 1여단 병력 3,000명과 함께 황제군의 좌익으로 진군했다.

이준성은 해병 1여단장 정봉수를 불러 은밀히 명령했다.

"서둘러 진격할 필요 없다. 적당히 진군하다가 멈춰서 참호를 판 다음, 그 앞에 은철뢰와 지뢰 5호를 깔아 둬라. 그리고 후방에는 박격포반과 저격중대를 배치해 화력을 강화하고."

"참호를 파는 시점은 언제가 좋겠사옵니까?"

"중군 쪽에서 머스킷을 발사할 때쯤 파면 시기가 적당할 것이다."

"알겠사옵니다."

신중한 얼굴로 대답한 정봉수가 1여단 쪽으로 조용히 돌아가 이준성이 내린 지시를 각 중대 선임 장교에게 전파했다.

해병 1여단은 이준성의 지시대로 일반적인 속도로 진군하다가 중군 방향에서 야포의 포성이 들리는 순간, 속도를 슬쩍 낮췄다. 그리곤 중군이 머스킷을 발사할 땐 아예 멈춰 섰다.

콰콰콰콰쾅!

그때, 발렌슈타인의 황제군 1만여 명이 소형 야포를 발사하며 공격해 들어왔다. 그러나 한국군이 생각보다 빨리 멈춰 선 탓에 그들이 발사한 야포의 포탄은 한국군이 있는 지점까지 날아오지 못했다. 더구나 황제군 1만여 명은 생각보다 긴

거리를 행군해야 했다. 한국군이 마주 행군해 왔으면 그들이 걸어가야 할 거리가 반절로 줄어들었을 테지만 한국군이 일 찍 멈춰 서는 바람에 그 거리가 두 배로 불어났다.

황제군은 이에 속도가 빠른 기병 부대부터 먼저 내보냈다. 기병 부대로 한국군 측면을 기습하여 흔들 생각인 것 같았다.

"가자!"

측면을 보호하란 명령을 받은 김덕령은 그 즉시 천마기동 여단 기병 3,000여 기를 이끌고 황제군 기병 5,000여 기를 막 아 갔다.

탕탕탕탕탕!

천마기동여단 기병과 황제군 기병은 맞붙기 전에 각자 가 진 화기를 총동원해 공격했다. 천마기동여단 기병은 뇌반과 연뢰를, 황제군 기병은 주로 플린트락 권총을 사용했다.

물론 결과야 뻔했다. 뇌반과 연뢰가 사거리 및 명중률에서 플린트락 권총을 압도해 제대로 맞붙기 전부터 이미 기선을 제압했다. 거기다 천마기동여단 기병이 거리를 좁히며 천뢰 5호나 운룡 5호를 던졌기 때문에 진열까지 무너졌다.

"돌격하라!"

김덕령은 세이버로 허공을 힘차게 그으며 소리쳤다. 그 소 리가 마치 하늘에서 내려온 천신의 명령인 양, 천마기동여단 기병은 운룡 5호가 만든 연막을 뚫고 전속력으로 질주했다.

콰콰콰콰쾅!

군마와 군마끼리 부딪히는 순간, 황제군 기병이 먼저 나가 떨어졌다. 황제군 기병이 사용하는 군마는 전형적인 유럽식 군마로 지구력이 떨어지는 대신 체격이 크고 힘이 셌다.

그러나 천마기동여단이 사용하는 군마는 한국군이 보유한 수십만 마리의 군마 중에서 가리고 가려 뽑은 정예였다. 체격에서 전혀 밀리지 않을 뿐만 아니라 힘은 오히려 더 셌다.

천마기동여단 기병은 세이버와 연뢰를 양손에 쥐고 황제군 기병을 학살했다. 사람은 태어나 자라면서 주 손이 정해지지만, 천마기동여단 기병은 양손잡이 훈련을 받아 세이버와 연뢰를 양손에 쥔 상태에서 정교하게 운용할 수 있었다.

황제군 기병이 휘두른 무기를 오른손에 쥔 세이버를 막은 다음, 왼손에 쥔 연뢰로 조준해 사살할 수 있단 의미였다.

천마기동여단 기병 3,000기가 신성 로마 제국, 스위스 출신 베테랑 용병 기병 1만 명을 학살했단 소문이 우연이 아니란 것을 증명하듯 황제군 기병 5,000기가 순식간에 쓸려 나갔다.

황제군 기병 부대가 한국군 기병에게 속절없이 밀리는 광경을 본 황제군 지휘관은 깜짝 놀라 보병의 속도를 더 높였다.

황제군 보병 부대가 전선을 재빨리 한 지점에 고착시켜 주지 못하면 황제군 기병 부대를 섬멸한 한국군 기병 부대가 오히려 황제군의 취약한 측면을 노릴 위험이 있기 때문이었다.

그러나 그때는 이미 해병 1여단의 베테랑 해병들이 30센티미터 깊이의 임시 참호를 판 후에 부비트랩까지 설치를 마친 상태였다. 황제군 보병 부대가 급히 속도를 높여 전진했을 때는 이미 참호에 들어간 해병 1여단이 공격을 시작했다.

뇌격의 탄환이 빗발치듯 날아가는 가운데 참호 후방에 배치한 박격포반이 백뢰로 백뢰탄을 쉼 없이 쏘아 올렸다. 또, 박격포반 옆에 배치한 저격중대 저격수들은 스코프를 부착한 저격용 천관으로 말을 탄 황제군 장교만 골라 저격했다.

대응 사격을 하기 위해 진형 앞에 나와 있던 황제군 총병이 무수히 죽어 나갔다. 황제군 총병 역시 급히 플린트락 머스킷으로 반격을 가했지만 한국군의 화력에 압도당해 전멸했다.

황제군 지휘관들은 그래도 아직 병력이 많이 남아 있단 사실에 안도하며 파이크와 도끼, 방패, 칼을 든 보병을 내보냈다. 화력에서 밀린다면 아예 숫자로 밀어붙일 생각이었다.

그러나 황제군 보병이 참호 앞에 도착한 순간, 천뢰 5호와 은철뢰 등이 연달아 폭발해 전선 전체를 화염으로 휘감았다.

당연히 멋모르고 진격하던 황제군 보병은 속절없이 죽어 나갔다. 먼지와 연기가 걷히며 드러난 전장엔 시신만 그득했다.

황제군 지휘관은 그 모습에 겁이 덜컥 나 얼굴이 하얗게 질렸다. 이건 전투가 아니라 일방적인 학살에 더 가까웠다.

그때, 김덕령의 천마기동여단이 도망치는 황제군 기병을 추격하며 황제군 측면을 위협했다. 이에 황제군 지휘관은 그 즉시 패했던 사실을 인정하고 보병 부대를 뒤로 후퇴시켰다.

　　이준성은 그 모습을 지켜보다 히죽 웃었다.

　　"그렇게 쉽게 보내 줄 순 없지."

　　이준성은 뇌격에 총검을 착검한 다음, 가장 먼저 달려 나갔다.

　　"적을 추격해 섬멸하라!"

　　"와아아!"

　　함성을 지른 해병 1여단 병사들이 참호 밖으로 뛰쳐나가 도망치는 황제군 보병을 섬멸했다. 거리가 먼 적은 뇌격으로 지향사격 자세를 취해 사살하고, 가까운 적은 착검한 총검으로 등이나 목, 다리를 찔러 저항 불능으로 만들었다.

　　거기다 김덕령이 지휘하는 천마기동여단 기병이 갑자기 황제군 진채 안으로 뛰어들어 황제군 포병까지 무력화시킨 후에는 곳곳에서 피가 시내처럼 흐르고 비명 소리가 끊이지 않았다.

　　그로부터 불과 30분이 채 지나기 전에 한국군은 황제군 좌익을 점거한 상태에서 북서쪽에 있는 중군으로 사격을 가했다.

〈12권에 계속〉